Hisago Amazake-no
天酒之瓢

插畫／黑銀

「我是『德西蕾
……
之前在國機研第一工房揮鎚子幹活。
請多指教。」

9

Knight's & Magic

騎士&魔法

「迪，我們可是要成為騎士團長了！」
在休息室的迪特里希一看就沒什麼幹勁。艾德加和海薇都露出苦惱的表情。

「這是我們的壓箱絕招，
睜大眼睛看清楚了!!」
『內藏式多連發投槍器』──
兩側各有16連發，
合計32座投射裝置一齊打開蓋子。
內部裝填的魔導飛槍衝上空中，
又在轉眼間改而水平飛行，
順著術式的引導在天空飛翔。

時為西方曆一二八五年。
這一天，弗雷梅維拉王國誕生了一對夫婦。
他們擊敗了許多魔獸，也曾經協助他國平復戰亂，
更勇於闖入被視為禁忌之地的博庫斯大樹海，
並且完成了與巨人族的初次交流。
嬌小的騎士團長與團長輔佐
為弗雷梅維拉王國帶來了巨大變革。
即使是在動盪的時代不斷向前飛躍的兩人，
也滿臉洋溢著幸福，
在這一天接受眾人的祝福與道賀。

席爾斐亞涅・卡薩薩奇三世 Syrphirne-Kasasagi-3rd

主搭乘者／亞黛爾楚・歐塔

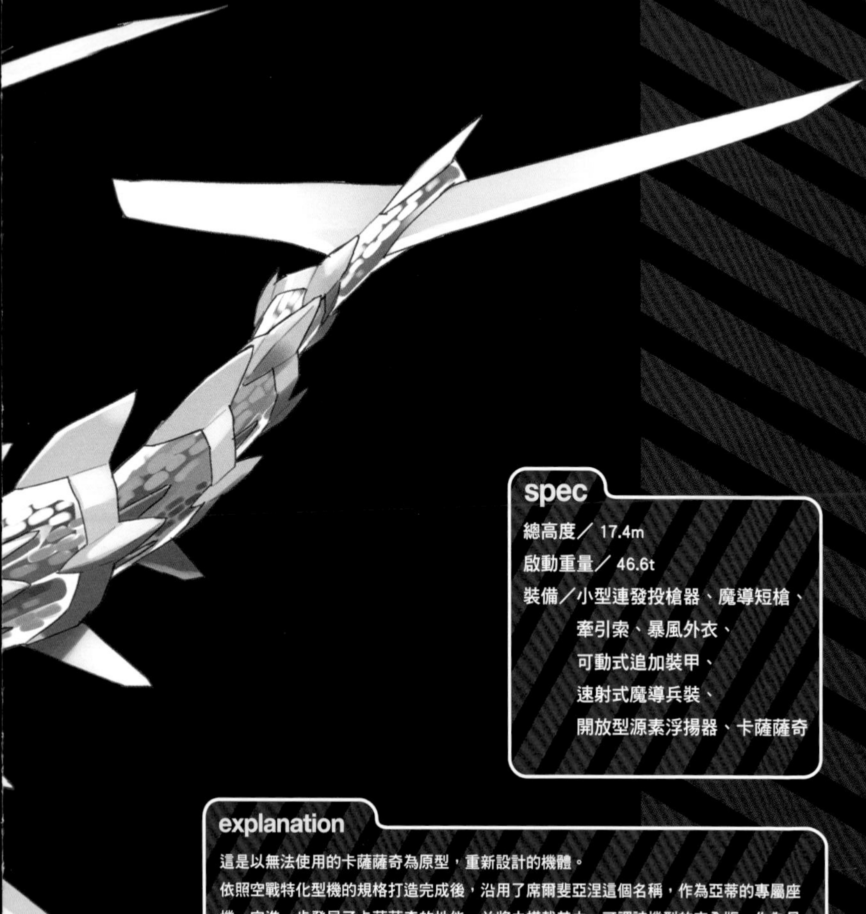

spec

總高度／ 17.4m

啟動重量／ 46.6t

裝備／小型連發投槍器、魔導短槍、
牽引索、暴風外衣、
可動式追加裝甲、
速射式魔導兵裝、
開放型源素浮揚器、卡薩薩奇

explanation

這是以無法使用的卡薩薩奇為原型，重新設計的機體。

依照空戰特化型機的規格打造完成後，沿用了席爾斐亞涅這個名稱，作為亞蒂的專屬座機。它進一步發展了卡薩薩奇的性能，並將之搭載其中，可謂該機型的完全版。作為最新的飛翔騎士，三世雖然擁有強大的性能，但因為裝載太多功能而犧牲了整體平衡，變成非常難以駕馭的機體。只不過它一開始就不是量產機，而是設計成個人專用的機體，因此這方面的問題也被暫時擱置了。

艾爾涅斯帝賦予本機一項特殊的任務，並且在之後更改名稱，可是沒有人會特意唸出那冗長的正式名稱，只會簡稱它為『席爾斐亞涅』。

INTRODUCTION

舞台來到『天上』！

自博庫斯大樹海平安歸來的艾爾涅斯帝和銀鳳騎士團

帶著巨人族進入弗雷梅維拉王國，再度引起了騷動。

王國朝向新的道路邁步前進，騎士團發生改變，巨人族從人類的國家獲得知識——

有些人則對彼此立下永恆的誓言。大家各自熱熱鬧鬧地展開行動。

接著，舞台來到新的地方。

那是位於遙遠南方、飄浮在天上的大地——不可思議的『浮游大陸』。

奇德陪著魯莽行事的埃姆里思一同前往『浮游大陸』探索，

他們和一群馴養巨大魔獸、在空中馳騁的人們相遇了。

他們的邂逅意味著——

大受歡迎的機器人幻想作品，

新的故事揭開序幕！

輕小說

L

騎士＆魔法 9

天酒之瓢

插畫／黑銀　譯者／郭蕙寧

騎士&魔法 9

Knight's & Magic

CONTENTS

序幕 —— 5

第十七章 大航空時代前夕篇 —— 23

第七十三話 雛鳥離巢 —— 24

第七十四話 團長的決斷 —— 67

第七十五話 挑選新進團員吧 —— 95

第七十六話 騎士團長的工作 —— 127

第七十七話 暴風雨前的結婚典禮 —— 159

第十八章 浮游大陸騷亂篇 —— 187

第七十八話 如浮雲輕巧，如狂風迅速追趕 —— 188

第七十九話 踏上飄浮於高空中的大地 —— 219

第八十話 騎士與少女愉快的俘虜生活 —— 236

第八十一話 找出沉睡的寶藏吧 —— 268

第八十二話 在火焰的另一頭做個了斷 —— 301

序幕　回國之後開始忙起來

船帆隨著帆布拍打的聲音迎風漲起，強而有力地推動船隻前進。

一片蒼翠繁茂的樹木地毯在眼下延展。所謂的飛空船，就是在空中飄浮、在空中航行的船隻。一碧如洗的晴空，行進路線沒有任何阻礙。

這是一個擁有不下十艘船的大型船隊。船隊平順地持續飛行，最終抵達了森林的邊界——

◆

弗雷梅維拉王國的學園都市——萊西亞拉某處，一群學生們聽見天上傳來風的呼嘯聲，於是仰頭望向天空。

「喔？是飛空船啊。今天……不是定期航班日，而且數量未免也太多了。」

看到在空中前進的巨大船影，他們不由得感到納悶。飛空船從上空橫掠而過，這樣的景象本身並不罕見，因為自從飛空船被帶來這個國家，已經過了一段不算短的時間，人們已經對其熟悉到不會覺得驚訝的程度。

但是，一旦碰上那種彷彿能夠遮天蔽日的大船隊，那又是另一回事了。

通常見到的飛空船被稱作定期航班，是用來運輸物資的船。即使如此，兩艘以上的飛空船同時航行也算罕見的光景。說起來，飛空船至今仍然是貴重的存在，數量多到足夠組成船隊的規模簡直前所未聞。

「喂，快看。那個紋章……!!」

很快的，他們紛紛指向船隊中央那艘體積格外巨大的船艦，比其他船還要大上一倍的船身描繪著醒目的紋章。這座城市沒有人不認得銀色鳳凰展翅的圖樣。

「……銀鳳騎士團！他們回來了!!」

伴隨著歡欣雀躍的人群發出的喧鬧聲，船隊慢慢地航向市中心。

此時有東西從船隊中央那艘巨大的船上飛了出來，大概是幻晶騎士一類的存在吧。只見它產生出彩虹色的圓環，接著在光環的支撐下，在空中有如滑行地飛翔。

它伴隨著推進器高亢的噪音朝著城市一隅前進。看到隨著距離愈近便愈清楚地顯現真容的幻晶騎士後，城裡的人們忍不住驚叫出聲。那個東西的外貌古怪至極，簡直像在挑戰幻晶騎士的存在定義。

那東西戴著模仿憤怒人臉的凶惡面甲，從身體各處伸展而出的手臂竟然多達八隻。不僅如此，明明有一半像是幻晶騎士，後半部卻有如魔獸。那當真是幻晶騎士嗎？居民們不敢確定。

那種東西還偏偏選在城市正中央降落，讓居民們幾乎陷入了恐慌，他們異口同聲地發出慘叫並逃進建築物中。

有個人影逆向穿過嘈雜的人群來到外頭。

『瑟莉緹娜・埃切貝里亞』來到街上，那架怪異的幻晶騎士朝著她不斷靠近。彩虹色的圓環慢慢縮小了半徑，機體也同時緩慢下降。

巨大機體強行在住宅區的小型廣場著陸，進氣聲漸漸平息，彩虹色的光輝也緩緩褪去。伸展得長長的手臂像腳一樣支撐在地，接著，外形奇特怪異的幻晶騎士──『災禍之伊迦爾卡』停止了動作。

瑟莉緹娜好似祈禱般抬頭仰望、雙手十指交握，在她面前，一道矮小的人影跳了下來。

『他』輕巧地在石板地上站定，然後向她揮了揮手。

「母親！好久不見，我回來了!!」

「啊啊……艾爾，歡迎回來。」

看到兒子艾爾涅斯帝──他在銀鳳騎士團率領的第二次森伐遠征軍先遣調查中，和強大魔獸戰鬥後行蹤不明──平安無事的模樣，瑟莉緹娜不由得打從心底鬆了口氣。

她快步跑到艾爾面前，輕擁住和出門時一樣充滿活力的艾爾。

「你沒事真是太好了……聽說你在博庫斯失蹤的時候，我真是擔心得不得了。」

「對不起，母親。我有點太亂來了。」

「不，事情我都聽說了。你保護了大家不是嗎？畢竟艾爾你身為騎士團長，這麼做其實很好哦。你盡到了職責，而且能像這樣平安回到我身邊就夠了。」

瑟莉緹娜輕撫艾爾的頭髮，露出溫柔的微笑。艾爾也高興地回以微笑，然後指向自己的背後。

「是銀鳳騎士團的大家來接我了，而且我不是一個人回來的，對吧？」

『亞黛爾楚・歐塔』從災禍之伊迦爾卡的駕駛座探出臉朝他們揮手，瑟莉緹娜也微笑著揮手回應。與此同時，艾爾離開了母親的懷抱。

「母親，我也很想和其他人見面好好聊聊，但是我還有一些必須做的事情。」

「我明白，要去向陛下報告吧？路上小心。你身為騎士團長，要好好完成自己的責任。」

「好！」

艾爾用力點點頭，然後一邊揮手，一邊走回災禍之伊迦爾卡。

瑟莉緹娜目送災禍之伊迦爾卡凶惡的背影再度騰空而起，這才完全放下了心。

◆

——那天，是王都坎庫寧動盪的一日。

「急報！急報——!!銀、銀鳳騎士團……回來了!!」

當傳令兵慌慌張張地飛奔而入時，王城雪勒貝爾城頓時陷入一片混亂。國王里奧塔莫思立刻決定取消當天所有公務，接著向傳令兵問道：

「回來的只有銀鳳騎士團嗎？飛空船還剩下多少？」

「稟陛下！船隊看上去還保留著相當的數量。另外，騎士團長閣下也下了船，差不多快到了……」

「什麼，騎士團長!?」

在場包括里奧塔莫思在內的所有人都驚訝得屏住了呼吸。銀鳳騎士團團長也在，也就是說——

很快地，讓大家不斷吵嚷的主要原因現身了。矮小的人影輕輕搖曳著銀紫色頭髮——『艾爾涅斯帝・埃切貝里亞』走到列席的國王、貴族以及騎士們面前，慢慢躬身行了一禮。

「非常抱歉讓陛下心憂煩擾。銀鳳騎士團團長艾爾涅斯帝・埃切貝里亞回國了。」

「喔、喔喔……很高興你平安無事。竟然能從那個博庫斯大樹海深處脫險歸來，不愧是銀鳳騎士團……」

看到嬌小的騎士團長泰然自若地出現在眾人面前，國王不由得鬆了口氣。

儘管一直認為「如果是他，就算活著也不奇怪」，但當他真的歸來時，國王依然壓抑不住滿心的驚愕。

博庫斯大樹海是魔獸橫行肆虐的恐怖之地，絕不是容易生存的地點。何況根據他所聽到的報告內容，艾爾等人遇見的魔獸極其凶惡且強大，甚至在弗雷梅維拉王國也未曾聽聞，可是他卻一如往常地帶著滿臉笑容歸來。銀色鳳凰當真可說是不死的存在。

「你已經多次讓朕感到驚訝了。對你來說，也許已經沒有什麼不可能了吧。」

「陛下言重了。臣此次遠征也是得到了多方的幫助，才能回到國內。」

「嗯，是銀鳳騎士團吧。雖然有欠周慮……不過他們也是堅信著你還活著才會前往樹海。這真是令人感佩的信賴關係。」

里奧塔莫思回想起出發前的波瀾，臉上浮現略微苦澀的笑容。

既然他們完成了和艾爾涅斯帝一同平安歸來的壯舉，就得讓他們支付相應的代價。那麼，接下來該怎麼做呢？就在國王即將陷入沉思之際——

「與此有關的還有另一件事，有些人無論如何都想請陛下予以接見。」

「唔，是騎士團的人嗎？此事之後再慢慢……」

「不，陛下。恕臣冒昧，臣希望您接見的『不只』是騎士團員。」

艾爾的笑容裡忽然混入了令人戰慄的氣息。

他深入魔物森林時，莫非借助了銀鳳騎士團以外某些人的力量嗎？

某種難以言喻的緊張氛圍油然而生，感覺要是繼續聽下去，就無法回頭了。正當里奧塔莫思忍不住想開口制止時，艾爾卻無情地繼續彙報：

「想請陛下接見的是……博庫斯大樹海的居民。不是銀鳳騎士團，而是臣在旅途中結識的友人。」

不只是國王，從騎士到在場的每一個侍從，所有人都開始懷疑起自己的耳朵和理智。

「什麼……這些人究竟是!?」

◆

場所轉移到坎庫寧郊外的某個幻晶騎士訓練場。

由於艾爾令人感到極度不安的一番話，國王里奧塔莫思和近衛騎士團被帶到了這個地方。

以旗艦出雲為首，整個飛空船隊停留在訓練場上空，因為這裡足夠寬敞，所以船隻正在進行卸貨。

其中還包括了從飛空船走下來的『客人』們。

不對，真的可以把他們形容為客人嗎？之所以需要如此空曠的場地讓客人下船，是因為他們的身材極為『巨大』。雖然國王一行人站上了觀眾席的高台，但也只能勉強和他們的視線持平。畢竟他們可是──身高和幻晶騎士幾乎相等的『巨人』。

『巨人族』──艾爾如此介紹他們。

不論是國王還是騎士們，全都不約而同地露出張大嘴的呆愣表情。儘管有和幻晶騎士相似的部分，但巨大的人類終究是完全不同性質的存在。首先，眾人一眼就能看出他們不是機械裝置所驅動的假人。因為這世上根本不存在能夠像那樣眨眼、變化臉部表情並開口說話的幻晶騎士。

「巨……人!?博庫斯大樹海，竟然還住著這樣的人們……!?」

國王里奧塔莫思拚命壓抑著從內心深處湧起的情緒。那是看似決鬥級魔獸，卻在本質上與之有決定性差異的巨大人類。巨人轉動脖子，用三個或五個不等的眼睛注視著他們。

不顧因震驚、緊張和恐懼──混雜各種感受而呆立不動的國王等人，艾爾坦然自若地看著巨人們宣布：

「各位！這位就是我們的氏族……在這裡叫作『國家』，國家的領導者里奧塔莫思陛下。」

「唔。仔細一看，這裡有很多『小人族(人類)』呢。」

聽艾爾這麼介紹完，巨人們傾身向前，湊近看著里奧塔莫思等人。即使里奧塔莫思擁有無愧於國王這個身分的堅強身心，仍須極其努力才能避免發出驚恐的尖叫聲。巨人們對眾人內心的震撼一無所知，開始自說自話：

「這裡就是老師們的國家。吾在航行途中看到了，相當地廣闊。」

「好像比百都更大呢！」

「唔唔，這是什麼？聽說是小人族的住處，不過還挺寬廣呢。」

「正好，來建造吾等的住處吧。」

「好主意！首先去狩獵今天的食物吧。」

「虹之勇者，這一帶可有捕捉得到獵物的森林？」

「有是有，但是不能隨意打獵哦。」

「是這樣嗎……？」

巨人們不改平時的模樣，對於第一次見到的弗雷梅維拉王國展現出高昂的興致，那副七嘴八舌地發表感想的模樣，根本就是初次進城的鄉下人。國王一行人在這段期間內總算也恢復了平靜，雖然還無法徹底掩飾僵硬的表情，但仍咄咄逼人地責問艾爾：

「……艾、艾爾涅斯帝！這到底是怎麼回事!?巨人!?你到底把什麼東西帶回來了!?」

「啟稟陛下，要解釋的話，說來話長。」

「那就說得簡短一些！」

「在樹海遇到他們以後變成了朋友。」

「完全聽不懂！」

艾爾像往常一樣面露溫和的笑容回答，但不論怎麼想，他所說的內容一點都不溫和。再加上在場沒有負責吐槽的角色，使得混亂的程度有增無減。

「還有另一件事必須稟告陛下。或許可以說，這件事情比巨人還重大。」

「還、還有別的嗎……」

里奧塔莫思光是和巨人見面便耗盡了精力，他疲憊不堪地抬起頭。

「臣等在森林中相遇並與之交戰的對象並不只有巨人。第一次森伐遠征軍的倖存者成立了國家，而且因為他們操縱魔獸攻擊我軍，所以臣把他們打敗了。」

聽到接下來這段話，國王在半途就翻著白眼昏了過去。

◆

過了幾天之後。

由於當時的場面一發不可收拾，因此雙方重新舉行會面。場所依舊是在坎庫寧郊外的訓練場。因為這個為了駕駛幻晶騎士而建的場地足夠寬敞，而且若是在這裡，便不會暴露巨人的存在。

沒錯，他們的存在至今仍是祕密。

「呵呵呵……呼哈、呵哈哈哈哈哈!!艾爾涅斯帝你還真是帶回了相當不得了的特產啊!!真是大快人心！哈哈哈哈！」

「父親，這種事情一點也不好笑……」

先王『安布羅斯』放聲大笑，一旁的里奧塔莫思只能無奈地勸說。看到先王大笑的模樣，『小魔導師（帕爾瓦）』納悶地偏著頭，安布羅斯見狀又發出一陣大笑，看來他的心情好極了。

「……呵呵，呼。嗯，好了。博庫斯樹海是被魔獸支配的地方，但深處不只有魔獸，居然還存在著巨人一類的生物。這世界真是充滿了驚喜，讓我捨不得就這麼糊里糊塗地隱居啊。」

國王里奧塔莫思考慮到事態並非他一人處理得了，所以才會向先王求助，現在卻對自己這樣的判斷有些後悔。

此事暫且不論。

艾爾涅斯帝在國王和先王面前，再次詳細說明在森林中發生的事情。

——艾爾掩護飛空船隊逃走，被留在森林裡；之後和巨人族的其中一支氏族，即凱爾勒斯氏族相遇、戰鬥，並共同生活；後來巨人族之間爆發了大規模的戰爭，賢人問答的情況以及其與小鬼族（哥布林）的關係——

等到事情的始末揭曉，里奧塔莫思的額頭明顯刻上了疲勞的皺紋。

「……原以為找出被留在森林裡的你將是一件非常困難的任務，看來是朕錯得離譜。難道你就不能老實一點等待救援嗎？」

「全是因為臣希望能盡快離開森林，為此尋找方法所致。若只是老實地等待，連活下去也很困難。」

「說是這麼說，但你也一口氣惹上太多麻煩了……！」

看見艾爾一副理所當然的樣子，里奧塔莫思也早已無意掩飾，口中發出一聲非常沉重的嘆息。

「呵呵呵，里奧塔莫思。你敢把這個惹禍精派去調查樹海，自然能預料到他會惹出一些麻煩事吧。」

「父親……問題不在那裡……無論如何！我們必須謹慎考慮下一步。巨人的問題是很重要……但更重要的是森伐遠征軍。沒想到他們竟然還有倖存者。」

國王終於恢復了平靜和威嚴。

此時，艾爾涅斯帝打了個信號，一直在旁邊等候的藍鷹騎士團員們便馬上展開行動，把某個貨物搬了過來。貨物體積巨大，必須藉助高度將近人類六倍的幻晶騎士才能搬運。

「這是森伐遠征軍的倖存者後裔所驅使的超級巨大魔獸『魔王』的中樞部位。」

被慎重保護的物體看上去猶如一顆水晶球，先王與國王興致盎然地湊近觀察，水晶球內部浮現出了模糊的人影。

「另外，裡面的是帶領森伐遠征軍倖存者的『初始之王』，臣是這麼聽說的。」

「……『亞爾芙之民』啊。真想不到。」

不知是誰輕嘆了口氣說道。

隱匿的族群『亞爾芙』，他們和人類之間締結了某項『法』，理應被嚴密地守護才對。

「為什麼他們會加入遠征軍？真教人意想不到。關於第一次遠征的事情沒有留下多少紀錄。畢竟建國時處於極度混亂的狀況。」

「遠征軍之興起與覆滅正是我國誕生的緣由。無論是誰，都相信這是正確的歷史。」

第一次森伐遠征軍跨越了歐比涅山地，意圖在澤特蘭德大陸東部稱霸，是人類歷史上最大規模的行軍。然而他們不得不屈服於樹海中潛藏著的眾多魔獸威脅，以將近全軍覆沒的形式告終。

但是，這只不過是西方國家的看法。事實上，在樹海中徬徨失措的倖存者最後遇見了巨人族，並且建立起可稱作是國家的體制。

「住在那個地方的人們大多被稱作小鬼族。他們不知道自己的起源，知曉一切的只有在當地自稱小王（奧伯朗）的現任亞爾芙王，還有貴族階級的人們。」

安布羅斯陷入沉思。儘管發現不同種族——巨人族這事非同小可，但這些全都是從現在開始——也就是未來的事。不過，森伐遠征軍卻包含著形形色色的過去，是弗雷梅維拉王國無法置之不理的歷史包袱。

「雖然事到如今，這麼說也無濟於事了，但我還真想見見那個叫什麼小王的傢伙。還有這個……叫作『魔王』嗎？只有放在中樞裡面的亞爾芙們也足夠了。看來還得找一天前往『鄉』和大老談談。那個人說不定親眼見證了當時的情景。」

考慮到亞爾芙之民的壽命，這是有可能的事。可以確定的是，大老綺里至少從弗雷梅維拉王國建國當時活到了現在。

「話說回來……因為他們將自己轉變為操縱魔獸的裝置，迷失於自己的野心之中，最後導致分裂的結果，但不可否認的是，他們確實靠著這份力量讓小鬼族在樹海深處站穩了腳步。」

艾爾端正姿勢，朝著兩人低下頭說：

「這個中樞部位是我們所不需要的東西。若是有可能，臣以為應該將之封印。為此……懇請兩位應允置於森都予以管理。」

「好吧。據說他們會在生命的盡頭陷入沉眠，並且與廣大洪流同化。即便他們終會淪落成那樣的姿態，應該也需要一處安息的地方。」

國王大方地點了點頭。在他眼前的是曾經守護過人們的亞爾芙人遺骸，既然目前的弗雷梅維拉王國不需要利用魔獸的技術，那就得找個地方把他們封印起來，而在同胞身邊安息應為最妥當的處置。

艾爾暗自鬆了口氣。雖然一切未必皆如他所預料般進行，但看來還是能實現一部分的約定。

將『魔王』的中樞部位運出去以後，里奧塔莫思向艾爾問道：

「你說的那個留在樹海中的人們建立的國家，現在變得怎麼樣了？」

「稟陛下，目前他們已經不具備國家的規模，而是另外建立了巨人族和小人族一起生活的城市。但小人族依舊是弱小的一方，再加上剛剛失去領導者，不曉得和平能維持到什麼時候……」

「一定很不容易吧。不管怎麼說，相處的對象可是決鬥級的巨人。」

語言相通，也可以一同生活，但是巨人和人類從根本上就存在著差異。不難想像和他們共同生活會有多麼困難。

「問題還有你帶回來的『客人』。」

「嗯，艾爾涅斯帝，那些巨大的客人們不遠千里來到我國，到底想要什麼？」

對於安布羅斯的問題，艾爾稍微思考了一下。

「他們原本是因為見識到銀鳳騎士團的活躍表現，開始對小人族產生了興趣，之後認為有必要隨臣等返回小人族之國，也就是弗雷梅維拉王國增廣見聞。」

「這麼說來，他們也將我們視為威脅了。」

「誠然。那麼，最好能夠展現我方擁有多少力量。」

「嗯。」

為了能夠應對巨人們失控的情況，國王又另外安排了近衛騎士團卡迪托雷駐留在訓練場。巨人們似乎對幻晶騎士部隊很感興趣，頻頻向騎士們發出「要不要比一場百眼問答？」的邀請，卻都被不明就裡的騎士們無視了。順帶一提，災禍之伊迦爾卡和亞蒂都在後面的船上待機，以便在事態緊急時立刻進行鎮壓。

里奧塔莫思環視在訓練場中各自以自己的方式打發時間的巨人們。

「如何對待這些客人，想必也會關係到我國未來的走向。此事並非一朝一夕可以決定。艾爾涅斯帝，這段期間就由你負責招待這些客人。應該說，除了你們以外也沒有人能應付得了。」

「確實是這樣。謹遵陛下旨意。」

雖然行動時有必要避人耳目，不過艾爾也有自己的打算，銀鳳騎士團大概會增加幾個外型不太好看的幻晶騎士吧。見他乾脆地答應下來，里奧塔莫思流露出疲憊至極的神色，搖了搖頭。

「最後，還有一件重要的事情要告訴你。」

里奧塔莫思強打起精神，板起臉看向艾爾。他在開口說話之前，短暫地猶豫了一下。

「是關於你和……銀鳳騎士團今後的發展。」

一聽到國王這番話，艾爾便點了點頭，端正姿勢——

此時為西方曆一二八五年。

經過與巨人族的相遇，銀鳳騎士團和弗雷梅維拉王國不得不迎來巨大的變革。在大西域戰爭後仍未恢復平靜的氣氛中，新的時代浪潮正席捲而來。

第十七章 大航空時代前夕篇

Knight's & Magic

第七十三話　雛鳥離巢

這裡是弗雷梅維拉王國的王都坎庫寧。

位於王都中央的王城——雪勒貝爾城，弗雷梅維拉王國第11代國王『里奧塔莫思・哈爾斯・弗雷梅維拉』與一名少年面面相覷。

那名少年的名字是艾爾涅斯帝・埃切貝里亞。他擁有宛如少女的可愛外貌和嬌小身材，乍看之下非常柔弱，實際上他卻是國內首屈一指的問題騎士，迄今從未缺席動搖王國根本的一連串重大事件。

對於提拔他的先王安布羅斯是否慧眼獨具這個問題，即位時日尚淺的里奧塔莫思還無法做出判斷。唯一可以肯定的是，他的影響力已強大到遠超一國騎士應有的程度了。

（居上位者應知人善任，不過實行起來還真困難啊。）

里奧塔莫思凝視著坐在對面的矮小人物，緩緩地靠坐椅背。

「老實說，聽聞你在魔物森林博庫斯墜落失蹤時，朕還以為你死了。」

「讓陛下痛心，臣深感抱歉，可是森林裡連一架幻晶騎士都沒有，因此令臣燃起了必須盡快返回本國的使命感。」

「執念竟然強大到能在魔物大樹海中存活下來嗎……」

里奧塔莫思嘆了一聲，略為無力地搖頭。

「如今能夠與你像這樣當面交談，表示你的力量已經遠遠超乎朕的想像。這可以說是件令人欣慰的事，不過……」

里奧塔莫思忽然瞇起眼睛，清晰地回想起接獲報告當下的心境。

「兵無常勢。這次的事件讓朕痛切體會到這點……我們太過傲慢了，以為你無論什麼事情都辦得到。不論你多有才能，也不過是一個人類，絕不是全能的存在。朕甚至連這樣理所當然的事情都忘記了。」

擊敗師團級魔獸，鎮壓西方動亂——這些驚人的功績與光環底下隱藏著一個單純的事實：即使是英雄，銀鳳也並非不死之身。就算擁有伊迦爾卡這台史上最強的鎧甲武士，身為人類的艾爾涅斯帝也可能隨時喪命於死神的鐮刀之下。

「朕聽父皇說過，成立銀鳳騎士團是為了守護你，並且讓你有施展拳腳的地方。事實上，銀鳳也建立了無人能及的功績，並隨著時間的流逝而成長卓著。不單單是騎士團，艾爾涅斯帝，如今你個人的名聲也已到了無可撼動的地步，當初的目的可以說已經達成了。因此，現在正是改變的時候。」

艾爾一臉平靜地等待接下來的話。里奧塔莫思嚴肅地宣告：

「銀鳳騎士團將要增加新的騎士。」

「……臣有點意外。意思是要擴大規模嗎？」

艾爾眨眨眼，歪著頭問道。里奧塔莫思點了點頭，肯定地說：

「除此之外，銀鳳騎士團的各中隊也要獨立，分別成立『新的騎士團』。」

看來不只是增加人數這麼簡單。艾爾把頭倒向另一側。

「陛下的想法臣明白了。但是，假如讓所屬戰力都獨立，銀鳳騎士團會就此解體吧？」

「朕沒有這個打算。銀鳳之名已經轟動諸國。事到如今，即使讓你們解散也沒有好處，所以才要改變形態。」

艾爾將歪到一邊的頭轉正。

「新獨立的騎士團將從屬於銀鳳騎士團，而以往的幾個中隊會各自擴充為騎士團的規模。可以視為銀鳳騎士團整體的戰力反而有所提升。」

銀鳳騎士團一直是以艾爾為首而運作的集團。按照國王的說法，他們今後將管理數個騎士團，以階層型結構展開活動。聽到這裡還可以理解，但艾爾還有一些疑問。

「陛下，恕臣冒昧。既然如此，維持銀鳳騎士團原本的架構，直接拓展規模不是也行嗎？」

「那就是最大的差異……新騎士團和銀鳳騎士團的任務會區分開來。今後一旦發生緊急情況，會先讓從屬騎士團處理。」

「呃……總之，不能由臣帶頭行動，是嗎？」

里奧塔莫思沉重地點頭。

「你在森林的期間，這個國家發生了很大的變化。從幻晶騎士的強化、飛空船的配備、飛翔騎士的躍進等等情況為起始，直至今日，改變的腳步都不曾停歇。如今又加上巨人和森伐遠征軍的事情，銀鳳騎士團所擔負的職責將會愈來愈重……正因如此，艾爾涅斯帝，讓雛鳥們從銀鳳的翅膀下離開吧，今後你將站在見證與守護的立場看著他們。還有……」

感受到氣氛的微妙變化，艾爾眨了眨眼。國王看似不動聲色，嘴角卻不著痕跡地揚起一道曲線。

「銀鳳騎士團的中隊長們似乎很有自己的主張啊？在這次行動中也展現出凌駕博庫斯大樹海的實力。既然如此，就給他們合適的位子好好發揮吧。」

「呃——」

艾爾毫不掩飾地直接移開了視線，可是依然躲不過國王步步進逼的攻勢。

「一如他們當時來到朕面前口齒伶俐地抗議時所言，他們把成果連同麻煩事都帶回來了，那麼至少該擔負起相應的責任吧。」

「是……對、對了，陛下，先不論騎操士們的職責，幻晶騎士的開發又該如何安排呢？這也是銀鳳騎士團的使命呢。」

艾爾刻意改變了話題，國王則是裝作配合的樣子點點頭。

「當然，朕會另外派人給你。這個嘛……朕考慮從國立機操開發研究工房調派人手過去。」

「從國機研？但他們和銀鳳騎士團負責的角色應該不太一樣。」

「因為近年來的顯著改革恰好都是由你帶頭，聽說他們那邊也愈來愈多人希望加入銀鳳以獲取更多知識了。」

國機研所長歐法等人可能為此提出了請願吧。建造飛空船和飛翔騎士時，銀鳳騎士團曾經派人協助他們，因此雙方早已有過交流的經驗。

「送去騎士團的人員就由我們選定，等到增加人員一事結束後……還有很多事情需要你們處理。畢竟你們帶回了那麼多麻煩嘛。」

「是……」

真是自作孽不可活啊。

如此這般，艾爾結束與里奧塔莫思國王的謁見後踏上了歸途。一直等著他回來的亞蒂馬上迎上前。

「歡迎回來！陛下說了什麼？」

「嗯。看來銀鳳騎士團的騎士們，要全部轉移到新的騎士團了。」

「……咦？」

她一臉呆愣地僵住。艾爾沒有詳細說明，兩人直接朝奧維西要塞趕去。

◆

隨著騎士團歸來，銀鳳騎士團的據點奧維西要塞也陷入一片人仰馬翻的情況。

眾人從飛空船上卸下貨物，並將幻晶騎士一架架送進工房。在此期間，騎士團長帶著國王的命令回來了。

「……事情就是這樣。陛下下令要我改變銀鳳騎士團的形態，同時還要創設新的騎士團。」

艾德加、迪特里希和海薇面面相覷，臉上難掩困惑之色，帶領鍛造師的老大達維也皺起眉頭。

「新的騎士團？那麼麻煩的事，我應該拒絕過了才對啊。」

第二中隊長『迪特里希・庫尼茲』盤起雙臂，毫不掩飾不滿的樣子如此說道。

「站在被拯救的立場，我是不好說什麼，但聽說你們用了相當強硬的手段前往樹海……」

「全都歸功於騎士團長教導有方！」

迪挺起胸膛回答，可是卻移開了視線。

「不管怎麼樣，這回都躲不了了。」

「這次最好做好覺悟吧？迪。誰教你把話說得那麼滿。」

第三中隊長『海薇・奧柏裡』受不了地對迪特里希勸道。畢竟為了救出艾爾涅斯帝而去找國王當面談判，還出動了騎士團的不是別人，正是他。

「嗯——讓中隊獨立啊……第三中隊（我們）也要嗎？」

「全部的所屬騎士都要比照辦理。」

「這樣啊。我原本還想留下來呢。」

「之前還說了那麼多煽動我的話，妳啊……」

「給我等一下，如果要調動那麼多騎士……還有誰會留在銀鳳騎士團呢？」

第一中隊長『艾德加・C・布蘭雪』面有難色地插話道。要是第一到第三中隊都獨立的話，也就意味著銀鳳騎士團的全數戰力將轉移到新的騎士團。對於他的疑問，艾爾輕輕地指向自己，然後指向老大和巴特森。

「有我在啊，而且因為轉移到騎士團的是各位騎士，所以鍛造師會留下來。」

「當然！我也絕對要留下來！」

亞蒂一把緊抱住艾爾，擁有騎士團長輔佐這個頭銜的她不隸屬於任何中隊。雖說不管是什麼樣的名義，她都不會同意跟艾爾分到不同單位吧。

「我也會留下來。這是可以放心的……應該吧？」

艾爾他們的童年玩伴，也是鍛造師的『巴特森・泰莫寧』也吐出一口說不上是安心的氣息。仍然抱著艾爾的亞蒂倏地轉過頭對他說：

「對呀，還得請你幫我們操縱飛空船！」

「給我等一下，亞蒂。我可是鍛造師哦？」

撇下正在抬槓的童年玩伴組，艾德加皺起眉頭問：

「那根本就變成銀鳳鍛造師團了……這樣也沒關係嗎？艾爾涅斯帝。」

「雖說要劃分出騎士團，也不代表銀鳳騎士團之名會就此消失。應該只是稍微改變一下手續，我們該做的事情並不會因此改變。」

「因為是陛下的命令，所以你才遵從嗎？」

「那也是原因之一。首先，我們從先王陛下時期就特別受到關照，考慮到以後的發展，勢必要增加騎士團人員。而且……」

艾爾扳著手指細數，並握緊了拳頭。

「雖說結果很順利，但是連伊迦爾卡都在這場戰鬥中被擊墜了。我們必須從現在開始鍛鍊，才不會重蹈覆轍。」

「呃，不好意思，有災禍之伊迦爾卡那樣的怪物還不夠嗎？」

「災禍之伊迦爾卡是臨時趕工的機體，不能長時間使用。就算要用，也有必要翻修！」

「是喔。」

迪特里希因為開始覺得麻煩而放手不管了。

「哎呀，既然騎士團長有意願，那就沒辦法了……等一下，這樣一來，我們可是高升了不少呢。」

從中隊長一口氣變成了騎士團長，不說某天突然就成為騎士團長的艾爾那種特例，這可以說是破格的晉升了。

「以後就要正式站在照顧騎士團的立場了。恭喜學長姊。」

「唔唔，只有一堆麻煩事吧。」

當迪特里希嘆息著搖頭的時候，原本一直聽著他們交談的第二中隊隊員紛紛簇擁到他的身邊。

「所以說，迪隊長要變成迪團長了！」

「耶——團長！」

「噢——團長——！」

「吵死了！喂，你們這些傢伙不要……！」

先不管舉起迪特里希往上拋的第二中隊，艾爾接著轉向艾德加和海薇。

「雖說規模很小，但想不到我要帶領騎士團啊。」

「艾德加學長也不願意嗎？」

艾德加盯著自己的手凝視了好一會兒，然後朝身旁的海薇看了一眼。

「照你的意思去做吧。已經不能反悔囉？」

「……說得對。好吧，艾爾涅斯帝，我會接受任命。」

最後就剩下第三中隊了。中隊長海薇倒是反常地沒有立刻給出答案。

「關於那件事……可以多給第三中隊（我們）一點時間考慮嗎？」

「我明白了。」

她的視線前方是被第一中隊團團圍住的艾德加。她大概也有自己的打算吧，所以艾爾只是輕輕點了點頭。

等到騎操士們的討論結束後，剩下的便是騎操鍛造師。負責管理鍛造師的老大『達維・霍普肯』摩挲著鬍子，盤起雙臂說：

「哎，意思就是我們大致上不會有所改變，但會增加一些人手，是嗎？」

「國機研那邊應該會派人過來。就和以前一樣在奧維西要塞的據點努力研究開發吧！」

「我偶爾會去那邊露個臉，也不是完全不認識的人。少年認為沒問題的話，我這邊同樣沒有異議。」

老大才剛點頭表示同意，巴特森便舉起手發問：

「艾爾，出雲會留下來吧？」

「會的。畢竟它都是由鍛造師隊操縱。」

看到艾爾點頭，一股安心的氛圍在鍛造師們之間擴散開來。雖然他們的本分是握著鎚子幹活，可是也不想放掉飛空船的工作。

在騎士團大致問過一遍後，艾爾再次環視所有人。

「好了，接下來會開始忙囉。人手是增加了沒錯，不過分配到的任務也相對多了很多。先把巨人們叫來這裡吧。」

「說起來，還有他們的問題呢。小魔導師不要緊吧？」

「我更擔心接待他們的近衛騎士要不要緊呢……」

女性團員們的顧慮並不能說是毫無根據的。

第二天。

艾爾等人回到了坎庫寧近郊的演習場。巨人們漸漸厭倦了光是眺望演習場的日子，馬上同意了他的提案。

「我想邀請大家過來我們的要塞。照理說應該辦個歡迎宴會，可惜我們連準備的時間都沒有……」

「艾爾老師，吾等並不介意。比起一直在這裡仰望天空，吾等認為應該有更值得一看的事物。」

「對啊。再這樣無所事事，連百眼都要抱怨看膩了……」

小魔導師（帕爾瓦）和巨人少年『拿布』百無聊賴地看著彼此。不論演習場再怎麼寬敞，沒有什麼值得一看的事物也是不爭的事實，況且還不能隨意走動，所以他們很快就感到厭倦了。

由於載著巨人們來到此地的飛空船送去國機研維修保養，所以他們要用澤多林布爾拖曳的貨物馬車進行移動。

當第三中隊駕駛的半人半馬機體伴隨著滾滾塵土出現時，巨人們全都驚訝得瞪大了眼睛。

「這是什麼？有一半是魔獸!?真奇怪……」

「唔唔，小人族的幻獸裡還有這種東西呀！」

「哇～這是什麼？很強嗎？」

「不可以挑起問答哦，拿布。」

巨人們提心吊膽地從遠處觀察澤多林布爾和後面連結著的貨物馬車。雖然他們看過許多魔獸，人馬騎士卻遠遠超出了他們想像。即使叫他們乘上貨物馬車，他們還是以難掩不安的神色到處檢查。

「沒事的。這本來就是為了運送幻晶騎士……也就是你們所說的幻獸而建造的交通工具。雖然乘坐起來不一定舒適啦。」

「和森林的魔獸相比，幻獸的種類有過之而無不及呢。唔唔，好，請百眼明鑑！」

做好心理準備的小魔導師坐上了貨物馬車。巨人們看了彼此一眼，也小心翼翼地跟著坐了上去。

巨人們身上蓋著幻晶騎士用的披風作為偽裝。這樣一來，從遠處看就像是哪裡的騎士團正在移動一樣。雖然靠近就會發現他們實在無比怪異，但也沒多少人能夠仔細觀察移動中的澤多林布爾。

「那就麻煩你們了。」

「交給我們吧。好，各位，我們出發囉！」

第三中隊的回應聲同時響起。他們熟練地讓澤多林布爾排成整齊的隊伍，接著拖著變得沉重的貨物馬車，強而有力地開始奔馳。

車隊挑了弗雷梅維拉王國比較不起眼的道路行進。儘管施加了偽裝，不會輕易暴露巨人的存在，但最好還是慎重行事。

剛出發時看起來仍顯得十分不安的巨人們，沒過多久便習慣了。人馬騎士雖然怪異，但貨物馬車對他們來說卻是新奇且便利的工具。他們一路上都忍不住從車上探出身子觀察四周。

「以魔獸般的速度疾行嗎……這東西還真是有趣。唔，虹之勇者，不能就這樣坐著到處看看嗎？」

「感覺會引起混亂，所以不行。請再安分一陣子。」

「唔，可是有必要請百眼觀看小人族之國啊。」

「向那個『混合幻獸』說不就好了嗎？」

「他們是我的部下，會優先聽從我的命令。還有，請稱呼他們為幻晶騎士。」

「唔……」

畢竟巨人可是一群不惜跟到人類的國家也想要滿足好奇心的傢伙，之後每當看見新奇的事物，也是像這樣嘰哩呱啦地吵個不停，艾爾還得不時制止那些興奮得差點從貨物馬車上滾下去的巨人。一行人如此前行，終於抵達了奧維西要塞。

「這就是老師你們的住處嗎?」

「不是森林,也不是村子。看起來好奇怪喔!」

小魔導師眨著四隻眼睛仰望要塞,拿布則是忙著打量四周。足夠容納幻晶騎士的要塞,對巨人們來說也足夠寬敞,而且此處比演習場建造得更為複雜,更激起了他們的好奇心。

「還要再等一段時間才能讓人們知道巨人族的存在。因此請你們暫時將這裡當作據點吧。」

「真令人焦急啊,虹之勇者。不過這裡好像也能看到不少有趣的東西。」

弗拉姆氏族的勇者東張西望地瞧著。整個銀鳳騎士團的戰力齊集於機庫。以伊迦爾卡和卡薩薩奇為首,還有阿迪拉德坎伯、古拉林德、卡迪托雷和澤多林布爾。除此之外,貨物馬車和戰馬車也成排停放,景象可說非常壯觀。

「再稍微忍耐一下。只要你們的『外衣』做好,各位就可以在某種程度上自由行動了。」

艾爾涅斯帝面帶笑容地向他們保證。

◆

有一群人在這天來到了奧維西要塞。

「我們來自國立機操開發研究工房！是來銀鳳騎士團報到的鍛造師。」

「我聽陛下說過了，歡迎來到銀鳳騎士團的奧維西要塞。」

這群人是佩戴著國機研徽章的鍛造師。有資質和才能等原因在先，團體中果然以矮人族佔據多數。帶頭的是一位矮人族女性，她向前走出一步，看來是這個集團的代表。

即使那名矮人族女性和艾爾站在一起，兩人的身高也相差無幾，她的長髮編成辮子垂落而下。她揚起嘴角一笑，伸出握著錘子的拳頭。

「我是『德西蕾雅・約翰森』……之前在國機研第一工房揮鎚子幹活。請多指教。還有好久不見了啊，霍普肯鍛造師長。」

「我聽說有人要從國機研過來。沒想到是妳，德西蕾雅。」

艾爾輪流看著兩人，不解地歪著頭問：

「你們認識嗎？」

「對，之前我曾經因為飛空船和飛翔騎士的事，去國機研交流不是嗎？那時候有和她說過話，而且你也認識蓋斯卡工房長吧？她是工房長的孫女。」

「原來如此。難怪覺得名字有點耳熟。」

交談期間，德西蕾雅像是很感興趣般，將艾爾從頭到腳打量了一番。

「銀鳳騎士團團長！久仰大名……真的和傳聞中一樣嬌小呢。很少看到和矮人族身高差不多的騎士。啊，不管怎麼說，之前爺爺承蒙你關照了。」

「彼此彼此，多虧工房長幫我們做出卡迪托雷這樣優秀的機體。他最近還好嗎？」

「可好了！雖然年紀到了，不得不退休，但爺爺還是常常到國機研露面，或是揮揮鎚子什麼的。每次都得由我把他帶回去！」

「真像工房長會做的事。」

德西蕾雅舉起手臂示意。她的身體就和鍛造師一樣結實強壯，想必過去也沒少揮鎚子吧。

看看包括她在內的鍛造師們——當然不只矮人族，其中也有人類——就會發現年輕的臉孔占大多數。他們都是肩負這個國家未來的新星。

「不是我自誇，但我在國機研也算有兩下子。你們可以放心期待我的手藝。」

「哎，我們從一開始就沒擔心那個啦。」

德西蕾雅身後的年輕鍛造師們也走向前打招呼：

「久仰銀鳳騎士團大名！能夠親眼見識各位的技術，真是備感光榮！」

「當然，我們也保證在工作上不會使國機研之名蒙羞。」

艾爾點頭微笑，然後忽然板起臉說：

「那麼恕我冒昧，銀鳳騎士團碰到了一點希望鍛造師們解決的問題。我想拜託各位處理。」

「哦？很好，我們就把這當成入團測試一類的挑戰吧。」

德西蕾雅大膽地笑了，而原國機研的鍛造師們雖然有些躁動，卻也馬上用力地點了點頭。

這是個可以展示實力的好機會——

「那麼，希望你們先準備外裝。」

「需要什麼特殊構造的嗎？」

「我要的不是魔力儲存式裝甲，而是普通的鎧甲。」

鍛造師們的頭上不約而同地從冒出問號。聚集在此的人，可都是國內幻晶騎士技術的最高峰——國機研中備受期待的未來之星，沒有人認為至今還需要測試他們製作普通裝甲的實力。

「比較困難的是必須製作符合『體型』的外裝……不過，我認為這是理解銀鳳騎士團活動的一項重要作業。」

「對，接下來有些事不方便明說，請做好覺悟的人再參與。要是不喜歡，可以暫時回到國機研沒關係。」

艾爾和老大發揮了無謂的體貼精神。德西蕾雅等人你看我、我看你後，討論了一會兒，擺出一副沒什麼好怕的樣子回過頭來。

「會在這裡退縮的人，一開始就不會過來了，我們就接下那個工作吧。」

「那麼，請往這邊走。」

於是，他們與未知邂逅了——

「唔，虹之勇者。在這裡過得是不差，但還是有點無聊，不能去狩獵嗎？」

「唔，又來了一群人啊。差不多該幫吾等準備『外衣』了吧？」

國機研的鍛造師們維持著目瞪口呆的表情僵在原地。不論他們如何優秀，在面對超乎想像的存在時，也無法立即做出反應。

——體積和幻晶騎士不相上下的巨大人類，不但會動、會行走，還會說話。巨人——像決鬥級魔獸一樣巨大的人類，轉動著好幾隻眼睛觀察他們。

「什……霍普肯！這、這到底是什麼……」

「噢，如妳所見，是巨人。就稱呼他們為巨人族吧。我們的團長在博庫斯大樹海深處時，稍微受過他們的照顧。因為他們說想來看看我們的國家，所以團長就帶他們回來了。」

「我問的不是那種事情啦!?」

「關於他們的存在，暫時還得保密喔。為了讓他們出外行走，我想讓他們偽裝成幻晶騎士，所以必須準備符合他們體型的外裝。」

德西蕾雅等人再也說不出話，只是一張一合地動著嘴巴。在這時候，小魔導師走到他們面前並坐下。

「汝等是老師的氏族嗎？是要幫吾等製作護具的人吧。請多多關照，小人族的鍛造師。」

「喔，好……」

德西蕾雅只能勉強做出回應，她這才恍然理解銀鳳騎士團為人所懼的原因。

◆

當銀鳳騎士團展開各方面的行動時，王城雪勒貝爾城也正面臨巨大的變動。

王國內的貴族們在城裡的大會議室齊聚一堂。除了那些有急事必須處理的人以外，將近九成九的貴族階級都在此集合。主持這場會議的當然是國王里奧塔莫思。

他環視在座面露緊張的貴族們，悠悠地開口道：

「巨人族……經過這次前所未有的相遇，又揭曉了一個博庫斯大樹海的祕密。樹海裡並不單單只有魔獸，也有著與智慧生物交流的故事。」

銀鳳騎士團帶回巨人族的消息已經為大部分貴族階級所知曉，對民眾發表一事則仍在等待時機。

「大樹海……曾是人類所不能及的森林，反之也意味著是整片尚未開墾的土地。若能進入其中，想必能蒙受巨大的恩惠。」

貴族們之間開始壓低嗓音議論紛紛。自弗雷梅維拉王國建國的數百年後，王國終於要改變姿態了。也可以說銀鳳騎士團所參加的先遣偵察隊，正是為了這一刻而組成。

「過去，光是國內的魔獸便讓我們疲於應付。對於大樹海的另一頭則是連想都不敢想，但是如今不同了……」

貴族們紛紛頷首，臉上流露出自信的神色，正是銀鳳騎士團所創造出的最新型幻晶騎士陣容，撐起了在場所有人的自信心。強而有力的幻晶騎士具備跨世代的性能，不僅提升了對魔獸的打擊力，更促進了國內的穩定。翻開王國的歷史，或許這還是王國的人們，第一次能像現在這樣過上如此安穩的生活——國內安全程度已經提高到了出現這種說法的程度。

「想要在樹海中前進，勢必需要和已經在其中生活的人們攜手合作。」

「巨人……不，還有被稱作小人族的人們。」

「沒想到還有第一次森伐遠征軍的倖存者。大樹海中果然有魔鬼居於其中啊。」

在今後將要踏入的地域已有『原住民』存在，這種情況往往伴隨著種種問題。不過，里奧塔莫思輕笑出聲，低語道：

「幸好，由於銀鳳騎士團居中協調，據說他們已和雙方都建立起良好的關係了。如此一來，我方就沒有道理不利用這項優勢採取行動。」

國王和貴族們對彼此點了點頭。所有人都已瞭解到，負責先遣偵察的銀鳳騎士團這趟旅程有多麼重要了。

「朕近期將會派人進入森林。我國今後還有很長的路要走。」

聽到國王做出總結，貴族們一齊躬身行禮。

在貴族們商議的圈子外，有一名年老的男性獨自佇立一旁。他正是上一代的國王安布羅斯。安布羅斯仔細傾聽周圍的談話，直到最後都沒有開口介入，只是靜靜地思索著。

◆

身為話題中心的巨人族，對於自己成為王城國事會議中的要角一事毫不知情。

「小人族的鍛造師，汝等的護具雖然大小剛好，但總覺得少了點顏色點綴啊。」

「說得沒錯。這樣就不能區分各氏族了。對了，用獸毛裝飾如何呢？」

他們充滿活力地吵嚷著。

「啊啊，夠了！不接受訂做啦！那麼大塊頭還愛挑三揀四!!」

在銀鳳騎士團據點——奧維西要塞的德西蕾雅今天也傷透了腦筋，而令她頭痛的根源正在眼前嘮嘮叨叨個沒完，提出各式各樣的要求。

「再說了，我們的幻晶騎士本來就沒有那種裝飾。那樣太顯眼了。」

「吾等不介意。」

「但是我們介意！你們也思考一下吧，我們是為了什麼才必須替你們做這些偽裝啊……」

這些巨大的人類擁有高達十公尺左右的龐大身軀。起初她還會為此感到驚訝甚至恐懼，但這些情緒在一個星期後就全都甩到大樹海另一端了。很悲哀地，人是種容易習慣的生物。碰到這種挑剔的客人，降低標準也不過是轉眼間的事。

「自己的武裝果然還是得用親手狩獵的獵物製作才行，這樣實在令人靜不下心啊。」

「如此便不能得到百眼之守護，虧得盧貝氏族能夠閉上眼忍受這等恥辱。」

遇到這樣百般挑剔的對象，換成其他人來接待也會感到厭煩。當他們你一言我一句地爭論不休時，老大揮動槌子走了過來。

「喂，大傢伙！那些外裝是讓你們在我們的住處到處走動的條件，和你們的鎧甲用處不一樣，給我乖乖穿上！」

聽到老大這般高聲發言，巨人們面面相覷。

「那就沒辦法了。」

「但是之後吾等還是要做新的鎧甲。」

「好好好。我會先跟團長說一聲。」

得到有些敷衍的回答後，巨人們像是暫且感到滿意般紛紛點頭。在老大向四周下達指示時，德西蕾雅走了過來。

「終於安靜下來了……喂，霍普肯！拜託幫忙想想辦法對付這些傢伙吧。」

「喔，辛苦妳啦，德西蕾雅。我懂妳想抱怨的心情，不過這也是陛下的命令，只能靠我們處理了。」

面對明顯露出厭煩神色、不停絞著辮子的德西蕾雅，老大只能無奈地聳聳肩。

「我是因為想創造新的幻晶騎士才來這裡的！才不是為了煩人的客戶量身打造鎧甲。」

「別那麼激動。現在只是時機不太湊巧，很快就會讓妳做幻晶騎士做到抓狂啦。」

「……這算是過來人的經驗談嗎？」

「是銀鳳騎士團(我們)的共同認識。反正團長從來不會安分，之前也是突然就開始做讓幻晶騎士飛起來的實驗。」

「總不會做出比飛還要誇張的事吧……」

看著老大眺望遠方、喃喃自語的模樣，德西蕾雅的表情也變得有些僵硬。

◆

鍛造師們的努力沒有白費，巨人族的偽裝用鎧甲終於完成了。而巨人族原來使用的鎧甲則由銀鳳騎士團代為保管。

「非常感謝各位鍛造師。巨人們也辛苦了，這下總算不用受到拘束、躲躲藏藏了。」

「真是累死人了……」

在費了一番苦工之後，穿上鎧甲的巨人們看上去有了幾分幻晶騎士的模樣。話雖如此，因為他們有高有矮，又不時有些奇怪的小動作（幻晶騎士不動的話是靜止的），總有種揮之不去的怪異感覺。

「接下來的部分就不是我們的工作了。好好教育一下那些大傢伙吧。」

「這終歸只是臨時的處置辦法，不用做到那麼徹底。」

德西蕾雅嘆了一聲，斜眼看著反覆檢查鎧甲並四處走動的巨人們。她這陣子想必累壞了，艾爾也只好苦笑著安撫她。此時有道陰影落到他們頭上，兩人抬頭一看，一個在巨人中較為矮小的人影出現在眼前。

「艾爾老師。」

「小魔導師。嗯，很適合妳喔。」

「……是嗎？因為有必要才試著穿上，可是吾總覺得很拘束。」

「很難看到前方！」

小魔導師的鎧甲雖然比較輕，不過全身又覆上一件寬大的布製外套。看起來她似乎穿得很不習慣，她和旁邊的拿布一樣，不停地調整頭盔的位置。

儘管眾人也為三眼或四眼的巨人調整過了，可惜怎麼做都無法解決視野變得狹窄的問題。相對的，經過調整之後，恐怕從外側就會被發現頭盔下的並不是眼球水晶，而是活生生的眼睛。不過艾爾心想，不湊近仔細看應該不會有什麼問題，所以決定不去在意這點。

這時候，另一個巨人走了過來。他擁有比起一般巨人或幻晶騎士都大上一圈的龐大軀體，是一名五眼位巨人。他那高大雄偉的樣貌，襯得穿著鋼鐵鎧甲的身形極具壓迫感。

「虹之勇者，吾等依約改變了外表。差不多該引導吾等四處遊覽一番了吧。」

「那是當然的。啊，但是大家現在正忙著呢。」

銀鳳騎士團受到重新編制的影響，目前非常混亂。尤其是為了處理選拔人員等事宜，各個中隊長都抽不開身。

「沒辦法，那就由我和亞蒂……」

艾爾正要下達指示的時候，一名團員氣喘吁吁地跑了過來。

「團、團長！不得了了！有貴客……」

「貴客？沒聽說有客人會來啊。」

艾爾疑惑著對方慌張的理由，朝會客室走去。

◆

東西弗雷梅維拉大道是貫穿弗雷梅維拉王國中心的大動脈。這天一如往常，大道上往來的馬車絡繹不絕。儘管距離飛空船登場已過了一段時間，可是貴重的船隻尚未完全普及，物流的主角至今依然是馬車。

要說有什麼變化，就是偶爾會有巨大的人馬騎士拖著貨物馬車奔走吧。隨著人馬騎士的普及，這樣的景象倒是不那麼罕見了。

「……小人族的國家真寬廣啊。」

「而且到處都有幻獸，盧貝氏族都沒有這般數量。」

小魔導師在澤多林布爾牽引的貨物馬車上瞇起眼睛朝四周張望。雖然巨人們居住的聚落也散布在森林各處，整體規模卻沒有人類的國家這麼廣大。比較起來，確實是人類的國家更為寬廣。這是單純的人數差距，以及人類極力避免魔獸侵害的生活方式所致。

愈接近城鎮，便可以看到愈多沿著街道兩旁往遠處延伸的田園景緻。因為有軍隊駐守的城鎮周遭較為安全，因此往往會被開闢為田地。

「哦，小人族還會培育草嗎？」

「只有身體小的小人族才能以草為食，吾等吃那個可填不飽肚子。」

肉食系的巨人們對農地不怎麼感興趣，看過就算了。不久，又有人指著貨物馬車行進的道路說：

「這個叫做『道路』的東西走起來很方便，吾等也要鋪設嗎？」

「搬運這麼多的石頭很困難呢。再者，吾等有獸道便足夠了。」

巨人族中之所以無人對路面狀況表示意見，應該歸功於他們頑強的耐力。生物的個體強度愈高，就愈不需要為了生存耗費時間和精力。

這一路上，巨人們每當看到什麼新鮮的東西就會大聲嚷嚷，並議論一番。

澤多林布爾牽引的貨物馬車不只載了巨人族，當然也載運了幻晶騎士。有個人在其中一台載著幻晶騎士的貨物馬車上注視著情緒高亢的巨人族。

「嗯，巨人族其實相當聰明啊，生活方式似乎和我們不同，卻能與我們共享生活的智慧。」

先王安布羅斯迎著風自言自語。端坐一旁的艾爾則如此回應：

「他們有自己獨特的文化，雖然偶爾還是會發生無法理解的情況，但雙方語言大致相通。這也是森伐遠征軍無意間得到的成果呢。話說回來……先王陛下，您突然大駕光臨，說想見見巨人族的時候，還真是嚇了臣一跳呢。」

「嗯，我也是臨時起意。為了今後著想，我想必須看清楚巨人的本性才行。放心，我不會礙事的。你去和團員們說吧，不用在意我。」

「那怎麼行，不可能不在意啊。」

當銀虎突然來到奧維西要塞的時候，連一向從容冷靜的艾爾也嚇了一跳。而由於安布羅斯提出要看看巨人的要求，艾爾才會像現在這樣帶著先王隨車隊一起出發。

「再來就剩下嘗試和巨人族直接對話了。艾爾涅斯帝，在他們之中有沒有比較易於交談的人選？」

「既然如此，臣就介紹自己的學生給您吧。」

「哦，居然還有學生，有意思。艾爾涅斯帝，在抵達之前，你跟我說說樹海的情況吧，遠征軍的末裔是如何生存下來的呢？」

「這個嘛，一開始他們是依附在巨人族之下……」

兩人交談的聲音隨風流逝的同時，貨物馬車也在大道上繼續前進。不久後，車隊偏離了主要幹道進入森林中。澤多林布爾放慢速度，踩過腳下不成路的林徑，最後抵達遠離城市和街道的森林深處。這裡至今仍是魔獸居住的場所。

「用這個幻獸移動起來還挺方便，不過吾已經膩了。」

「唔，森林的氣息沒什麼改變。睽違已久的狩獵啊，吾的技巧都要生疏了呢。」

巨人們看上去很高興的樣子，分散進入了森林。他們似乎早就忘了身上還穿著和平時不同的鎧甲這回事。

在巨人之後，幻晶騎士從貨物馬車上站了起來。其中可見銀虎的身影混在卡迪托雷之中。

「哦，三下兩就打倒魔獸，身手不凡啊。」

眼看巨人們馬上就打倒了發現的魔獸，安布羅斯的口中發出沉吟。

「來到這裡的都是各氏族中不負勇者稱號的強者。就算不是在吾等的森林，吾等也不會輕易敗給一般的魔獸。」

小魔導師有些驕傲地昂首挺胸，如此回應。艾爾託她留在這裡當先王的聊天對象，而在她身邊還有擔任護衛的拿布。拿布似乎一心想參與打獵，看起來有點心神不定。

先王高興地看著巨人族的少年少女，接著像突然想到了什麼，開口道：

「說起來，巨人女孩，記得妳叫作小魔導師……我有件事情想拜託妳。」

小魔導師盯著銀虎，疑惑地歪頭。

◆

與此同時，駕駛卡迪托雷的艾爾陪著巨人們一同進入了森林。

「我知道你們幹勁十足，但請不要太過分散喔？」

「虹之勇者。雖然汝這麼說，但吾等畢竟很久沒有伸展手腳了。這裡的魔獸要多少有多少，還可以拿來當作裝飾！想想就令人興奮！」

「呃——狩獵是沒關係，不過裝飾就有點……」

艾爾邊帶路邊努力應付這些隨心所欲的巨人們，這時，一架幻晶騎士上氣不接下氣地跑了過來。

「團、團長！不得了了！」

「呃，總覺得這過程有點熟悉啊。」

心底生出一股不祥預感的艾爾回過頭，接著便聽見團員果真喊出了他意料中的事。

「先王陛下他……！在對面！」

「糟了，一不小心沒盯緊……」

艾爾不禁翹首望天，但現在可不是發呆的時候。他向巨人們打了聲招呼，便全力驅動機體跑了起來。

「……小魔導師，這究竟是什麼情況？」

「唔，老師。那個銀色幻獸，說想要對吾等的力量挑起問答。」

「是堂堂正正地獻給百眼的問答喔！」

「難道先王陛下從一開始就是這樣打算……唉，該怎麼辦呢？」

才剛回來，艾爾駕駛的卡迪托雷便靈巧地擺出抱頭的姿勢，畢竟眼前可是五眼位巨人和銀虎對峙的一幕。

「難道不行嗎？」

「……不是妳的錯，可是也不能就這樣放任他們不管。」

在艾爾煩惱的時候，兩個巨人之間的戰意也愈發高漲，銀虎握著的長槍筆直地指向巨人。

「怎麼了？戰士，不是要教教我巨人族是何種存在嗎？」

「唔唔……」

尖銳的殺氣與森林中的魔獸有所不同，五眼位巨人感受到不同於巨人戰士的壓力，臉上不自覺地露出笑意。

「幻獸，這樣才是向勇者挑戰的態度啊！睜大眼看清楚了！」

巨人氣勢洶洶地往前踏出一步，率先發動攻擊。然而長槍的攻擊範圍較廣，以犀利的一擊擋下了巨人手持的棍棒，將攻擊推了回去，並連續使出突刺襲向顯露怯意的巨人。即使巨人擁有強韌的身軀，可是在技巧上仍略遜一籌，擋不住安布羅斯的所有攻勢。

重擊鋼鐵鎧甲的悶聲接二連三地響起，巨人忍不住猛然後跳，拉開距離。巨人之所以受到攻擊還能如此輕快地移動，是因為銀虎刻意瞄準了鎧甲較堅固的部分攻擊的緣故。

「和魔獸之角完全無法相比啊……」

金獅子和銀虎在最新型的機體中擁有格外強大的臂力，此外，作為提供王族使用的幻晶騎士，使用的全是高品質的零件，再加上銀虎經常維持在整備萬全的狀態。所以即使對上五眼這樣上位的巨人，其力量也有過之而無不及。

「不過，吾的眼睛尚未用盡……『火焰前來！』」

巨人伸出來的掌上積聚著火紅色的光。看到這一幕，安布羅斯的嘴角揚起了笑容。

「哦！操縱魔法嗎……有趣，讓我看看吧！」

超越戰術級魔法的熊熊火焰奔流被釋放出來，銀虎迅速轉動長槍，驅散逼近的火焰，然而這正是巨人的目的。五眼位巨人緊追著自己的魔法猛衝而來，剛揮出長槍的銀虎則遲了一步。

眼看巨人舉起了棍棒，銀虎隨即舉槍準備迎擊——

突然，一道影子闖進兩者之間，硬是介入了這場戰鬥。

「!!」

在認清那是卡迪托雷的瞬間，銀虎和巨人同時改變了目標。

銀虎抬腳向上使出踢擊。面對迫近的膝部裝甲，卡迪托雷故意把劍身當成棍棒使用，並猛力敲下。在彈開踢擊的下一秒，卡迪托雷的背部武裝發出了光芒。銀虎順著遭受攻擊的勢頭向後跳開，法彈隨即射向它前一秒還站著的『地面』。

「！目標不是這裡嗎！」

被揚起的塵土遮擋住視線的銀虎懊惱地退出戰場。與此同時，巨人從銀虎的相反方向展開進攻，卡迪托雷不慌不忙地舉起左側的盾牌接下攻擊。棍棒的一擊從盾牌表面削過，迸散出激烈的火花。

卡迪托雷順勢向巨人跨出一大步。它扔掉長劍並欺近巨人胸前，伸手一把抓住了鎧甲。魔力轉換爐發出隆隆咆哮的聲響，瞬間提高了輸出動力。繩索型結晶肌肉在消耗大量魔力的同時，發揮出凶猛的臂力。

五眼位巨人的龐大身軀被向上舉起，卡迪托雷反過來利用巨人衝來的勢頭，將他猛扔出去。

「噢噢!?竟然將吾……!?」

吃驚之餘，五眼位巨人的反應也非常迅速。他在空中扭轉身子以減緩滾落地面的衝擊，同時拉開距離並起身，舉起棍棒對準介入者。如今意外地形成了五眼位巨人和銀虎並肩舉起武器的架勢。

當銀虎和五眼位巨人這兩個巨人停止動作時，卡迪托雷慢慢轉過身。

「……請問兩位，這到底是怎麼回事？」

聽到艾爾比平時低沉的嗓音，兩個巨人倏地解除了武裝。

「嗯，艾爾涅斯帝，現在打得正順手，你再等等。」
「說得沒錯，虹之勇者。阻撓問答可不是勇者該有的行為。」
「這就是你們的藉口？巨人，這次出行應該是為了狩獵才對，還有先王陛下……恕臣冒昧，臣帶您來這裡，並不是為了讓您盡情地揮舞長槍。」
銀虎有些尷尬地移開視線。
「要想加深彼此的瞭解，直接打一場果然還是最快的吧？……嗯，好吧。巨人啊，這是場好戰鬥。」
「吾也看清楚了小人族的勇猛。不過，這次的問答還沒有結束。遲早要讓百眼見證。」
兩人毫無反省之色，看來自己剛才那番抱怨都是白費口舌了。艾爾少見地搖頭嘆息。
「小人族的幻獸，汝的槍術相當犀利。比起這種鎧甲，吾更想收到汝等的武器啊。」
「那倒不是不行。不過無論武器多麼強而有力，也不是一拿起來就會變強。巨人啊，你們能夠將長槍運用自如嗎？」
「等著瞧，明天可不見得會是同樣的結果。」
「確實如此。」
五眼位巨人和安布羅斯彼此輕笑出聲，兩人之間似乎加深了某種謎樣的理解，而這先暫且不提。在回到要塞的路上，罕見地看到艾爾涅斯帝對安布羅斯抱怨的光景。

◆

萊西亞拉學園市一隅有間咖啡館。

這間店位在有些偏離繁華大街的地方，從以前開始學生們就經常光顧，將之當成休息的場所，而且因其和學園有段距離，能夠讓人享受片刻寧靜的時光，因此頗受好評。

艾德加和海薇坐在這間令人懷念的店裡。兩人畢業後主要都是以奧維西要塞為據點活動，沒什麼機會來到市內，甚至不記得已經有多久沒來這間店了。即使如此，裝滿杯子的紅茶依然有著記憶中的味道，讓人不由得露出微笑。

「怎麼啦？炙手可熱的新騎士團長閣下應該有很多事情要忙吧？」

海薇豪爽地將上半身靠上椅背，開口揶揄。她對面的艾德加則是保持一如往常的端正坐姿，嚴肅地點點頭說：

「老實說，只是準備階段就覺得有重擔壓在肩上。這麼一想，就很佩服艾爾涅斯帝能那麼隨心所欲地行動。」

「隨心所欲本來就是那孩子的優點嘛。就算什麼都不做，他也會自顧自地往前衝，光是要跟上他的腳步就累死了。」

銀鳳騎士團聚集了許多個性獨樹一幟的人才，而騎士團長是其中最『超脫常理』的那位。正因為如此，艾爾的行動方針一直十分明確，對於該做的事情，心中絕對不會有所猶豫。團員們總是為了追上團長的步調而卯足全力，而那樣的環境也促使他們常保積極的態度。

然而，艾德加沒有把握自己是否也能做到那種程度。

「不用勉強自己模仿他吧？而且第一中隊的人也在，照你的做法就行啦。」

「我總是受到大家的幫助。」

正因為熟識的隊員還在，才勉強有了騎士團的雛形。對剛起步的菜鳥騎士團長來說，那些部下的存在比什麼都可靠。

「唉～總覺得你和迪都愈來愈有騎士團長的樣子了。雖然你們本來就很有實力，拖到現在也算晚了。」

她笑著打趣道。艾德加傾著杯子目不轉睛地看了好一會兒，然後下定決心問道：

「關於這件事，妳又有什麼打算？聽說第三中隊還沒有給出肯定的回答。」

「哦？這才是正題嗎？」

看見他點頭，海薇回以一抹柔軟的微笑。

「妳也有當騎士團長的資格，海薇。畢竟妳一直在銀鳳騎士團帶領第三中隊。」

「是這樣沒錯，可是我不太一樣。總覺得想像不出自己當騎士團長的樣子呢。」

「不過陛下……」

「你也知道吧？我們中隊有很多人喜歡新奇的事物。」

「嗯。或許吧。像是人馬騎士或飛翔騎士，每次都搶著試駕騎士團長發明的新型機。」

只論駕駛的話，第一、第二中隊也或多或少有參與，然而在是否徹底瞭解機體這點，第三中隊就和其他隊有了區別。而且基於他們的努力和犧牲而有所成果的例子也不在少數。

「所以，一定有人會想繼續留在銀鳳。」

若銀鳳騎士團只有鍛造師也不好辦事吧？她笑著這麼說，但艾德加認為真正的原因不只如此。

「可以讓自願者留下來，但更重要的是……我想知道妳個人的意願。」

「嗯，我想請上頭取消讓第三中隊成立騎士團的計畫。」

艾德加微微睜大了眼。反倒是海薇把話說開後，像是覺得痛快多了。她用神清氣爽的樣子挺起胸膛說：

「雖然作為騎操士來說，你和迪是很好的競爭對手，不過我……沒有想過要坐上騎士團長的位子。」

銀鳳騎士團的各中隊個性迥異。第一中隊樸實剛健，擅長守備；第二中隊勇猛果敢，熱衷於衝鋒陷陣；第三中隊則是特立獨行，堅持走自己的路。

「說起來，我會加入銀鳳騎士團，也是起因於『陸皇事變』。」

那是一場與師團級魔獸『陸皇龜』的遭遇戰。在那樁足以動搖弗雷梅維拉王國的災禍中，海薇僥倖撿回一命，她因此開始追求更強大的力量。

「然後成為那些孩子——特列斯塔爾的測試騎操士。」

最初的測試模型機『特列斯塔爾』——那是在銀鳳騎士團成立以前，於萊西亞拉騎操士學園的某個角落誕生。當時率先自願擔任測試騎操士的人就是她。

「那個時候我一心只想著『怎麼可以這樣消沉下去！』，才做了那個決定。不過令我感到意外的是，擔任測試騎操士還挺有趣的。因為實際去做之後發現很適合我，所以我真的很開心呢。」

銀鳳騎士團不僅擁有戰力，同時也是開創最新型機體的技術人員集團。正是這般奇特的環境，才有她的容身之處。

「開始思考自己的去路後，我才發現自己還想以騎操士的身分做好多好多事，想去瞭解和發掘更多事情，一點都不想當騎士團長，所以我不會接受任命……這樣的想法是不是很自私？」

艾德加默不作聲地思考，片刻後，他吐出一口氣並露出笑容。

「不會。這種想法大概就是艾爾涅斯帝說過的『認清自己的追求和期望』吧，畢竟這就是銀鳳騎士團的風格啊。既然妳這麼決定了，我也沒有意見。」

「謝謝。其實呢，我已經跟第三中隊的人講過了！大家都說要去自己想去的地方。」

銀鳳騎士團第三中隊選了和第一、第二中隊不同的道路。一部分的人選擇併入第一、第二中隊；另一部分的人則決定在戰力不會過度擴張的前提之下留在銀鳳騎士團，主要是為了繼續從事測試騎操士的工作。果然還是有不少人壓抑不住喜歡新奇事物的本性。

「這樣啊……可以說很有第三中隊的風格吧。」

艾德加安心的嘆息中帶有少許寂寞。三人自從銀鳳騎士團成立時起，便帶領中隊一路走來。即使是自己選擇走上不同的道路而各分東西，解散中隊還是難免讓人感慨。

艾德加微微低著頭，視野中忽然蹦出海薇的笑臉，使他根本來不及因隱約察覺的預感而改變表情。

「事情就是這樣！我要併入第一中隊。從今以後會好好協助你，請多指教囉！」

「……什麼!?」

銀鳳騎士團首屈一指、赫赫有名的防禦高手，一旦被闖入防守內側便不堪一擊。他張著嘴、驚訝得渾身僵硬，最後才勉強恢復原本緋緊的表情。

「等等，妳剛才講的話，完全就是妳要留在銀鳳騎士團的意思吧？」

「哎，就算換了稱謂，你們屬於銀鳳騎士團的事實也不會改變吧？都是一樣的喔——不管是新型機還是澤多林布爾，都交給我就對了。」

艾德加的反應讓海薇滿意地哈哈大笑。她居然和騎士團長串通，耍這種小把戲，怪不得自己看不出她的動向。海薇看著艾德加一時說不出話的樣子，忽然蹙起眉頭，噘嘴說：

「什麼嘛，你有意見嗎？那我去請迪收留我好了。」

「不……！」

上當了。

看到艾德加忍不住要站起來的樣子，海薇又笑了。她的笑聲有好一會兒停不下來。

「開玩笑、開玩笑的！既然會露出那種表情，那你一開始說清楚不就好了嘛。」

「……是啊。抱歉，海薇，希望妳以後繼續協助我。請多指教了。」

「對對對，老實說出來就好。」

艾德加恭敬地執起伸過來的手。兩人對著彼此微笑。

「你有時候挺脫線的。我會好好鞭策你喔！」

「是嗎？請手下留情。」

「看？就像現在這樣。」

「嗯……？」

如今海薇也決定好了自己的歸處。即使走上各自的道路，在銀鳳騎士團培養的精神仍將傳

承下去。大家懷著堅定不移的期望，繼續向前邁進。

離巢的時刻逐漸接近了——

第七十四話　團長的決斷

奧維西要塞中的工房。

穿著幻晶甲冑的騎操鍛造師們帶著零件四處奔走。在一片忙亂的景象中，起重機吊起一個巨大的鐵塊，那是魔力轉換爐——幻晶騎士的力量泉源，亦是相當於心臟的零件。

起重機發出隆隆響聲，伸出鎖鏈，把運過來的魔力轉換爐放至正確位置上。進氣裝置深呼吸之後，轉換爐便伴隨著呵欠從睡眠中甦醒過來。

「好——連結完成。啟動了！魔力傳導開始囉！」

「強化魔法維持正常。對主轉換爐沒有影響，副轉換爐也正常——」

巴特森等人不停地轉動手臂打信號。與此同時，原本沉默的機體睜開了眼睛，眼球水晶捕捉到的景象傳送到了幻象投影機上。

「好。這下子貪睡不起的伊迦爾卡終於恢復常態啦。」

老大仰望機體，嚴肅的面孔露出微笑。換上兩具大型爐『皇之心臟』和『女皇之冠』後，銀鳳騎士團的旗機伊迦爾卡總算恢復了完整的姿態。

那是有著鬼面六臂，與世上所有幻晶騎士都相差甚遠的誇張存在——只為了騎士團長艾爾涅斯帝・埃切貝里亞量身打造的鎧甲。

以德西蕾雅為首的國立機操開發研究工房的鍛造師們，用驚嘆的目光凝視著這幾乎已成為傳說的最強缺陷機體。

「……這就是銀鳳騎士團旗機伊迦爾卡。哇，真是比傳聞還要誇張的作品啊。」

「我知道發明輔助腕的也是埃切貝里亞團長，但是……六隻手臂到底要怎麼操縱？」

「多虧作為『討伐師團級魔獸的獎賞』，由陛下賜予的皇之心臟和女皇之冠……也就是我國最大的魔力轉換爐。要是沒有那個，伊迦爾卡就和廢鐵沒兩樣。」

「所以才是史上最強的缺陷品啊。」

只有少數人知道這些大型爐的真實情況。它們是由艾爾親手製造的事實並不為外人所知，但若在銀鳳騎士團待上一段時間的話，也許遲早有機會發現真相吧。

「國機研也集合了各種最新技術，是我國頂尖的開發機關，可是不會有這種運用手段受限的東西。真羨慕你們可以自由研發新型項目。」

在他們紛紛發表感想時，完成檢驗的老大走了過來。

「噢，伊迦爾卡怎麼樣啊？哎，它確實是台缺陷機體，不過這傢伙也是我們鍛造師隊最棒的傑作。」

「真討厭啊。竟然還洋洋得意地說這種話。」

德西蕾雅抬頭仰望的表情有著明顯的羨慕之色。即使鍛造師們不是藝術家而是技術人員，他們對自己創造出的事物依然有很深的感情。創造出公認為『最棒』的作品——只有極少數人能夠抓住這樣的機遇。

「雖然我覺得爺爺有點太有精神，但還是很羨慕他到了那個年紀還能找到更高的目標。」

「那德西蕾雅想做什麼呢？」

被這麼一問，她考慮了一會兒後，低聲說了一句：

「……挑戰自己的極限吧。」

離鍛造師們不遠的艾爾和亞蒂正望著坐在維修台上的伊迦爾卡。

「嗯嗯，果然還是這樣比較好，畢竟伊迦爾卡是你的搭檔嘛。」

亞蒂抬頭看向被放在伊迦爾卡隔壁的機體。它被稱作卡薩薩奇，要完全驅動它，需要皇之心臟和女皇之冠這種大型爐的動力。因此伊迦爾卡在大樹海時，是在受到限制的狀態下發動的。

「啊啊，但我也很想幫卡薩薩奇做點改造。」

亞蒂戳了戳艾爾的軟嫩而彈力十足的臉頰。對艾爾來說，伊迦爾卡是獨一無二的搭檔，但撇開這一點，經過博庫斯大樹海一役後，他也多少對卡薩薩奇產生了感情。

「伊迦爾卡也在和汙穢之獸戰鬥時被打下來過一次，不能止步於此。」

「但汙穢之獸算是特別厲害的魔獸吧？」

汙穢之獸會釋放出能腐蝕金屬的溶解性體液，簡直是幻晶騎士的天敵。同時，那種能力也極為特殊。

「的確，只考慮到和汙穢之獸或闇雲戰鬥的情況，對伊迦爾卡也沒有好處吧。」

「如果用『暴風外衣』就好了——」

「看來最好把『暴風外衣』做成魔導兵裝，再發給個別機體。」

艾爾輪流看著恢復原狀的伊迦爾卡，以及只剩下一副空殼的卡薩薩奇。

「怎樣才算是最好的形式呢？因為它們不會告訴我，所以我得幫它們好好打算一下才行。」

艾爾這麼說著，彷彿樂在其中似地露出了微笑。

◆

巨人集團在森林裡前進，他們身上大小不齊的鎧甲有別於一般幻晶騎士，行走方式也表現出各自豐富的個性。在鎧甲之下的自然是巨人族。

「和吾等的森林一樣，這裡也有魔獸呢。不過，小人族的聚落數量實在不少。」

「小人族還鋪整道路、配置幻獸，一定不會輕易輸給一般的魔獸吧。」

在他們交談時，一支幻晶騎士的隊伍追了上來。其中一架特別醒目的銀色機體開口攀談：

「大樹海……你們巨人居住的森林也有很多魔獸嗎？」

「比這裡多，那些也是吾等的食物。」

「原來如此。要想滿足巨人的胃口，確實需要超過決鬥級大小的魔獸才行。」

那架銀色機體正是先王安布羅斯所駕駛的銀虎。自從前幾天交手過後，每當巨人們出來活動時，先王就經常會像這樣過來露面。

每次都得奉陪的團員們認為先王雖已退位，又是自由之身，但這樣也未免自由過頭了吧？不過當然沒人敢把這些話說出口。何況先王還在狩獵的空檔和巨人談天說笑，似乎已經混得很熟了。

正當他們非常自然地聊得投機時，一架白色幻晶騎士悄悄來到銀虎旁邊。

「先王陛下。幫巨人帶路是我們的工作，請放心交給我們。」

「唔。艾德加，我跟巨人很談得來，你別那麼拘束。」

銀虎幻象投影機上，映出白色騎士阿迪拉德坎伯搖了搖頭的模樣。

「不，陛下。這是為了不讓『您』做出危險的事情。」
「你把我想成什麼危險人物了啊……」
「聽團長說，陛下已經有過一次主動挑戰巨人的紀錄。還請您務必自重。」
「唔，是艾爾涅斯帝啊，安排得可真周到。」
眼看形勢對自己不利，安布羅斯清清喉嚨改變話題。
「你瞧，艾德加。巨人族很巨大，而且行為舉止粗獷。雖然他們也有智慧，不過站在人類的角度來看，他們怎麼看都像近似於決鬥級魔獸的生物。」
來到弗雷梅維拉王國的巨人都是各氏族的代表，亦是極少數的精銳。博庫斯大樹海深處還有為數眾多的巨人居住。
「想要和那些對象打交道可不簡單，而最重要的是得先認識他們。若想要看清楚他們的本性，最快的方法就是對話與交流。」
「但是在他們的文化裡，對話之前還得經過戰鬥……他們稱之為『問答』。」
「正是如此。他們果然有著粗暴的一面啊，看來巨人是與戰鬥為伍的種族呢。」
像這樣不時前去狩獵，不僅是為了解決糧食問題，也是因為他們天生好戰。巨人們向來推崇親手獲取獵物的行為。
「即使我國騎士眾多，但又有幾人能與他們交手？頂多只有你們和近衛吧……假如今後要承認他們並互相往來，那我方也必須被他們所承認吧。」

艾德加對此亦點頭贊同。銀鳳騎士團之所以介入巨人間的戰鬥，也是出於同樣的理由。

「然而，身為騎士們的引導者，我不得不先正確理解巨人的力量。」

「不行。還請您打消念頭。」

「竟然不為所動……你說不定比克努特更難對付呢。雖說你把女朋友迎進了騎士團，但也不必那麼奮力表現哦？」

「什……！先、先王陛下！那和這件事沒有關係！我只是善盡騎士的職責……」

「呵哈哈哈哈，就當作是那麼回事吧。喏，只顧著談話，都快被巨人拋在後頭了。」

伴隨著先王的笑聲和艾德加無比沉重的嘆息，銀色與白色的兩架幻晶騎士一步步走進森林。

◆

有的巨人前往森林狩獵，也有巨人採取了不同的行動。

「……這就是老師你們生活的『城市』嗎？」

穿上偽裝用鎧甲的小魔導師如今身在萊西亞拉學園市中。她當然不是獨自一人，亞蒂正端坐在她的肩膀上，不過拿布由於某些原因而沒有同行。

「抱歉喔，小魔導師。就算知道妳不會亂來，也不能讓妳在城裡自由行動，而且妳得好好地假扮幻晶騎士才行。」

「亞蒂老師，吾沒有問題。總之，吾想用自己的眼睛仔細看看這座城市。」

亞蒂事前便已辦好了各項手續，所以兩人直接穿過了城市的大門。

「小魔導師，我先帶妳逛逛我住的城市！這一帶是有很多商店的地方……」

小魔導師以緩慢的步伐往城裡前進。城市的大馬路是為了讓幻晶騎士行走而設計並建造的，因此要讓比一般巨人嬌小的小魔導師走在路上，完全綽綽有餘。

由於被囑咐過不要做出太奇怪的動作，小魔導師正努力地端正好姿勢，踏著穩定規律的步伐行走。城市的居民們來來往往，載送貨物的馬車從她腳下經過。每當有什麼東西進入視野而引起她的注意時，都讓她很想轉頭朝周圍張望，但礙於約定，只好硬逼自己用餘光掃一眼。

「哦？那個幻晶騎士有點小呢，是新型的嗎？」

「對！還正在測試中呢。」

走在路上時，時不時會有人從各處與她們打招呼。亞蒂身為著名的銀鳳騎士團成員，又住在這個城市，也算小有名氣。當她和既不是幻晶騎士也不是幻晶甲冑的某種東西走在一起時，儘管本人不樂見，但一定會很顯眼。

「如果是妳的話，應該不會出問題，不過還是要小心別撞到人了。」

「好，知道了。我不會在城裡惹麻煩的～」

每次有人出聲搭話，亞蒂都會親切地回應。而在她們停下腳步的期間，小魔導師頭盔下的四隻眼睛就會滴溜溜地轉動著，透過狹窄的縫隙仔細觀察城市景觀。

「每個小人族都遠比吾等弱小……少有如同老師們那般強大的人，所以彼等才群聚而居，堆起石頭守護村落，製作並操縱幻獸……」

自稱小鬼族的人們很弱小，引不起她的興趣。但或許也是因為小鬼族數量較少的緣故，才不足以讓她提起興致。而同樣弱小的小人族卻聚集在一起並建立了『國家』，化身成如此強大的存在。

「與小鬼族比鄰的盧貝氏族也建立了百都，彼等的力量果然不容小覷。」

兩人慢步穿過城市，不久便來到萊西亞拉騎操士學園。她們逕自走進幻晶騎士的維修場，在空著的角落坐下。她們事前已經向鍛造師們傳達消息，如今這個地方空無一人，從這點也可以看出銀鳳騎士團的影響力在這個城市尤其巨大。

「辛苦了，小魔導師，在這邊就可以自由行動了！」

「保持不動也挺辛苦的……」

「啊哈哈。因為拿布忍受不了，結果他就不能來了嘛。」

脫掉頭盔的小魔導師呼出一口氣。光是穿著不習慣的鎧甲就很累了，還得假扮成幻晶騎士，辛苦程度自是不在話下。

「妳不和大家一起狩獵沒關係嗎？」

「百眼說過，要看得更多，知曉更多。而且這趟下來，吾也發現了很多有趣的事物，無暇閉上眼睛呢。」

小魔導師閉起上面的兩隻眼睛，其餘的眼睛仍注視著亞蒂。她曾經見過小鬼族的村莊，也看過村莊逐漸發展起來的模樣，可是和萊西亞拉學園市一比，規模卻顯得相當小。

萊西亞拉騎操士學園所在的這座城市，在弗雷梅維拉王國也算是數一數二的大城，難怪小魔導師會這麼感興趣。

「這裡是什麼地方？不論小人族或是巨人族，都不需要住在這麼巨大的建築物裡吧。」

「這裡叫做萊西亞拉騎操士學園……呃，學校這個概念對妳來說可能不太好理解，算是一個學習的場所吧。」

以氏族為單位生活的巨人族沒有學校之類的設施，因為技術會在氏族全體間傳播與延續。硬要解釋的話，可以將氏族本身視為學校的角色。小魔導師似乎是勉強這樣理解的。

「唔，意思是汝等在這樣的地方學習駕馭幻獸囉？」

「對！銀鳳騎士團的大家原本也是這裡的學生。」

「……把年幼的眼睛集中起來，創造新的氏族嗎？」

儘管如此，以巨人族的文化似乎還是難以解釋學校的概念。況且創立騎士團，又差點把學園據為己有這類的事蹟、本來就很難三言兩語說清楚。

「不管怎樣，因為這裡是我們出生成長的城市，所以我希望能帶妳參觀更多地方！」

「還有什麼其他地方嗎？」

「這個嘛——比如我家，還有艾爾家啦！雖然妳應該進不去……」

「亞蒂老師和艾爾老師是夫妻吧？你們不住在一起嗎？」

小魔導師不經意地如此提問。剎那間，面帶笑容的亞蒂靜止不動了。她的臉上彷彿緊黏著一張微笑的表情，動作僵硬地回過頭。

「嗯……嗯，當然就像妳說的那樣，幾乎就是那樣的感覺了。」

「怎麼了？亞蒂老師。總覺得老師的表情……很可怕。妳看到奇怪的東西了嗎？」

「沒事什麼事都沒發生事情幾乎就是妳說的那樣。」

小魔導師納悶地歪著腦袋。亞蒂嘴裡不斷發出莫名空虛的笑聲，遲遲沒有回過神。

「難道吾說錯話了嗎……？」

雖說這也不能怪她，但直到亞蒂恢復正常，還是花上了一點時間。

◆

那天晚上，艾爾回到了自己的家。

「我有話要說，艾爾。」

「亞蒂？妳今天不是帶著小魔導師去城裡了嗎？」

不知為何，亞蒂在艾爾的房間裡等著他回來。其實她會出現在艾爾房間裡是常有的事，但是艾爾總覺得她的態度不太對勁，因此不免有些驚訝。

「我已經帶她好好參觀過了，所以沒問題。不過，我還有比這個更重要的事情。」

亞蒂先一把抱住了進入房間的艾爾。雖說這行為也和平常一樣，艾爾還是忍不住露出苦笑。

「不抱著也可以說話喔。」

「如果不好好抓住你，你可能會逃跑啊。」

「……妳到底想說什麼事情？」

亞蒂這番話，連艾爾都不由得退縮了。艾爾試著偷偷掙脫亞蒂的懷抱，卻發現她環抱自己的雙臂有如鐵鉗般紋風不動。即使亞蒂身為騎操士，身體也經過鍛鍊，但這樣的力氣還是強得很不自然。

「妳該不會用了『身體強化』魔法……」

這下根本不可能脫逃了。艾爾抬起頭一看，覺得她臉上浮現的笑容有點恐怖。

「嗳，艾爾，我想繼續在森林裡提過的話題，可以吧？」

相對於亞蒂聽起來十分愉快的聲音，她的眼睛卻沒什麼笑意。到底發生了什麼事？今天亞蒂的認真程度和平時有點不同。

「在凱爾勒斯氏族的村子，你說過吧……說我是你的妻子。」

艾爾立刻明白這在各方面來說都是無法逃避的事。他深深嘆了口氣，回抱住亞蒂。

「沒錯……不過那是……」

「差不多該告訴媽媽和緹娜阿姨了不是嗎？吶？」

「哇——已經無法阻止妳了吧。」

亞蒂牢牢抓住艾爾，看上去非常非常開心的樣子。艾爾凝視了亞蒂片刻，又想了想。應該是發生了什麼事導致她回想起這件事的吧，但是他接下來要說出口的話不會僅止於此。

艾爾在被緊緊抱住的狀態下勉強端正坐好。

「亞蒂，當時是為了避免和巨人們發生糾紛，我們才假裝成夫妻的。」

「嗯……我懂。但是，弄假成真就好了……不行嗎？」

亞蒂湊近艾爾，凝視他那雙藍色的眼睛，兩人之間的距離近到可以觸碰到彼此。她突然發

覺，倒映在他眼中的自己，竟然顯得如此沒自信。

「和我……在一起，可是我今後也會滿腦子想著製作或駕駛幻晶騎士，我想我也還是會去危險的地方。」

「這些我都明白。你可以一直這樣，順著自己的心意往前進哦。畢竟那樣才最像你，而且我也很喜歡做自己的你。」

就算阻止你應該也沒用——她小聲補充了一句。

「為什麼妳會看上我呢？」

「因為這麼可愛又帥氣的男孩子要去哪裡找呀！」

「呃——」

「而且你還教了我魔法跟許許多多的事情。如果沒遇見你，我現在又會怎樣呢？學園……我可能還是會去，但不會成為騎士吧。」

雖然現在她也和老家塞拉帝侯爵家建立了不錯的關係，但如果她只是個城裡的孩子或是弱小的騎士，天曉得她未來的道路會連接到哪裡。

「因為你幫了我，所以下次換我幫你了！我是銀鳳騎士團團長輔佐嘛，我不想把這個位置讓給別人！」

亞蒂重新緊緊抱住艾爾。艾爾在她的懷抱裡思考了一下，然後抬起頭。

「亞蒂。」

「嗯。」

「今後妳也願意跟我在一起嗎？」

「嗯，絕對要在一起！就算你說討厭我，我也會跟著你！」

「我明白了，亞蒂。那麼……」

「艾、艾爾!?」

亞蒂的臉龐綻放出滿懷期待的光芒，直直凝視著艾爾。然而，下一刻卻因為艾爾的話臉色一變。

「請妳再等一下，我要先做準備。」

「艾～爾～！都到這一步了，到底還需要準備什麼嘛!?」

「祕密。機會難得，所以要給妳一個驚喜。」

艾爾看起來似乎有些開心。亞蒂知道，那是他完全決定好要做什麼事之後會露出的表情。當他下定決心做某件事，艾爾涅斯帝這名人物就會踢開各式各樣的障礙，並徹底付諸實行。所以她最後只好讓步，深深地嘆了口氣。

「……好吧，反正你總會遵守約定的！我很期待哦。」

「嗯。我會盡量不讓妳等太久的。」

艾爾忽然挺直背脊，湊上前去吻她。亞蒂一時不知道該感到高興，還是該板起臉假裝生氣，最後她決定先摸摸艾爾再說。

於是，艾爾猛然展開了行動，而且理所當然地把整個銀鳳騎士團捲了進來——

◆

第二天早上。

澤多林布爾踩著高亢的馬蹄聲跑進奧維西要塞，接著直驅停機場。艾爾和亞蒂從進入停機場的機體走了下來。這是一如既往的出勤景象，站崗的團員也一如往常地向兩人微微敬禮。

「團長，早安。」

「早安。老大他們在老地方嗎？」

「應該在工房吧——」

目送著點了點頭，目不斜視地快步朝工房走去的騎士團長，團員察覺到又有事情要發生了。

奧維西要塞的工房。

由於第一到第三中隊全都出去了，平時容納銀鳳騎士團全體戰力的場所顯得格外空曠。如今現場唯一仍在行動的，是一名穿著幻晶甲冑的騎操鍛造師。

一到達工房，艾爾便理所當然地走向伊迦爾卡，而亞蒂也理所當然地跟在他後面。取回魔力轉換爐後恢復完全姿態的伊迦爾卡，正坐在維修台上靜靜沉睡著。艾爾端詳了片刻，隨即將目光移向隔壁。

今天他的目標並不是伊迦爾卡，而是隔壁那架只有上半身結構的幻晶騎士——不，曾經是幻晶騎士卡薩薩奇的不完整機體。它已經從機體內卸下魔力轉換爐，失去了強化魔法。由於在這種狀態下無法支撐結構，所以大部分零件都被拆下來放在地上。

「咦？艾爾要改造卡薩薩奇嗎？」

注意到艾爾到來的巴特森穿著幻晶甲冑喀鏘喀鏘地走來。

「至少這樣放著是動不了的，應該需要做些加工吧。」

發揮卡薩薩奇的機能所需的大型魔力轉換爐已經移轉到伊迦爾卡身上了。兩者都是消耗龐大魔力才能運作的特製品，無論如何都會面臨二選一的局面。

「明明已經有了伊迦爾卡，也要把卡薩薩奇修好嗎？」

魔力轉換爐的數量有限，身為騎操士的艾爾也只有一個人，既然如此，艾爾備齊兩架幻晶騎士到底想要幹什麼呢？正當巴特森百思不得其解時，亞蒂拍了拍手說：

「對喔，要是卡薩薩奇不能動，就不能啟動災禍之伊迦爾卡了！」

「那個終究只是用來對抗汙穢之獸時的緊急對策罷了，並不是必要的。」

「我說錯了嗎？」

『災禍之伊迦爾卡』是將伊迦爾卡和卡薩薩奇連結起來驅動的戰鬥形態。雖然在與超巨大型魔獸『魔王』的戰鬥中表現活躍，可是現在卻沒有太多用處。

「嗯——可是，不能留下它嗎……？」

災禍之伊迦爾卡的特色不僅在於令人恐懼的戰鬥能力，還有一點在於它是由『兩架』幻晶騎士所組成——亞蒂的目的很明顯，艾爾回以一個溫和的微笑。

「呵呵，別急。再等一下，好嗎？」

「艾爾這樣有點讓人不安……」

「他一定又在打鬼主意了。」

根據他至今為止的各種不良紀錄，童年玩伴們心裡些微的不安感實在無法消除。

艾爾不知為何心情很好，他轉頭張望了一下，隨後馬上找到了目標人物。

「老大——！」

「哦？團長啊。怎麼了？我記得今天沒有預定要出動伊迦爾卡啊。」

老大疑惑地問道。平時的艾爾涅斯帝把伊迦爾卡上上下下打量一遍後，就會去處理事務工作，因為回到弗雷梅維拉王國後，應該就不會發生什麼需要用到伊迦爾卡的險惡事件了。

「對，不過我想開始新工作了。」

艾爾維持笑容可掬的表情，微微偏著腦袋。老大發出一聲意義不明的呻吟，先嘆了口氣，接著又深呼吸，隨後轉身，扯開嗓門大吼：

「喂——！手邊沒事的人過來集合！團長大人要下達指示!!」

短暫的寂靜在工房裡散播開來。來自國機研的轉移組還搞不清楚發生了什麼事，紛紛露出困惑的表情，而德西蕾雅頓時明白時候到了。

「這下就能見識到傳聞中的騎士團長的本事了吧……」

在老大的話說完之前，身邊的鍛造師們就一齊行動起來。他們迅速停止工作，收拾好工具，又一把抓住自己的椅子跑到老大身邊。有些人則是拿出放在角落的黑板，設置在艾爾旁邊。

德西蕾雅等人無措地杵在原地，目瞪口呆地看著會議準備就緒，總覺得這群人的動作異樣地熟練。他們到了此時才回過神來，也慌慌張張地加入他們的圈子。

老大確認人手都集合之後，腹部微微用力，瞪著艾爾問：

「好，開工吧。少年你說說看吧，你終於要改動伊迦爾卡了嗎？」

「不。我想重新打造卡薩薩奇。」

聽他這麼一說，鍛造師們不由得將視線轉向堆積成山的破銅爛鐵上。由那堆神祕的鐵塊組成的幻晶騎士不只含有普通的金屬，還混雜著魔獸的素材和木材，也難怪鍛造師們會擺出一副苦瓜臉了。此時，鍛造師們都心想著：「團長打算改造這個嗎？」

「打造這傢伙嗎？但是魔力轉換爐已經用在伊迦爾卡身上了吧。」

「我當然不打算按照原樣重新組裝卡薩薩奇，它本來就是應對緊急情況時製造的產物。我想應該趁這個機會重新設計。」

卡薩薩奇是在博庫斯大樹海這種極限狀態下誕生的瘋狂機體。

「老實說，卡薩薩奇也不必維持原狀，改造成正常的飛翔騎士會更好，不過它原有的機能中也有些可用的部分。這個嘛……總之我想分解並提取卡薩薩奇的機能。」

艾爾溫和一笑，接著在黑板上畫出簡單的圖像。

「說到卡薩薩奇最重要的機能，就是這個開放型源素浮揚器。」

「我同意，不過就是因為那個裝置，才會需要皇之心臟和女皇之冠啊。」

即使目前在飛空船和飛翔騎士的生產方面頗有進展，但也只有卡薩薩奇才擁有開放型源素浮揚器這種裝置。有用的東西卻不普及的理由很明顯：它的魔力消耗量非比尋常，僅此而已。

這時，德西蕾雅分開人群來到前面。她瞥了一眼卡薩薩奇的簡易圖解，然後向艾爾詢問：

「我聽達維稍微提過。這個所謂的開放型源素浮揚器，不需要源素浮揚器本體，不過在源素浮揚器沒有損壞的情況下，並沒有使用開放型的必要吧？」

「沒錯，那正是浪費魔力的原因之一。但有趣的是，某種有意思的技術在過程中——而不是結果——被創造出來了。」

德西蕾雅面露疑惑之色。照他的說法，開放型源素浮揚器不過是源素浮揚器的替代品，而且使用起來很不方便。艾爾接著在黑板的圖形上畫了個箭頭，從幻晶騎士的機體指向浮揚器。

「開放型源素浮揚器的技術最應該注重的是……這裡，還原魔力儲蓄量以產生高純度的乙太。意思就是還可以順便把幻晶騎士本身當成乙太過濾器來用。」

老大砰地用拳頭打了一下掌心。他身旁的德西蕾雅則做出某個結論。

「也就是說，這樣就不再需要源素晶石……!?」

這個結論帶來了許多意義。源素晶石在現今的空戰特化型機裝配上占了不少比例，假如不需要晶石，肯定會帶來巨大的變革。

但艾爾輕輕地搖頭否定。

「那樣就有點過頭了。要是光用魔力來補足運行源素浮揚器所需的乙太，又會造成魔力耗盡的問題。」

「說、說得對……不可能一下子進展得那麼順利。」

德西蕾雅忽地回過神，鬆開了不自覺間握緊的拳頭。她身旁的老大摸著鬍子喃喃道：

「可是啊，那樣就能減少源素晶石吧？而且假如碰到源素浮揚器損壞的情況，還可以將之當作備用的浮揚器。」

「最重要的一點在於可以在運轉時改變乙太量。藉由這個機能，飛翔騎士能夠實現更高度自由的空中機動性。若再稍微做些調整，甚至可以用在飛空船上。」

鍛造師們頓時為之譁然。

「那就太方便了。因為不能改變高度也算是空戰特化型機的弱點。」

在博庫斯大樹海中曾經針對這個弱點發動攻擊的不是別人，正是艾爾。源素浮揚器是極其強力的浮揚裝置，但高度的改變也受到很大的限制。

「原來如此……這似乎很有意思呢。」

這就是銀鳳騎士團，而她正站在這個地方見證新技術的誕生。伴隨著真實感的認知讓德西蕾雅不由得加深臉上的笑容，緊接著——

「所以，我們要先運用這個技術，在空戰特化型機和近戰特化型機上做些改良。」

「慢、慢著。我知道這對飛翔騎士來說很方便，但怎麼會突然冒出近戰特化型機!?」

上一秒的欽佩之情很快就被混亂取代。剛才的話題到底為什麼會扯上近戰特化型機？

所謂的近戰特化型機就是既有型式的幻晶騎士，指的是用劍在地面戰鬥的機體。不必多說，源素浮揚器顯然和它沒有關係。對於她的疑問，艾爾回以笑容：

「因為艾德加學長和迪學長做下了決定，讓中隊成為新的騎士團，從銀鳳騎士團獨立了。對於長期以來並肩作戰的夥伴決定好這麼重大的事情，我認為機會難得，一定要準備些禮物才行。」

「欸欸……所以就要製作新型機……？」

包括德西蕾雅在內的國機研鍛造師有點傻眼。怎麼會有人宣稱要開發『新幻晶騎士』當成紀念品？這種東西怎麼能隨便拿來當禮物送人？

相對的，銀鳳騎士團的鍛造師們完全不在意那種事。他們覺得如果是團長，會說出這番話一點也不奇怪，而且對於團長所言都懷有莫名的信心。

「不過啊，阿迪拉德和古拉林德都足夠優秀了，應該很難做更多改動，而且在製作機體之前也要和騎操士商量。」

「當然了。只要看那兩架機體和學長們建立的戰果，無疑可以證明機體有多優秀，所以我並不是要做新型機，只是送個小禮物而已。」

「什麼意思啊……」

很想放棄理解的德西蕾雅頻頻搖頭。艾爾又在黑板上畫出新的圖形，那是幻晶騎士以及猶如翅膀般環繞的裝甲。

「我要使用空降用追加裝甲。」

隨著清脆的喀一聲，他說出了那個名字。沉默了好一會兒的老大瞪大眼睛。

「……還有那個辦法啊。負責供應魔力儲蓄量的不一定要是飛翔騎士。」

「這將成為新的選擇配備，對吧。而且同時還能夠連接天空和陸地的戰力。」

「有意思。就來試試看吧。」

艾爾和老大笑得不懷好意，企圖推動他們的計畫，包含巴特森在內的其他鍛造師們，則都露出無奈的神情望著兩人。

◆

幾天之後。

奧維西要塞的中庭，放置著雜亂地增加了不少負荷的卡迪托雷。

最顯眼的是它背上的源素浮揚器。空降用追加裝甲本來是針對從飛空船上展開的作戰所設計的裝備，因此採用的源素浮揚器也非常簡易且廉價。相較之下，這次使用的則是空戰特化型機專用、正規製造的版本，如果有足夠的乙太，就能上升到雲層的高度。

「老大——！準備完畢——！」

確認安裝完成後，巴特森揮舞手臂大喊。

「好！開始驅動實驗，要開始乙太再轉換啦！」

「收到——」

坐上卡迪托雷的亞蒂確認巴特森發出的信號，啟動機能。

「確認乙太流入源素浮揚器。在駕駛卡薩薩奇的時候稍微習慣了呢。」

將魔力還原成乙太的機能和卡薩薩奇使用的幾乎相同，當時也有成功運轉的實際成果。而且和那時候不同，現在並不是臨場發揮，因此駕駛過卡薩薩奇的亞蒂多少已經瞭解相關步驟。

卡迪托雷慢慢釋出魔力儲蓄量，還原成乙太後將其流入浮揚器。從源素浮揚器中流瀉出的彩虹色光輝逐漸增強，最後形成的浮揚力場托起機體。卡迪托雷緩緩地往天空升起。

「好。到這裡都和預想的一樣。」

「唉，竟然真的讓卡迪托雷飄起來……」

「說什麼傻話，我們以前還做過更離譜的咧。」

銀鳳騎士團以前也做過類似的實驗。和那時的實驗不同之處，在於這次多了像翅膀一樣的裝甲穩住機體。

「那時候真危險啊……小姑娘一直不停地轉圈子。」

「你們都幹了什麼呀？」

「各式各樣的嘗試啊，多虧如此才做出了飛翔騎士。總之，我們獲得的成果就是一連串錯誤累積而成的。」

德西蕾雅雙臂交疊在胸前，仰望著逐漸攀升的卡迪托雷。銀鳳騎士團當然也會失敗，畢竟他們總是以『史無前例』為開場白，是個常常失控暴衝的技術集團。儘管他們前進的路上沒有路標，但有騎士團長一直在前方引導。

談話間，卡迪托雷仍持續上升，最後來到比要塞屋頂還要高的地方。此時在上空待命的幻晶騎士開始行動，靠近正好上升到幾乎相同高度的卡迪托雷，慢慢接住它。老大瞇起眼睛，抬頭看著兩架幻晶騎士互相支撐的模樣。

「……那算是模仿災禍之伊迦爾卡嗎？」

「因為沒有魔力的連接，所以也不能說一模一樣。算是沿用相同概念的產物。」

藉由源素浮揚器浮起的卡迪托雷並不具有推進力，所以雖然可以穩定上升卻無法移動，必須透過和飛翔騎士組合，才能實現水平移動。

「卡薩薩奇單機就能舉起其他機體或巨人，但沒必要做到那樣。可以藉由組合和裝備來彌補。最大優點就如你們所見，一架飛翔騎士就可以搬運騎士。」

鍛造師們仰望抱著卡迪托雷的飛翔騎士在天空緩緩前進的樣子，彼此點頭表示同意。德西蕾雅像是在思考什麼般，片刻後忽然抬頭問艾爾：

「團長，那樣確實很方便，不過動作也會變得遲緩不是嗎？還是你想把魔導噴射推進器也裝到近戰特化型機上？」

「雖然這樣也行，但考慮到消耗，感覺有點過於沉重了。先從可以搬運的程度開始吧。」

搞不懂他到底是踏實還是大膽。看來要德西蕾雅理解銀鳳騎士團和騎士團長的做事風格，還需要花上一點時間。

測試順利地結束了，以老大為首的鍛造師們將接手調整乙太還原機能。不只是空降用追加裝甲，近期內也預定會應用到飛翔騎士身上。在他們展開相關的各項作業時，艾爾召集了一批比較空閒的鍛造師。

「乙太還原機能方面的工作交給老大他們就沒問題了。我還打算另外做一架新型機。」

「新型？可是新的騎士團不是很忙嗎？」

德西蕾雅表示不解。即使做出來，沒有測試對象就沒有意義了。

「其實還有一架幻晶騎士需要重建，就是亞蒂的席爾斐亞涅。之前為了建造卡薩薩奇，不得不使用它的零件。」

「啊，艾爾也要幫我修小席啊！但這是要重新製造嗎？」

亞蒂一下子綻開了笑容，然後將頭微微偏向一邊，疑惑地問。如果是新型機，那就不是原本的席爾斐亞涅了啊？

「我的意思是不會做成和以往相同的形態，我還想加入幾種新機能……放心，包在我身上。」

「嗯嗯~可以是可以，不過你打算做什麼？」

席爾斐亞涅究竟會有什麼樣的改變？這點除了艾爾以外，其他人根本完全無從想像。這時，聽著他們對話的德西蕾雅走上前。

「好啊。既然剛才讓我們見識到那麼有趣的東西，那架機體就由我們來完成吧。我就是為此才從國機研過來的，讓你瞧瞧我們的能耐。」

「好，請多多關照了。」

銀鳳騎士團的鍛造師們展開了行動。要塞中每天都迴盪著熱熱鬧鬧的槌子敲打聲。

第七十五話　挑選新進團員吧

當銀鳳騎士團的鍛造師隊開始暗中如火如荼地工作時，一群騎操士聚集在王都坎庫寧。新的騎士團奉王命而成立，值此之際，他們將招募增補的團員。

候選騎士們從弗雷梅維拉王國各地被召集而來，選拔會場盛況空前。畢竟是以銀鳳騎士團為主體，還是國王陛下親自下令成立的新騎士團所展開的召募，消息一傳開，引發的騷動絕對稱不上小。

「唉，麻煩透頂……」

開口第一句話就是不斷地唉聲嘆氣，休息室裡的迪特里希把手肘靠在椅子上，雙腿直直伸長，一副沒什麼幹勁的樣子。艾德加和海薇一齊露出苦惱的表情。

「迪，我們可是要成為騎士團長了！身為團長要以身作則。坐挺一點，展現你的威嚴！」

「我的隊員交給你真的沒問題嗎……」

「話是那樣說沒錯，但我本來就只想在銀鳳騎士團當個中隊長，而且不是說好選定團員可以委託別人嗎？為什麼我非去不可？」

「和自己的部下見面是基本的禮貌吧。怎麼可以把這種事情委託給別人。」

即將成為新任騎士團長的艾德加和迪特里希，最初的任務就是從擠滿會場的人群中篩選出團員。

但當事人是否有幹勁就是另一回事了。迪特里希打從一開始就毫不掩飾厭煩的態度。相較之下，艾德加則是一天比一天還要積極。

迪特里希心中浮現出無關緊要的感想：我以前曾經見過這麼生氣勃勃的艾德加嗎？不，從來沒有。

忽然間，他腦中靈光一閃。

「對啦，艾德加、海薇，你們直接幫我挑人吧，交給你們就什麼問題都沒有了，我相信你們的眼光。」

「這種時候才懂得討好人……迪，為了讓你做好身為騎士團長的心理準備，只能請你好好工作了。少廢話！第一中隊！把他帶走！」

「是！」

「嗚哇——!?你們兩個!?」

目送迪特里希被『前』第一中隊員拖走，艾德加和海薇彼此對看一眼後，也跟著前往會場。

距離弗雷梅維拉王國的王都坎庫寧不遠的地方，有個幻晶騎士的訓練場。這個平常被近衛騎士團用作訓練的場所，今天卻擠滿了大批騎士。

他們穿著各式在設計上有微妙差異的服裝，一眼就能看出他們是弗雷梅維拉王國的騎士，卻隸屬於不同集團。平時分散在國內各地的他們會聚集到這個地方的理由只有一個——眾人在充滿嘈雜聲的訓練場中，引頸期盼那個理由出現的時機。

在騎士們聚集處不遠的建築物內，幾名人物正從走廊經過。走在中央且前後有近衛騎士保護的不是別人，正是國王里奧塔莫思。一行人突然停下腳步，傾聽從遠方傳來的嘈雜聲。國王朝身後瞥了一眼並開口：

「艾德加、迪特里希，聽見了嗎？大批騎士從國內各地聚集到此處，你們一定知道他們的目的吧。」

「是。情況變得愈來愈無法收拾，令臣感覺心情非常沉重。」

「喂，迪……!?咳咳，陛下，臣感受到自己肩負眾人的期待，再次體認到不能輕忽懈怠。」

走在他身後的兩位騎士挺直了背脊回答，不過內容稍微有點差異。其中一方認真嚴肅，另一方卻怎麼也提不起勁。

跟在艾德加後面的海薇暗自按住額角，而國王身旁的近衛騎士們則一副傻眼的模樣。此時，國王輕笑道：

「會感到肩負重任自是當然。你將藉自己的言行舉止向他們展現騎士之道，既然如此，接下來可要善盡自己的職責啊？」

「……誠如陛下所言。」

看見迪特里希游移著視線回答的樣子，艾德加把到嘴邊的話又吞了回去。平時他會說個一兩句忠告，但現在畢竟是在國王面前，不好多說什麼。唯一值得慶幸的大概是國王本人並不介意迪的態度吧。

再度邁步前進的一行人穿過走廊，來到了圍繞訓練場的觀眾席。當近衛騎士宣布國王陛下抵達之後，聚集而來的騎士們頓時安靜下來。國王走上向外突出的高台，然後在椅子上落坐。

「我國引以為傲的各位年輕騎士們，歡迎你們今日來到這裡。想必各位都已經聽說朕下令成立新的騎士團了吧，各位會齊聚在此，正是為了接受成為騎士團一員的最終測試。」

儘管在場眾人事先就已知情，但國王正式的宣告仍使得底下的人群一陣譁然。里奧塔莫思停頓了一會兒後，繼續說：

「如各位所知，銀鳳騎士團曾踏入博庫斯大樹海，並揭開了一部分神祕面紗。樹海不再是禁忌之地，早晚會有許多人前往探索發掘。飛空船所帶來的變化以超乎想像的速度來到我們眼前，為此我們必須累積更多力量，提前為將來做準備。」

聽到國王這一番話，在場騎士們在一片沉默中散發出強烈的意志。聚集在這裡的他們，皆深信自己能夠成為擔起未來變化的旗手。

「諸位騎士，朕期待你們擁有承擔任務的能力。接下來介紹帶領騎士團的團長吧。兩位請上前。」

在國王背後待命的迪特里希與艾德加走到最前方。剎那間，列隊騎士的視線一下子全集中到兩人身上，那股壓力甚至讓歷經多次殘酷戰鬥的兩人感到一絲退縮。那簡直已經超越熱情，更像是一股龐大的殺氣，使得迪特里希也不得不板起臉，擺出嚴肅的表情。身處這樣充滿壓力的狀況，根本沒有說什麼麻煩與否的餘地了。

「諸位都認識他們吧，這兩位都是不久前還以銀鳳騎士團一員的身分遠征西方以及大樹海的猛將。朕將延請他們擔任團長一職，組成新的騎士團。其名為……『白鷺騎士團』以及『紅隼騎士團』！」

會場內的騎士們傳出一陣細語。眾人在口中複述著騎士團的名字，彷彿在進行確認。

「諸位將在不遠的將來，為我國開闢前進的道路。騎士們，請充分展現出足以擔此重任的力量吧！」

騎士們發出的高喊聲撼動了整個訓練場。有別於會場的熱烈氣氛，迪特里希反而嘆了口氣。

「親眼看到這麼多人聚集在一起，總覺得很過意不去。」

「不覺得很鼓舞人心嗎？他們都是為了加入我們的騎士團而來到這裡的啊。」

艾德加自信滿滿地點頭。國王的聲音從他們背後傳來：

「所有人都懷著強烈的期待來此。是你們的名字帶給他們如此強烈的希望，才會讓在場的每個人如此振奮。」

「臣會謹記在心。」

「之後就交給你們了。這是你們的騎士團，就交由你們通過自己的眼睛挑選吧。」

國王從擺出敬禮姿勢的三人面前走過，離開了會場。騎士團的選拔考試現在才正式開始，這同時也是他們的第一份工作。

「嗯，我的騎士團啊，那就來挑些有本事的傢伙吧。」

「大家都是從各地選出來的菁英，本事太差的傢伙也來不了吧。」

「更重要的是要盯緊迪，免得他偷懶。」

「你們真好啊。艾德加當團長，海薇是副團長，配合得很順利吧？哪像我這邊，第二中隊（我們）這夥人組成騎士團……!!我自己都擔心之後會不會變成突擊狂團隊啊。」

因肩負的職責而感到緊張之餘，三人一邊閒聊，排解緊張的情緒，一邊邁步走入會場——

◆

「喔！要加入我們的騎士團，就先打倒我們再說吧！」

「說出你們擅長的武器！」

「馬上開始模擬戰，喝啊！」

「真麻煩，乾脆直接實戰吧！」

「給我住手，這群笨蛋！你們到底在興奮什麼啦？」

第二中隊——更正，紅隼騎士團的團員們各自擺出了神祕的姿勢。從銀鳳騎士團時代就和迪特里希共事的他們，自然也加入了紅隼騎士團。

為了接受測試而來的騎士們在遠處觀望著紅隼騎士團的成員。他們這招先發制人有點太有效了，感覺麻煩又要來了。迪特里希不禁以手掩面，抬頭望天。從各種意義上來說，他現在好想逃走。

團員們對他內心的糾葛一無所知，心滿意足地說：

「唉～銀鳳騎士團時代發生了不少事情，不過我們終於也有部下了啊，團長。」

「果然還是得找些不怕死的傢伙才行！」

「你們這群傢伙給我慢著。我可不打算只網羅那種危險人物啊!?」

「別謙虛了~現在說這些都太遲了吧?」

糟了,這樣下去自己的騎士團肯定會變成危險份子的巢穴。正當迪特里希因危機感而渾身顫抖的時候,一道影子落在他們的頭上。大家一下子降低說話的音量並朝四周看去,發現有個巨漢遮住了陽光。

「想必您就是……紅隼騎士團的庫尼茲騎士團長吧。」

「沒錯,你是哪位?」

巨漢瞇起眼並露出笑容摸了摸自己的光頭。他的身高超過兩公尺,鍛鍊得健壯結實的體格,無論從高度或是寬度看都相當有份量,看得出來是以力量為豪的類型。

「下官名為『岡薩斯・烏特里歐』。前幾天還是萊西亞拉騎操士學園的學生,現在已經正式成為騎士了。」

「欸?剛從學園畢業!?啊,咳咳,也就是我們的後輩吧。雖然看起來不是那麼年輕……」

銀鳳騎士團成立的情況特殊,從萊西亞拉騎操士學園的騎操士學科畢業的學生占大多數,因此騎操士學園可以說是他們的老窩。想不到自己會有個如此高大魁梧的學弟,迪特里希忽然覺得有點感慨。

團員們在此時介入了他們的談話。

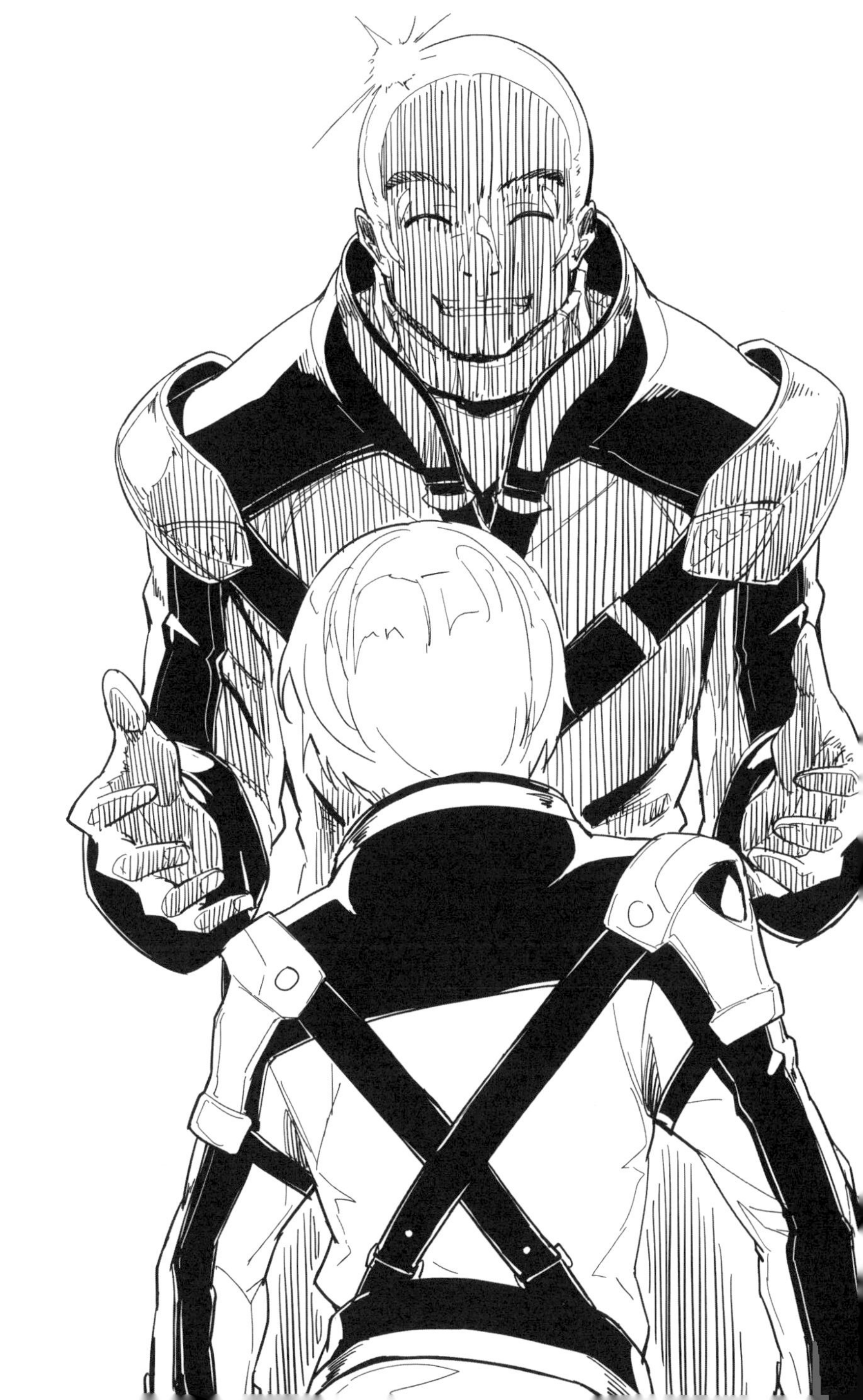

「喂，那邊的大塊頭！想跟團長說話，得先打敗我們！」

「沒那種規定啦！交給你們根本談不出結果，給我稍微安分點。」

儘管被團員們擠到一邊，岡薩斯還是大步走了回來。

「庫尼茲騎士團長。在考試開始前，下官有件事情想拜託您。」

「嗯？個別談話好像不太妥當。算了，看在你身為學弟的分上，我就聽聽吧。」

迪特里希既是騎士團長又是監考官，許多特定的請求他都沒辦法接受。這時岡薩斯從胸前拿出一本書，畢恭畢敬地遞了過來。

「請在這裡簽名！」

「…………………啥？」

迪特里希一臉呆愣地抬頭看他，又立刻回過神，沉默地將視線慢慢移到書上。封面上寫著書名，那是——

「銀鳳……騎士團傳奇？」

「是！這是近期在萊西亞拉市最暢銷的書。哎~因為缺貨，下官可是費了好大一番工夫才買到這本書！還跑了好幾趟劇場……」

「等等，給我等一下。這……這是什麼東西!?而且還有劇場，到底是什麼情況!?」

「哦，您不知道嗎？『銀鳳騎士團傳奇』這齣戲劇非常受歡迎啊！下官特別喜歡您在西方大顯身手的場面……」

「喂，書上到底寫了些什麼啊!?」

迪特里希一把搶過書，刷刷地快速翻頁。在他粗略瀏覽時，映入眼裡的部分寫著：「為了幫助陷於困境的友邦克沙佩加王國，銀鳳騎士團朝向西方進發。帶頭的是緋紅之劍……」看到這裡，他迅速把書闔上並在轉眼間擺出漂亮的投擲姿勢，又在最後一刻恢復理智。

「下官……已經在夢中看過無數次了。看見面對排山倒海而來的敵軍，一步也不退的銀鳳騎士團！還有站在最前方的緋紅之劍的英姿！」

「欸——嗯，啊——那個，沒什……喔。」

迪特里希的眼神飄忽不定，全身發抖。銀鳳騎士團的功績雖然沒有任何於心有愧的部分，不過被別人這樣當面捧得天花亂墜又是另一回事了。岡薩斯用閃閃發亮且純粹的眼神繼續追擊。

「這是劇中的其中一個高潮。為了看那一幕，下官都不記得自己跑了幾趟劇場呢！」

「還真的被改編成戲劇了喔……」

感到身心俱疲的迪特里希發出呻吟。岡薩斯說銀鳳騎士團傳奇是非常受歡迎的劇目，既然這樣，代表在場也有很多騎士看過吧。

——乾脆逃走算了。迪特里希才剛轉身，就被團員們擋住了去路。這群傢伙為什麼偏偏在這種時候配合得這麼好？

「傳說中的銀鳳騎士團，一聽到著名的緋紅之劍——庫尼茲騎士團長將要成立新的騎士團，下官就想著絕對不能錯過這次機會，因而火速趕來參加。」

「……真正的傳奇是銀鳳騎士團的團長艾爾涅斯帝，我只是一個小小的中隊長。」

「即使是那樣，下官依然很崇拜身先士卒的庫尼茲團長。」

真是令人嘆息連連。有人像這樣當面對他表達純粹的憧憬，實在是迪特里希從未有過的經驗。假如是在作戰，無論敵人多麼強大他也毫無畏懼，但這種情況卻讓他不由得感到棘手。

「下官希望能加入紅隼騎士團！當然，您可以親眼確認下官的實力。」

迪特里希渾身顫抖著握緊同樣在發抖的拳頭，片刻後，他毅然決然地抬起頭說：

「這裡確實是考試會場，那就讓我來考考你吧。不過，聚集在此的畢竟都是以自己的力量為傲的騎士，一個個交手會沒完沒了。我雖然不太想這麼做，但是……總覺得有點手癢。」

岡薩斯咧嘴一笑。

「迪？難道你要用模擬戰測試？」

一架卡迪托雷踏著沉重的腳步聲走進考場。看見熟悉的面孔正要爬到駕駛座，艾德加有些驚訝地睜大眼睛。原本那麼嫌麻煩的迪特里希竟然要親自進行測試，這吹的到底是什麼風？

騎士們明白模擬戰即將開始，都帶著無比期待的目光聚集過來。既然能夠親眼見證騎士團長的實力，沒道理錯過這個機會。

「考試方法確實完全委由我們負責，但沒想到他那麼快就開始了。」

「迪果然不會安分地面試呢……」

迪特里希乾脆地無視掉艾德加和海薇飽含無奈的眼神，關上了卡迪托雷的駕駛座。他輕輕推動操縱桿，檢查機體狀態。訓練用的卡迪托雷已做好調整，運作起來和古拉林德相比也毫不遜色。

在此期間，他的交戰對手岡薩斯的機體走了過來，迪特里希看了他的裝備後挑了挑眉。

「哦，竟然要用可動式追加裝甲，你很擅長使用它嗎？」

「是，下官擅長重量武器與盾牌，在學園時期也用得最為順手。」

「那你應該更適合艾德加那邊……算了，我們一向主張不拘泥於『武器』。」

即使是盾與鎧甲，若是本人運用得當，也可以成為武器。紅隼騎士團需要的是強烈的戰鬥意志和熟練的技術，最好還要對武器有些講究。

「那就開始吧。隨時放馬過來。」

「那就恭敬不如從命了。懇請賜教!!」

岡薩斯駕駛的卡迪托雷氣勢洶洶地踏步向前，而迪特里希的機體甚至沒有擺出架勢，只是

站在原地。裝備可動式追加裝甲的岡薩斯機發動進攻，由迪特里希操縱的機體手持雙劍，毫無防備地等待，攻守照理來說應該相反才對。儘管如此，岡薩斯卻完全沒有自己占了優勢的感覺。

「緋紅之劍的劍術有如疾風迅雷！想要將之打破，唯有岩石般堅硬的防禦！」

岡薩斯機把可動式追加裝甲集中到前方，以不容許劍插入縫隙之姿，乘著前進的勢頭朝迪特里希機使出衝撞攻擊。面對逐漸逼近的硬牆，迪特里希機終於有了動作。

「原來如此，穩札穩打啊。那就讓我試試你引以為傲的防禦吧。」

眼看岡薩斯機筆直衝了過來，他躲也不躲，直接啟動背面武裝。

對手全身包覆在可動式追加裝甲之中，不論攻擊哪裡，想必都不會有效果。

因此，迪特里希用法彈集中射擊對方裝甲的『側邊』。雖說模擬戰用的法彈較弱，但並不是完全沒有威力。他沒放過對手因為受到偏斜的射擊而重心不穩的瞬間，一口氣踏入交鋒範圍。他翻動雙劍，朝著法彈打中的地方補上一記全力斬擊。

「嗚嗚!?」

接連受到只針對側邊的攻擊，讓岡薩斯機猛地傾倒了。儘管他連忙重整態勢，迪特里希機卻已趁這個空檔繞到側面切入。岡薩斯機立即展開可動式追加裝甲，朝迪特里希機所在的那一側鞏固防禦。

然而，這步卻正中對方下懷。迪特里希機隨手刺出一劍，插進推動可動式追加裝甲移動的部件，接著一翻手腕，扭轉劍勢。

駕駛座上的岡薩斯臉色一變，可惜為時已晚。可動部位在順著移動防禦的走勢迴轉時被嵌入了異物，使得部位本身發出了怪聲並斷裂。如此一來，防禦這一側的裝甲就變成了累贅。

「佩服！不過還沒結束呢！」

岡薩斯隨即放棄被破壞的可動式追加裝甲。失去了單側裝甲以及可動支架的機體嚴重失去平衡，但他還是強行出手反擊。他用另一側裝備的劍朝著迪特里希機刺了出去。

下一刻，受到衝擊的劍飛到空中。迪特里希完全看穿了岡薩斯的企圖，況且想要在舉劍交鋒的戰鬥中勝過迪特里希也極為困難。

「還沒完！我還有武器！」

岡薩斯僅憑一股剛勁的氣魄，展開剩下的可動式追加裝甲。他不再考慮防禦，打算直接用裝甲給予對手痛擊。

但他在那之前就被法彈擊中了腳部。支撐身體的一條腿遭受破壞，使得岡薩斯機嚴重失去平衡。擺出架式的可動式追加裝甲反倒變成重擔，讓整個機體被拖著甩開，最後揚起一陣塵土倒在地上。

「……」

岡薩斯愣了半晌，望著映在幻象投影機上傾斜的景色。這就是緋紅之劍，這就是騎士團長。強大是理所當然的，但他怎麼也想不到，自己竟然毫無招架之力。

「下官輸了！唉，真是輸得徹底。不愧是緋紅之劍！」

「別再那樣稱呼我了！回到正題，你太依賴武器了。等你進步到失敗也能馬上做出應對之後，或許還能發揮出更大的力量。」

在身經百戰的老手面前，學園的成績根本無法當作參考。岡薩斯徹底拋開了對自己的本領僅有的一點自負。

「不過，被逼到絕境也不放棄的氣魄很不錯。不足的部分，就由我從頭幫你好好鍛鍊！」

「是，下官會努力精進……嗯？騎士團長閣下？您的意思是……」

「好了，快站起來！騎士以那副德性倒在地上像什麼樣子。」

卡迪托雷連忙開始動作，一站起來就馬上敬禮。那慌慌張張的模樣看起來有點滑稽，迪特里希聳聳肩，忍不住輕笑出聲。

當戰鬥結束後，他回頭一看，發現已經有一排等待進行模擬戰的隊伍了。

「啊，這下糟了。果然會變成這樣。」

他不禁在駕駛座上抱頭苦嘆。要是騎士團長親自上陣進行模擬戰，當然會造成這種盛況。這麼一來，根本談不上是考試了。

「迪團長！不是還有我們嗎？」

「模擬戰就交給我吧！不過這樣太麻煩了，乾脆所有人都進行實戰吧！」

「就叫你們別湊熱鬧了！」

迪特里希踢開這群眼見有機可趁就想上場出風頭的團員們，然後從機體上跳下。

順帶一提，在迪特里希他們熱熱鬧鬧開打的期間，艾德加則事不關己地認真進行面試，再由海薇仔細挑出適當的人才予以錄取。

儘管過程不太平靜，兩個騎士團還是順利迎來了新的團員。

◆

最近調任至銀鳳騎士團的鍛造師德西蕾雅・約翰森今天也傷透了腦筋。

「住手！那是幻晶騎士的頭盔，不是你的。你睡昏頭了嗎⁉」

在她眼前的巨大人型——巨人族——擁有像幻晶騎士一樣高大魁梧的身軀。他瞥了眼在腳下嚷嚷的矮人族，然後再次扭動停放在工房裡的幻晶騎士頭部。

「喂，聽不見嗎⁉我叫你住手！」

「唔，只是借用一下而已啊。看起來很相似，有什麼關係。」

「關係可大了！你以為你們用過以後是誰要修理啊，傻木頭！」

被德西蕾雅吵得受不了的巨人總算放棄戴上幻晶騎士的頭盔，把手縮了回來。他指著自己的頭說：

「汝等說過外出的時候要戴頭盔吧，小人族。石頭頭盔無法展現榮譽，每一個看起來都一樣。」

「那你也不能從機體上拿啊！唉……我真是受夠了。」

當她正在猶豫是不是要乾脆甩手不幹的時候，突然傳來一陣輕巧的腳步聲。

「早安，妳今天也很早呢。」

「早安～」

轉頭一看，艾爾和亞蒂正好走了過來。他們每天早上都差不多在這個時間來到奧維西要塞，德西蕾雅急忙伸手抓住救命稻草。

「來得正好！團長，這邊有點問題。跟我來一下！」

「好好……嗯，真不得了呢。」

艾爾輪流看向德西蕾雅、巨人和脖子歪掉的幻晶騎士，隱隱理解到問題所在。他偏著頭垂下眉眼。

「拜託了，幫我想辦法搞定這個傻木頭啦！」

「確實很讓人傷腦筋，可是他們的文化本來就與我們有所不同。總不能一直單方面要求他們配合我們的規矩吧。」

「這……這我可以理解，但是花太多人手看顧巨人也不好吧。我們也有想做的事情啊。」

巨人族要是發生什麼事，銀鳳騎士團就必須要有人處理，而修理東西的工作就會落到鍛造師們頭上。現在大家也許還不會在意，但是三番兩次下來也會造成雙方不和。

「是時候採取必要措施了，不然大家都會覺得喘不過氣。」

聽見艾爾的低語，在旁邊聽著他們交談的巨人點頭表示同意。

「至少需要些可以讓吾等眼睛一亮的事情。」

「今天由我來接待巨人吧。要是離開主要幹道進入森林，應該就不會被看見了。你們想做些什麼散散心呢？」

當艾爾問到這裡時，感覺巨人的眼中似乎閃過一道凌厲的光。

「散心嗎？那麼，虹之勇者，有件事情請汝務必答應……」

巨人像是想到了什麼開心的事，嘴邊露出了深深的笑意。

◆

「所以事情就變成這樣了~」

「的確，請百眼見證虹之勇者——艾爾老師的力量這件事，彼等應該一直很在意吧。」

亞蒂在規矩端坐的小魔導師膝上聳了聳肩，她似乎散發出一股無奈的氛圍。

原因就在她們前方。巨人們都到齊了，他們把什麼東西圍在了中間。那東西不是別的，正是昂然佇立的伊迦爾卡，看起來顯然不是『一起享受快樂的體育活動吧』那樣的氣氛。

「這樣真的就可以了嗎？」

「沒有錯，虹之勇者！吾等一直很想對汝消滅了汙穢之獸的力量提出問答！」

他們離開奧維西要塞後，來到這個遠離城鎮和街道的森林，在其中找了一片樹木比較稀疏的林間空地。目的自不必說，就是準備和伊迦爾卡來一場美其名為問答，實則是大鬧一場的鬥毆。

一聽到這個消息，所有來到弗雷梅維拉的巨人幾乎都參加了。其中也有拿布的身影，但同樣也是艾爾學生的小魔導師則和亞蒂一起旁觀學習。

形成包圍圈的其中一個巨人掃視同胞們一眼，接著看向伊迦爾卡。

「虹之勇者，眼睛的數量相差甚多。問答理應公正舉行，如此一來將得不到答案。」

「不，完全沒有問題，我和伊迦爾卡會盡全力奉陪。如果不睜大眼睛全力戰鬥……我怕你們會昏睡到明天喔？」

巨人們鼓譟了起來。明白不需要對艾爾有所顧慮後，他們不禁咧嘴露出凶惡的笑容。

「呵呵呵……說得好，這才是偉大的勇者！那麼，吾等就在此展示自己的力量。懇請百眼明鑑!!」

巨人喊出開戰前的頌句並同時開始行動。每個人手上都拿著武器，朝伊迦爾卡發起攻勢。巨人們散發出的氣氛根本不像訓練或模擬戰，天生的好鬥本性再加上這陣子累積的不滿，今天的巨人們狀態絕佳，充滿高昂的鬥志。

艾爾傾聽著巨人們蜂擁而來的腳步聲，同樣開始行動。

「這麼一來，我也能進行一對多的訓練了呢。我們上吧，伊迦爾卡，讓巨人們好好看清楚我們的力量，別讓客人失望了！」

艾爾的手指在鍵盤上飛舞，逐一解放伊迦爾卡的機能。鬼神先是發出一陣咆哮似的進氣聲，隨即開始動作。全身上下裝備的魔導噴射推進器頓時啟動，猛地噴出了爆炎。藍色鬼神飛向空中，準備迎戰逼近的巨人。

「看來包圍也沒有意義啊。說起來，它與樹海那時的幻獸不同。當時艾爾老師操縱的是名為卡薩薩奇的幻獸，莫非現在才是原本的樣貌嗎？」

「對啊，一開始跟汙穢之獸戰鬥的時候，伊迦爾卡就壞了，所以大家一起重新改造，才做出卡薩薩奇……啊，艾爾用執月之手抓住對手並把它拉倒了。」

小魔導師點了點頭。艾爾在被稱為小鬼族的人們居住的村莊裡組出了一架幻晶騎士，那是一架不倫不類、還會在空中飛行的怪異機體——卡薩薩奇。

「在這裡的巨人皆為各氏族精挑細選的強者，可是艾爾老師不管面對幾個勇者都不當回事呢……喔喔，同時擋住兩個人了。」

「伊迦爾卡本來就不在乎對手的數量，艾爾也是這樣……扔出去了。哇，巨人在空中飛耶。」

亞蒂抬頭一看，小魔導師的四個眼睛似乎都浮現了問號。亞蒂輕笑著說：

「因為艾爾的個頭很小啊，所以他不會停下腳步戰鬥，總是在行動中占據有利的位置，然後給予對手最沉痛的打擊。所以在製造伊迦爾卡的時候，他最關注的就是如何控制魔導噴射推進器。」

小魔導師眨眨眼睛，看著驕傲地坐在自己腿上的另一個老師。她馬上理解了某個事實，接著瞭然於心地點點頭。

「亞蒂老師很關心艾爾老師呢。」

「那還用說！因為我是他的妻子嘛！」

又有一名巨人勇者在悠閒談話的兩人面前飛到了空中。

◆

另一方面，在巨人們離開之後的奧維西要塞。

「呼～啊啊～寬敞的工房真的、真的好～舒服啊！這樣就可以專心投入鍛造工作了！太棒了！」

「妳……看來相當疲勞啊。」

德西蕾雅看上去好像有點精神失常了。老大與她保持一段微妙的距離，看她高興得手舞足蹈。雖然很不想跟她扯上關係，但是放著不管感覺也很可怕。

「難得有些有趣的東西，結果老是被打斷……好，趁那些傢伙不在的時候加緊趕工！」

「好、好，真難為妳了啊。看妳那麼投入，妳到底要做什麼啊？」

「你想知道嗎？那麼想知道嗎？那就沒辦法了，就特別給你看一下吧。」

「妳從以前就是這種個性嗎……？」

老大又拉開了一步的距離，不過現在的德西蕾雅完全不會在意那種小事，她整個人興奮得幾乎要哼起歌來，隨後還當真唱出口了。她興高采烈地拿出一份圖紙攤在桌面上。

「這是……空戰特化型機，是小姑娘的席爾斐亞涅吧？可是又加裝了一堆怪玩意兒。這是銀色少年（艾爾涅斯帝）設計的吧。」

「果然看得出來嗎？」

當圖紙一攤開，老大就像變了個人似地仔細審視。他粗硬的指尖沿著線條描摹，接著咧嘴笑了一下。

「妳以為我看過多少他的設計圖？我可以看出他的癖好，再說還有誰想得出這種東西？不過上面也有些陌生的痕跡。妳也經手了這個設計嗎？」

「嗯……答對了。你也很讓我吃驚啊，達維。」

德西蕾雅微微睜大雙眼。只瞥了一眼圖紙居然就能看出那麼多訊息，老大所累積的經驗也是非比尋常啊。

「直接把板狀結晶肌肉加裝在各處嗎？那個又不能當成裝甲，要用來幹嘛啊？」

「這就是那傢伙的有趣之處。哎，你就期待它完成的那一天吧。」

「是這樣嗎？」

炫耀了一會兒後，德西蕾雅便迅速地把設計圖收了起來。她將同樣來自國機研的轉移組成員召集過來，意氣風發地展開工作。

「好！這將會成為我們原國機研組的成果！大夥兒鼓起幹勁上吧！」

成員們隨即出聲應和，每個人都充滿了幹勁。老大有點看傻了眼，但又愉快地嘆了口氣。

他能夠理解這樣的心情，靠自己的雙手把不存在的東西塑造成型，這才是製作者的樂趣所在。

「我們也得努力不輸給他們啊。喂，巴特少年！再削減一點裝備重量，現在這樣很難裝上去！」

「欸～!?老大，已經削減到極限了啦，而且光是『劍』就夠重了。」

「說什麼傻話！國機研組就要做出好東西了，要是輸給他們，銀鳳騎士團的面子要往哪兒擺。」

「大家好好相處不行嗎？」

「那不能混為一談。別再廢話了！」

他在騎操鍛造師們以哀號構成的歡迎聲中，消失在工房深處。

◆

有一群人在夕陽下蹣跚地走在路上，長長的影子搖晃著顯示出前進的方向。

他們是才剛與伊迦爾卡結束戰鬥的巨人族。每個人都傷痕累累，沒有一個人全身而退，但也沒有人受到致命的傷害。與其說艾爾對力道的控制巧妙精準，更應該稱讚巨人結實耐打吧。

「這就是虹之勇者的力量啊。汙穢之獸曾是吾等的大敵，彼輩能將之消滅不是沒有原因的。」

「吾未看過更甚於其的力量，比任何魔獸都要來得強大。」

「集合這麼多勇者之力，竟也無法打倒……」

「唉～完全不行！連魔導兵裝都打不中……」

他們各自對這場和伊迦爾卡的問答發表評論。從巨人族中精挑細選的勇者們聚集在一起，結果根本不是伊迦爾卡的對手。力量相差到這個地步，他們心中湧出的已經不是悔恨，而是放棄的想法了。

弗拉姆氏族的勇者看見一個在集團中顯得格外嬌小的巨人，於是走上前去攀談。

「凱爾勒斯氏族的小魔導師，汝剛才只是看著，怎麼不一起參與問答呢？」

「吾師從虹之勇者……艾爾老師。如今不必參與問答，結果也顯而易見。」

「哈哈！這表示汝有先見之明。不過，另一人倒是參戰了。」

「這對於拿布來說是很好的經驗。」

小魔導師和拿布所屬的凱爾勒斯氏族是最先和艾爾他們接觸的巨人氏族。凱爾勒斯氏族在與盧貝氏族的戰鬥中瀕臨滅亡，直到和艾爾合作才得以重整態勢，如今則站在引領各氏族的立場。真不曉得百眼究竟看向何方——勇者興味盎然的臉上浮現了笑容。

「既是那樣強大的戰士，又能教導汝魔法，真教人敬畏。如果彼輩是巨人族，或許會是偉大的六眼位。」

「小人族沒有眼位之分，相對的，彼等分出許多身分，據說老師就是其中的領袖人物，和氏族族長一樣。」

弗拉姆氏族的勇者不停點頭稱是。來到這個地方後，他看見很多人服從於艾爾，而在與盧貝氏族的戰鬥中，艾爾也率領了為數眾多的船艦。按照巨人們的觀感來看，確實可視為一個大氏族的族長。

「汝對於小人族所知甚詳。不過這也當然，畢竟虹之勇者曾經是凱爾勒斯的一員。不過吾等巨人族不見得會和小人族一直並肩而行。」

聽見弗拉姆氏族的勇者這麼說，小魔導師一時答不上話，只是懊惱地瞪著對方，弗拉姆氏族的勇者卻裝作不知情。

「吾等如今確實不過是過客，但今後未必如此。」

「那可難說。看看虹之勇者便明白了，小人族能夠控制與吾等不相上下、甚或凌駕於吾等的幻獸。萬一彼等真的成為敵人，吾等將陷入艱難痛苦的處境。」

小魔導師沉默不語地朝站在隊伍前頭的伊迦爾卡望去。她比任何人都清楚，那是強大到無法與之為敵的存在。

「小人族或許會遮蔽吾等之眼瞳。在被遮蔽之前……得先考慮不相往來的可能。」

只是作客沒有問題，但要是提升到種族之間的交際往來，仍然有很多問題必須面對。

「……恐怕已經無法中止了。」

「哦，為何？」

聽見她停頓了一下後說出的話，勇者一臉詫異。小魔導師正眼回望他。

「過去樹海將吾等分隔兩地，但是如今已經沒有意義了。因為小人族擁有行於空中的船，而吾等……恐怕就連勇者也無法步行穿過樹海。」

「即使辦得到，也會有很多眼瞳閉上吧。原來如此，愈因為恐懼而不願正視現實，就愈是不曉得下次會遇到怎樣的對手。」

自從來到弗雷梅維拉王國，小魔導師就跟著艾爾和亞蒂在各處遊覽。街道的數量和規模、與人們共同生活的幻晶騎士，以及時常能看見的飛空船——她所看到的小人族，其力量可以用壓倒性來形容。況且巨人族的住處已經暴露了，愈是深入思考，就愈覺得巨人族很難掌握主導權。

弗拉姆氏族的勇者也產生了相似的感觸，小魔導師只是理解得比較具體罷了。

「巨人族和小人族不會永遠相隔兩地。那麼，與老師們的相遇可能是百眼神的指引。如果錯過了這個機會，偉大的眼瞳將不再予以看顧。」

相遇的形式應該有無限多種，而他們最先遇見了艾爾涅斯帝，這個人不論是在巨人或者人類之中都有很大的影響力。聽見她的決心，弗拉姆氏族的勇者忽然凶惡地揚起嘴角。

「難道要像跟以前的小鬼族交換立場一樣，乞求小人族的慈悲嗎？」

「吾等不會那樣做。老師……既然彼輩是吾等氏族的一員，那就能與吾等一同生存。」

「此話當真？」

小魔導師點點頭。她猶豫了一下，說出一直深藏在心底的想法。

「……據說所謂的『國家』，是比氏族更大的種族集合體，吾認為吾等應該建立一個巨人國家。不以一眼或者一個氏族區分，必須睜大眼睛更仔細地注視。」

「呵呵呵。哎，失禮了，不過那種說法就像盧貝氏族的偽王一樣啊。」

小魔導師瞇起四個眼睛，臉上露出厭惡的表情。勇者愈發覺得好笑。

「目的不同，吾並不是要滅絕其他氏族，只是要建立更大的形體。」

「是啊，吾等必須團結看向同一個景色。正因為不再只有巨人族（吾等）……話說回來，建立國家的想法倒是有趣。」

巨人族少女的四隻眼瞳注視著和其他巨人截然不同的景色。一度瀕臨毀滅的經驗使她成長了嗎？弗拉姆氏族的勇者為此感到訝異不已。

「那吾等也該增加眼瞳了。現在這裡只有被選中的勇者，儘管吾等不畏懼任何考驗，眼瞳仍是有些不足。」

這是個令人頭痛的問題。目前他們只能借乘小人族的飛空船到此，勇者也不認為小人族會特意幫他們載運大批同胞。然而，小魔導師對此也有自己的想法。

「吾有個想法，不過必須同時仰賴小人族和巨人族的配合，而且必須先和那個人談談。」

◆

遠行之後又過了幾天。巨人們和平時一樣假扮成幻晶騎士出去了，除了銀鳳騎士團以外，還有一個人也加入其中。

「小人族的老戰士，可以借一步說話嗎？」

「哦。妳特地來找我，有什麼事呢？巨人族少女。」

坐在銀虎上的先王安布羅斯看到小魔導師走過來搭話，臉上浮現感到意外的笑容。他打開駕駛座，與巨人族的少女直接面對面。

「吾聽說汝曾是這個國家地位最高的人，因此想借助汝的智慧。」

「呵呵。好吧，巨大的友人。若是這矮小的身體能夠幫上忙，我也不吝出手相助。」

雖有智慧，但更為尊崇力量的巨人族居然想借用人類的智慧。這有趣的發展讓安布羅斯瞇起眼。

「吾來到這片土地，看了很多景色，有形形色色在樹海裡一輩子也看不到的事物，於是吾開始思考巨人和小人相遇的意義。」

她的四個眼睛直盯著安布羅斯。先王不經意間想到：不論巨人或是人類，眼神都不會撒謊。

「今後吾等將會有很多與外界交流的機會……但是，兩地相隔遙遠，而此地的巨人稀少。這樣的不平衡會扭曲很多景色。」

「嗯，意思是妳想把更多巨人帶來這裡吧。那就需要船隻了。」

然而，巨人族少女搖頭否定了先王的話。

「吾等應該一起看著相同的景色。因為雙方的差異原本就很大，所以……吾希望可以建造一條連接樹海中的巨人之國和小人族之國的『道路』。」

聞言，安布羅斯不禁屏息。這個想法聽起來頗為合理，卻又太過異想天開。他們至今仍未揭露博庫斯大樹海的全貌，巨人們的住所也太過遙遠。正因為有了飛空船，才能實現兩地間的往返。走陸路前往樹海的選項可以說完全不在考慮之列。

先王閉上眼沉思片刻，接著睜開眼睛回望巨人少女。

「嗯，要討論政事啊。我以為你們是追求力量的族群，看來個體之間也有差異。不過這也

是理所當然的道理，既然沒有完全相同的人類，巨人間又怎會毫無差異呢？」

他在銀虎的胸部裝甲上撲通一聲坐下，摩娑著下巴。

「不過貫穿樹海的道路，還真是相當大膽的想法啊。這麼一來，此事肯定會變成重大事件，甚至關係到我國的興衰。反正……大家也早已對博庫斯感到好奇了。那麼，我巨大的友人啊，對彼此伸出友誼之手的選擇似乎也不壞。」

先王露出無所畏懼的笑容。銀虎的手臂朝前方伸出，巨人族的少女也怯怯地回握住那隻手。

第七十六話　騎士團長的工作

貴族們齊聚在弗雷梅維拉王國的王城雪勒貝爾城，召開會議的房間坐滿了國家的重要人物。

平時主持此類會議的應該是國王里奧塔莫思，可是這次的情況稍有不同。不知為何，向貴族們發表談話的是前任國王——安布羅斯。

「建立……巨人的國家，並且修築貫穿大樹海的道路……」

「正是，這是巨人少女提出的建議。很大膽的想法。」

貴族們議論紛紛。巨人少女——小魔導師的提議是他們想都沒想過的事情。

「儘管先王陛下開了金口，但……這也太突然了。」

「況且巨人之國也還沒有成立……這究竟該如何處置……」

所有人的臉上都流露出飽含困惑的神色，猶豫著該如何回答，四處游移的視線，最後集中到會議室的某處。

「迪斯寇德公爵，你的職責不就是勸諫先王陛下嗎？」

「我已經把爵位讓給兒子了，現在的我只是一介顧問。再說了，先王陛下也不見得會聽我的。」

面對迪斯寇德前公爵那副看開一切的樣子，會場頓時陷入一片寂靜。只有一個人——安布羅斯露出滿意的神情。這時候，國王里奧塔莫思嘆著氣開口：

「非常宏大的願景，父皇。宏大到普通人很難想像的地步。不過，倒也值得考慮。」

「陛下!?」

滿心以為國王會規勸自己父親的貴族們大吃一驚，一齊朝他們的主人看去。果然是有著血緣關係的父子，從兩人取得共識這點就可以看出這無庸置疑的事實——眼見貴族們開始動搖，里奧塔莫思靜靜地搖了搖頭。

「別急著下結論，並不是要你們現在立刻前往大樹海。說起來，我們的本意不就是進入大樹海嗎？」

「確實如此，銀鳳騎士團這次的調查航行取得了莫大進展，但若是緊接著啟動下一個計畫，就太操之過急了。」

根據銀鳳騎士團在大樹海中冒險犯難所得來的資訊，說明樹海中潛藏著巨大的威脅與未知的希望。

「他們帶回來的報告不會有錯，而且這個計畫並不是要馬上實施。話說回來，我國也有很多隱患。比如各位的領地，不是都多出了一些戰力嗎？」

貴族們面面相覷。每個領地近年來都配置了新型幻晶騎士，確實因此減少了魔獸襲擊造成的損害，其中最顯著的變化在於各地的村落型態。坦白講，就是多出了不少人力。

這也是理所當然的，畢竟過去的弗雷梅維拉王國總是擺脫不掉魔獸侵襲的陰影。誰能想到在獲得了期盼已久的穩定生活後，又會接著落入人口問題的陷阱。目前人口增長還很緩慢，不至於馬上發生什麼問題，但不遠的將來，或許會引起土地問題。

「考慮到將來，開拓大樹海的計畫勢在必行。我們必須擴展國土，進一步擴大人類的領域。」

與博庫斯大樹海相鄰的這塊土地永遠擺脫不了魔獸的侵害，但人類已擁有自保能力，甚至還有多餘的人力。可以說要是想踏入魔獸的領域，就只有把握積蓄足夠力量的現在了。

「各位請將眼光放在不久後的未來吧。我們滿懷希望地前進，但很快就會明白在漆黑的夜晚航行有多麼困難。為此，我們需要指引的明燈，需要引導我們的星光。」

國王的這番演說令在座貴族們感到信服。

「為了踏入大樹海的那天做準備，巨人的國家就是我們所嚮往的燈火。」

里奧塔莫思點點頭，偶然與他對上視線的安布羅斯流露滿意的笑容。

「陛下慧眼獨具，臣深感佩服。只是恕臣斗膽提一句，最重要的燈火……我們至今仍未判明巨人之國的真面目。」

對於迪斯寇德前公爵的質疑，里奧塔莫思也點頭表示同意。

「說得沒錯。據說所謂的巨人之國仍是一個剛誕生不久的概念，但這不就是我們應該伸出援手的時候嗎？相處的時間久了，雙方也能建立良好的友誼。此外……」

里奧塔莫思意味深長地停頓了一下，然後環顧眾人。

「在大樹海建造道路……並不是只由我們獨自完成，也可以讓對方從另一邊開始建造。總有一天……幾個世代之後，我們的子孫將會迎來攜手合作的時刻。」

隔著博庫斯大樹海而存在的兩個國家，終有一天將會迎來攜手共進的時刻，這或許會發生在他們這一代人無法看見的遙遠未來，畢竟大樹海實在是太廣闊無邊了。

即使如此，里奧塔莫思仍下定決心要成為播種的人。

「時機已成熟。公開巨人族的存在，昭示我國前進的未來。然而，光有模糊的理想只會令人不安。讓白鷺騎士團和紅隼騎士團加緊準備。繼承了銀鳳翅膀的劍與盾……得由他們當開路先鋒才行啊。」

聽到國王的話，貴族們莫不頷首稱是。弗雷梅維拉王國自此展開了比以往更加具體的博庫斯大樹海行前準備。

◆

銀鳳騎士團的根據地奧維西要塞，今天也迴盪著陣陣鎚子敲打聲。

「這就是新的席爾斐亞涅（小席）？」

亞蒂上下打量著坐鎮於工房中央的巨大金屬塊。說到銀鳳騎士團製造的機器，第一個想到的就是幻晶騎士，而這又是專門為了空中飛行戰所設計的種類，名為空戰特化型機。

她之所以一眼就能認出來，是因為空戰特化型機的下半身就像魚一樣，裝置源素浮揚器的魚尾部位具有類似飛空船的外觀和性能。

艾爾拉著興致勃勃地在空戰特化型機周圍轉來轉去的亞蒂，走向正在工作的矮人族少女。

「不過還在製造中就是了。德西蕾雅小姐，進度怎麼樣了？」

「啊，團長，最基本的裝置已經放到裡面了，魔力轉換爐也連接完成，要啟動應該沒問題。」

德西蕾雅擦擦汗，得意地挺起胸膛。抱著設計圖的老大在此時出現，他順著大家的視線看過去，然後長吁一口氣。

「席爾斐亞涅也快修好了啊。雖然看過好幾次了，不過這傢伙長得真奇怪。」

「對啊。不覺得很有趣嗎？」

「你指的是手臂增加的樣子嗎？」

老大一臉受不了地喃喃說道。他的話也不是沒有道理，眼前的空戰特化型機在人型的上半身兩側又加上一對巨大的手臂，結果變成這副比其他飛翔騎士更怪異的模樣。

「先不說你的伊迦爾卡，席爾斐亞涅也需要這些手臂嗎？」

「看起來像是手臂，不過最後預定會變成可動式追加裝甲，就和卡薩薩奇一樣，而且這個機體的正式名稱是『席爾斐亞涅・卡薩薩奇三世』！」

「咦咦——!?名字全部都要加上去嗎？」

艾爾自信滿滿地公布機體名稱，在他身邊的亞蒂露出很難接受的樣子。德西蕾雅大概之前就聽過了，所以只是略微移開視線，老大則抱著頭說：

「幹嘛取這麼難唸的名字？就算把兩邊當成原型，也不要直接拼在一起啦！」

「這終究只是正式名稱，平常只要叫席爾斐亞涅就可以了。」

「那就好～」

「那樣就好嗎!?算了，小姑娘喜歡的話……」

德西蕾雅不管你一言我一語地閒聊的三人，她盤起雙臂說：

「先不管團長差勁的品味。」

「咦……？」

「這傢伙可不是普通麻煩喔。飛翔騎士的結構原本就很複雜了，現在又東拼西湊地加了一大堆裝備。」

德西蕾雅瞪著眼前被貼出來的圖紙，上面顯示了席爾斐亞涅・卡薩薩奇三世的構造，因為描繪得太過細緻，紙都變得有點皺巴巴了。如果硬要舉出複雜度和這個差不多的圖樣，八成只有伊迦爾卡了吧。

「竟然還要求各個部位都能夠旋轉，魔導演算機內部都變得一團亂了，而且……」

說到這裡，她嘆了口氣瞪向艾爾。莫名受到批評的艾爾顯得有點退縮。

「做出來的人竟然是團長。連本業是構文技師的人都拿這傢伙沒辦法，身為騎士的你又是怎麼辦到的？」

「怎麼辦到的……理解魔法是我身為騎士的基本。為了幻晶騎士，我會更加努力喔！」

「問題不在那裡……」

死了心的德西蕾雅抬頭望天。不管是不是騎士，艾爾的演算能力都只能用異常來形容，但她同時也想通了，正因為有這麼特立獨行的團長，銀鳳騎士團才能夠在至今未曾有人探索的領域勇往直前。

「唉，我們的構文技師也得多加鍛鍊，否則就跟不上這邊的水準了。」

在一旁聽著他們交談的構文技師嚇得肩膀抖了一下。而誰也沒有注意到，亞蒂已經在一旁看膩了席爾斐亞涅，此時正往他們走來。

「嗳，德西蕾雅小姐。我可以試乘看看嗎？」

「嗯——也對。再等一下，源素浮揚器還沒有裝入乙太……啊，喂！」

埋頭思考的德西蕾雅還來不及阻止，亞蒂就熟練地坐進了機體。她探頭進駕駛座，將機器的配置掃視一遍。

「哦～比起卡薩薩奇，更像是伊迦爾卡的駕駛座。哇，還有操鍵盤。這個會用到嗎？」

到底要用在什麼地方呢？光是加入卡薩薩奇的配置這點，就讓這架席爾斐亞涅・卡薩薩奇三世不再是單純的機體了。

「不過我在操縱伊迦爾卡時稍微努力過了，應該會有辦法的！那我去附近走一走，大家讓開點喔～」

「啥？亞蒂小姐在說什麼？飛翔騎士不可能走……啊!!」

亞蒂痛快地推下控制桿，魔力轉換爐隨即提高輸出，發出響亮尖銳的進氣聲。它抬起低垂的頭，眼球水晶清晰地捕捉到周圍的景色。結晶肌肉中充滿力量，巨大的手臂抓住了大地。支撐著席爾斐亞涅的鎖鏈被解開了，使得巨大的身軀沉甸甸地落在地上。

由巨大的臂膀和鰭翼支撐的席爾斐亞涅隨即發出一陣咯吱咯吱聲邁出腳步——它把手臂和鰭翼當成腿，宛如蜥蜴一般在地上爬行。

「喔——硬是讓它走了。」

艾爾和老大悠閒地旁觀，工房裡的鍛造師們個個臉色鐵青，差點沒逃離現場，只有德西蕾雅在原地咬牙硬撐。

「嗚，空戰特化型機不是不能在地面上行走嗎!?」

「只是非常不適合，不過就像妳看到的，也不是不可能。」

「還說什麼風涼話！那樣操作對機體的負荷太大了吧!?」

「這不也是測試的一環嗎？」

「怎麼可能！這個騎士團到底怎麼搞的！」

這裡果然都是些亂來的人，德西蕾雅更加肯定了自己的想法。

亞蒂在訓練場來回爬了一圈，看似心滿意足地回來了。

「嗯嗯，這個奇怪的手臂也很好操作！可是小席還是不擅長在陸上走呢。」

「那種事不需要確認吧，因為它是飛翔騎士。」

「達維，你也太冷靜了。」

德西蕾雅露出一副歷經滄桑而疲累不已的樣子，在一旁的艾爾和老大則一本正經地交談。

「萬一出了什麼事，也可以爬回來吧？」

「話是這麼說，可是一旦墜落就不可能保持完好。大概派不上什麼用場。」

「還是適合在空中飛啊。」

「這裡做的機體之所以不正常的另一個理由，就是因為使用方式有問題吧……」

以巴特森為首的銀鳳騎士團組若無其事地聽著兩人對話，前國機研組卻只敢遠遠旁觀，心裡莫名在意著自己習慣銀鳳騎士團的做法到底是不是好事。

「好，還有啊，除了席爾斐亞涅以外，我們之前規畫的連動功能也統合得差不多了。」

老大把抱在懷中的設計圖攤開。艾爾興沖沖地沿著線條望去，然後露出驚訝的表情。

「這是……我當初是打算讓機體浮起來搬運的，這樣一來方向性就變了很多呢。」

「光是那樣還不夠有趣吧？上次在樹海時，飛翔騎士的火力不太夠，所以我就想到可以用這個。」

兩人露出不懷好意的笑容。就算再怎麼委婉地形容，那副模樣看起來都像在策畫著什麼陰謀詭計。

「空戰特化型機和近戰特化型機的組合，再配合席爾斐亞涅的模式，這樣就能夠發展出兩種型態了。」

「前提是席爾斐亞涅要使用開放型源素浮揚器吧。它的消耗太大了，根本不能用一般的源素浮揚器。」

「普及很重要，我馬上和大家商量……」

艾爾單手拿起圖紙正要跑走的時候，有個人影朝他走來。

「團長——有客人。」

「嗯？我今天應該沒有安排才對。」

討論到興頭上被打斷的艾爾和老大互看了一眼，有些不情願地走去見客。

◆

前往會客室的艾爾看到等在那裡的客人，意外地眨眨眼睛。

「你們是……客人？」

「嗨，我們回來了。」

「一陣子沒見了啊。」

「我很少進來會客室呢。」

等候會面的客人是誰呢？是艾德加、迪特里希和海薇——理應以新騎士團身分活動的前中隊長們。

「被當成客人感覺好怪，這裡直到前幾天為止還像是我們家呢。」

「我可是打算一直留在這裡喔——？」

「好好好，隨便妳說。」

「說到底，你們其實跟之前一樣直接進來就可以了，今天怎麼會來正式拜訪呢？」

艾爾不解地說道。雖說已經脫離銀鳳騎士團獨立，但他們依然是長久以來的同伴，照理說不需要這般來客的形式的。

「是這樣沒錯，不過我們今天帶了人。」

「身分這種東西真的很麻煩呢……」

艾爾會意過來了。因為在部下面前，他們才不得不作為客人來訪。最近只有鍛造師們進行作業、氣氛閒散冷清的奧維西要塞，在這一天難得地熱鬧起來。

「這裡就是奧維西要塞，也是連在萊西亞拉都人人談論的銀鳳騎士團據點！」

「陛下特別關照並建造的要塞，在其他騎士團也是如雷貫耳……」

白鷺騎士團和紅隼騎士團的騎士團員們都到場了。他們在要塞入口四處張望，忙著交換彼此知道的傳聞，而其中格外引人注目的是——

「這裡……這裡就是銀鳳騎士團的據點！騎士團的幻晶騎士在哪裡!?務必、務必讓下官親眼瞧瞧……!!喔、喔喔喔!?那個沒見過的幻晶騎士究竟……！」

「喂，岡薩斯，稍微克制一點。」

第七十六話　騎士團長的工作

「失、失禮了！」

其中一名團員的背脊挺得筆直，看起來就是個走火入魔的人。跟大家一起回來的迪特里希立刻感受到一股悔意湧上心頭。身旁的艾爾抬頭看向他說：

「迪學長很有團長的架勢呢。」

「別這樣，我知道我不適合。」

迪艦尬地回答。岡薩斯一看到和迪特里希對等地交談的那名矮小少年，似乎察覺到什麼，一下子湊上前來。

「那副英姿……莫非、莫非您是銀鳳騎士團的團長……!?」

「呃，對。我就是團長。」

艾爾的個子只勉強到岡薩斯的胸口。被如此高大的光頭漢子逼近面前，就連艾爾也有點嚇到了。岡薩斯則是激動得虎目含淚。

「居然有幸得見傳說中的銀鳳騎士團團長！下官……下官實在太感動了!!」

「呃，你的說法讓我感到很在意，傳說是指什麼？」

「啊，就是……怎麼說呢，我們的事情好像被改編成戲劇和小說了。他是那種比較熱衷的讀者。」

「真是讓人不知道該說什麼。」

迪特里希正在解釋的時候，岡薩斯迅速從懷裡拿出某樣東西，然後當場跪下，恭恭敬敬地遞到艾爾面前。

「埃切貝里亞團長閣下……若是可以！可以的話，請您務必在這本書上簽名！」

「很有個性的團員呢。迪學長的騎士團好像會變得很有意思。」

迪特里希別開視線，躲避艾爾笑容滿面地投來的視線。

先不說騎士團長艾爾，其他人則是在稍遠的地方看著新的騎士團。

「他們就是新的騎士團員呢，好像有奇怪的人混在裡面欸。」

「畢竟是他們的部下，總會有一兩個怪人吧。」

「我們也沒資格說別人吧……」

巴特森等人冷冷地看著完全不反思自己的老大。

等所有人都到齊後，艾德加拍了拍手吸引大家的注意。

「首先，正式向各位介紹一下，他們是我們的老巢——銀鳳騎士團的團員，而這位正是……」

他用手比向嬌小的艾爾。

「我們的起點，銀鳳騎士團的騎士團長艾爾涅斯帝・埃切貝里亞。」

第七十六話　騎士團長的工作

「大家好。」

先不提剛才岡薩斯表現出的瘋狂行為。

那個身形矮小、有如少女般的人物居然就是率領著傳說中享譽盛名的銀鳳騎士團的團長，這實在太令人意外了。驚訝的吵嚷聲不停地持續，這時，一名白鷺騎士團的團員客氣地舉起手。

「也就是說您是騎士團長的騎士團長，那我們到底該怎麼稱呼您……」

「這個嘛，對了，叫團長閣下吧。」

「你們也率領了騎士團吧。還是該叫……團長老弟？」

「除了熟人以外，那樣叫不太好吧。大家覺得銀色少年怎麼樣？」

「那個只有老大才叫得出口啦。」

艾德加在一片嘈雜中，再次走上前。

雖然他現在肩負一個騎士團，但對於銀鳳騎士團的感情和尊重絲毫不減。因此，他懷著滿腔敬意，自信滿滿地宣布：

「銀鳳騎士團是白鷺騎士團和紅隼騎士團的起源，所以你們要叫他『大團長』。」

短暫的寂靜過後，亞蒂小聲嘀咕了一句：

「艾爾……雖然很小，不過是大團長……」

「嗚噗、咳！」

然後迪特里希就嗆到了。

艾爾掛著莫名親切的笑容回頭望向他，迪特里希連忙伸手掩住嘴，卻掩飾不了渾身顫抖的樣子，而且從他的眼睛就能看出明顯的笑意。

「迪學長？」

「不不……『大』團長閣下。沒事，什麼事也沒有。」

艾爾狠狠瞪著拚命和笑意搏鬥的迪，嘆了口氣。

「雖然我幫兩位學長準備了餞別禮物，但是我可不給這麼壞心眼的迪學長。」

「哎，別那麼小氣……大團、長……噗呼！」

「邊笑邊說根本沒有說服力。」

看到艾爾不滿的表情，終於忍不下去的迪特里希開始大笑，其他人也跟著笑了。

緊接著，迪特里希發出一聲怪叫，拔腿就逃，艾爾則是拔出銃杖不斷發射，在旁邊看熱鬧的銀鳳騎士團團員開始賭迪特里希可以逃多久。

「我有說什麼奇怪的話嗎？」

「嗯～艾德加，你就別在意了。」

艾德加納悶地望著你追我跑的兩人。新人們眼看騎士團長們展現無謂地超高速奔逃，也不知該怎麼反應才好。

「喔喔喔！到了銀鳳騎士團的水準，連追逐遊戲都是如此有魄力！下官……太感動了!!」

除了一個人之外。

◆

此事暫且不提。盡情打鬧一番後，他們在工房裡並排站著的幻晶騎士之間走過。

「簡直就像我國的最新型機展示場。」

這是某人說出的感想。因為制式量產機（卡迪托雷）加上人馬騎士（澤多林布爾）和飛翔騎士（多耶迪亞涅）等機體一字排開，也難怪他會那樣有感而發。此時，其中一個團員突然開口提問：

「那個……意思是，我們也要駕駛這些嗎？」

眾人像突然回過神似地轉頭看向四周。既然他們所屬的白鷺騎士團和紅隼騎士團是與銀鳳騎士團相繫的存在，他們的機體不也是和銀鳳騎士團一樣嗎？看見團員們投來詢問的視線，艾德加點頭回應。

「這次來這裡不只是混個臉熟，主要是為了決定白鷺騎士團和紅隼騎士團的戰鬥結構。」

「你們要好好想清楚喔，因為各位都將是主角。」

團員間發出一陣小聲的歡呼，接著眾人聚集到開會用的房間。這個會議室在只有銀鳳騎士團使用時還很寬敞，如今騎士團規模擴張，已無法容納所有人進入了。

正要『和平時一樣』開口說話，卻發覺情況和平時不同的艾德加露出苦笑，接著又很快板起了臉。

「陛下希望我們接手銀鳳騎士團過去擔負的職務。其中主要的一項是開發幻晶騎士，但這點可以說稍微偏離了騎士的本分。」

語畢，他突然朝艾爾涅斯帝看了一眼。因為在銀鳳騎士團主持開發研究的正是理應作為騎操士的艾爾，他同時也理解自己並不是那樣『特別』的人才。

「……就做我們力所能及的事情吧。銀鳳騎士團在各方面都累積了功績，但是反過來想，那就意味著什麼都得做。這基本上都要怪那邊的大團長。」

「請說是『多方面的嘗試與挑戰』。」

騎士團長和大團長對彼此露出溫和卻帶著一絲危險的笑容，團員們的視線在兩人之間游移。

「所以是裝備方面和銀鳳騎士團完全一樣的意思嗎？」

迪特里希出面打了圓場。大團長（艾爾涅斯帝）點頭同意後，頓時在團員間引起輕微的騷動。

「現在是銀鳳騎士團伏翼待飛的時期，我對你們的要求就是代為舉起劍刃。換句話說，從迎戰強力的魔獸，到熟悉各種幻晶騎士的操作、指導以及成果展示，都要由你們接手。」

「看來我們背負著很沉重的期望啊。好吧，艾德加，我們紅隼騎士團會接下戰鬥的部分，指導方面就交給你了。」

「我和你的方向不同，就算把白鷺騎士團推出來，你們的工作也不會減少。」

「嘖！」

「你還不死心呀。」

「哈哈哈。總之就是這樣。」

艾爾涅斯帝走到會議室設置的黑板前站定。艾德加非常自然地上前伸手轉動黑板旁邊的把手，黑板在齒輪的摩擦聲中降到了適合艾爾涅斯帝的位置。艾爾一如往常地拿起粉筆，猛然在黑板上寫下一連串文字。

「關於職務分野，先談戰鬥部分吧。首先是針對與魔獸戰鬥及防衛的近戰特化型機，這是每個騎士團都在做的事情。另外還有負責運輸的人馬騎士（澤多林布爾）、最近肩負制空任務的空戰特化型機，以及運用飛空船等等。」

眼看黑板上的職務清單愈寫愈長，騎士們的表情也漸漸染上悲痛的色彩。竟然要肩負份量如此驚人的任務，這樣的集團不論是在質或量上，都足以堪稱近衛騎士團了吧。

甚至連騎士團長們也有同樣的感受。逐字追著艾爾筆跡的艾德加皺起眉頭，盤起雙臂說：

「重新看你這樣列舉出來，該怎麼說……感覺你派給我們的任務也太多了。」

「虧我們能靠三個中隊撐到現在。」

拜託了，騎士團長、副團長，請救救我們！

艾爾看著背負著團員期望的兩人，微笑著說道：

「但這些銀鳳騎士團都做到了，你們總會有辦法吧。」

「這麼說也對。」

他們的願望就這麼輕易地破滅了。

「雖然銀鳳騎士團傳奇是非常優秀的作品，但也收到很多『他們未免太過活躍了吧』這類的感想。不過！原來這些都是真人真事！下官明白了。就算今後只能在這不朽的作品中留下寥寥數筆，下官也光榮之至。哈哈哈……！」

在一片愁雲慘霧之中，只有岡薩斯愉快地撫摸光頭，發出啪啪聲響。而他身邊的同僚則心想：「這一點都不好笑！」

「要想完成這些任務，需要能夠熟練地操作很多不同種類的機體。來到這裡的各位雖然都是優秀的騎操士，但是一旦操作陌生的機體，大概也無法發揮出百分之百的力量，因此希望大團長能夠在熟悉與練習各機種方面提供協助。」

「當然。幻晶騎士的訓練很重要的呢！幸好奧維西要塞有從以前就一直在使用的設備，請隨意使用。」

事到如今艾爾還能笑得如此和藹可親，在團員們眼中，他漸漸變成某種恐怖的存在。有人戰戰兢兢地舉手發問：

「那個……所以說，我們要駕駛哪種機體呢？」

原本一直交由其他兩人發言的迪特里希總算開口了：

「嗯！首先要進行基礎訓練測試實力，同時根據屬性分配各自適合的機種。我們擁有決定騎士團戰力結構的裁量權，可以幫每個人準備合適的機體。」

原本疲憊不堪的團員們稍微恢復了一點活力。多數騎士團只擁有量產機型幻晶騎士——卡迪托雷，頂多會配合各個駕駛稍微調整，沒什麼選擇是很正常的情況，能夠選擇機種自然更是奢望。在這方面，每個人都能使用近似於專用機的銀鳳騎士團可說是非常特別的。

眼看團員們立刻拿出了幹勁，迪特里希也愉快地點點頭。

「那就馬上開始吧。我想想……先從運用幻晶甲冑開始測試，然後是騎馬，最後就飛一下吧。」

依序聽見令人不安的單詞，讓團員們的臉色又沉了下去。前面兩個就算了，最後那個到底是什麼意思？是銀鳳騎士團專用的某種暗號嗎？

「請問『飛一下』究竟是……？」

其中一個團員直率地反問，迪特里希默默地指向窗外，大家順著他手指的方向看過去。前方有一座建造得很穩固的木造高台，那應該是瞭望台，卻放在很奇怪的地方。高台蓋得非常高，超過了幻晶騎士的高度，一直延伸到要塞的上空。團員們不禁嚥了口口水。

「所謂飛……是字面上的意思嗎!?恕、恕我直言，從那麼高的地方飛出去會受重傷的。」

「不會要你們直接飛啦。」

從剛才開始，強人所難的程度便不斷上升，一直保持警戒的團員們此時鬆了口氣。沒錯，做那種事情根本沒意義啊。

「會讓你們好好穿著『空降甲冑』才飛。」

希望再次破滅了。迪特里希對於團員們那副遭受重大打擊的樣子完全無動於衷，反而得意地開始講解空降甲冑。

「這是幻晶甲冑的一種，是具有滑翔功能的優秀裝備。因為內部刻上了『空氣壓縮推進』的術式，所以不需要自己演算，不過倒是會消耗一點魔力。」

迪特里希突然板起臉，眼神認真地對團員們說：

「我不知道你們到底會駕駛近戰特化型機、人馬騎士還是空戰特化型機，但我會讓你們接受足以應對任何機種的訓練。放心吧。」

團員們已經不知道自己該針對哪一點感到放心了。

「我和陸皇龜戰鬥的時候毫無還手之力，使出的任何攻擊都沒有效果，我不會讓你們體驗同樣的絕望。而萬幸的是，可以保證銀鳳騎士團的幻晶騎士是最棒的，既然如此，接下來就輪到我們成為最棒的駕駛了。」

他自信滿滿地如此告訴團員們——這個騎士團到底是以和什麼對手戰鬥為前提啊？新人們心中的恐懼愈加濃厚。

◆

白鷺和紅隼騎士團團員們的慘叫聲，迴盪在奧維西要塞周圍。

他們穿著同樣的厚重鎧甲跑步。這正是銀鳳騎士團特製的訓練用幻晶甲冑，因為已經調整到近似於舊型摩托比特的狀態，如果不持續演算魔法術式並提供魔力，甚至會無法正常行動。被迫穿上這樣的缺陷裝備繞著要塞跑，就算騎士們對自己的體力再有信心也是叫苦連天。

跑在前頭的迪特里希已經超前了眾人一圈又跑了回來。

「偶爾跑一下也不錯，可以轉換心情。」

「你啊……一動就停不下來呢。」

「真是的，團員們還完全跟不上。」

「嗯。一開始會比較辛苦，不過很快就會習慣了。這個訓練對駕駛空戰特化型機而言是必要的，而且在地面也派得上用場。」

背後持續傳來團員們的慘叫。儘管艾德加和海薇也覺得無奈，但只要跨過這一關，他們就會變得更強。現在只能請他們繼續努力了。

說著說著，艾爾走了過來。身後還跟著巴特森、老大與鍛造師隊。

「正好大家都在。我有樣東西想請兩位騎士團長瞧瞧。」

「給我們看嗎？」

「只有騎士團長嗎？欸，那我呢？」

「妳的要再等一下，敬請期待吧。」

「原來有啊……」

現在正是幫新團員們分別選定機體的階段，如果對象是他們還可以理解，事到如今還要給這些老面孔看什麼呢？艾爾對詫異的三人露出滿面笑容。

「是給離開銀鳳騎士團的兩位學長的餞別禮物。」

「……啊啊，之前有說過。看你那麼鄭重其事的樣子，真讓人在意。」

「他說要舉行典禮，就催我加緊趕工。這段時期可真夠嗆的啊。」

「抱歉了。不過日程是陛下決定的，請找陛下抱怨吧。」

老大盛氣凌人地挺起胸膛，又馬上咧開嘴加深笑容。

「哼。我們可沒有因為趕時間就偷工減料！給我看清楚了。喂！」

「來啦！」

老大扯開嗓門一喊，穿著幻晶甲冑的巴特森等人便跑了出去。他們從工房推了一個巨大的貨車出來，兩把巨大得出奇的劍出現在陽光之下。

迪特里希睜大眼，前後打量貨車上的東西，儘管加上了一些奇妙的設計，但這怎麼看都是劍。他難掩困惑地搔搔頭問：

「哈哈哈，想不到你會送我劍，是給幻晶騎士的紀念品嗎？很像你會做的事情。」

這是『紀念品』。

武器本來就屬於消耗品，而幻晶騎士的近戰武器損耗更是劇烈，需要經常更換，所以設計精緻的劍頂多被拿來當成裝飾──他會這樣想也不無道理。順帶一提，如果是艾爾，應該會高興地把劍裝飾起來吧。

然而，這是銀鳳騎士團，大團長艾爾涅斯帝不會只滿足於單純的紀念品。不出所料，他慢慢搖了搖頭否定。

「不，這不是什麼紀念品，而是適合實戰的新型裝備……這把劍的核心嵌入了刻著紋章術式的銀板。」

「什麼？那這是魔導兵裝囉？」

內部有紋章術式且予幻晶騎士用的魔法武裝通常稱作魔導兵裝，可是艾爾和鍛造師們還是沒點頭，臉上仍然掛著不懷好意的笑。下一秒，注意到某件事情的迪特里希變了臉色。

「慢著，『內建魔導兵裝的劍』？喂，這該不會是……『銃裝劍』!?」

聽到那個名字後，連艾德加和海薇也大吃一驚。

銃裝劍——這是作為銀鳳騎士團旗機伊迦爾卡的主要武裝所製造並命名的武器。以前的魔導兵裝因為在內部嵌入刻有紋章術式的銀板，故耐久性很低，難以運用於格鬥戰。

銃裝劍則是擁有大型裝甲功能的刀身，還搭配了內建的強化魔法術式，因此也能應對近距離格鬥。它既是高功率的遠距離魔法武器，也是可以應對近戰格鬥的萬能裝備。

「可惜，你說錯了。銃裝劍確實強大，但也有很多缺點。」

「沒錯。那個只能裝在伊迦爾卡上，畢竟它是超級大胃王嘛。」

想要實現那樣多方面的機能與性能，勢必要付出某些代價。銃裝劍的缺點就在於使用方法太過特殊，以及更重要的——魔力消耗變得極為龐大。

提升高功率的遠距離魔法的威力之際，也消耗了更多魔力；強化刀身則導致格鬥期間亦會不斷消耗魔力。換句話說，想要靈活地運用銃裝劍，最重要的前提便是提供豐富的魔力，而現階段能夠滿足這項前提的就只有伊迦爾卡了。

「所以說這果然是紀念品吧？」

「喂喂，你以為我們是誰啊？銃裝劍的確很難應付，但也不必照原版的方式使用。」

「因此，我把功能區分開來了。這是特別強化刀身的純近戰用魔導兵裝，其名為『魔導劍』！」

當答案揭曉時，聽起來倒是非常單純。能夠使用原版銃裝劍的只有伊迦爾卡，既然如此，只要限制功能，減輕機體負擔就好了。這種魔導劍便是藉由限制原本的用途，讓一般機體也可以使用的改版裝備。

「發動時還是會消耗不少魔力，不太好操作，但學長你們應該沒問題吧。」

「唉，被你這麼一說，就更不能辜負你的期待啦。」

強人所難是大團長的拿手好戲，而追隨亂來的他就是曾經身為中隊長的兩人的義務。一想到這點，就覺得區區一把劍也沒什麼好怕的了。一旁的迪特里希神情嚴肅地看著劍。

「兩把……所以是我和艾德加一人一把？不能再增加數量嗎？」

「嗯——嵌入銀板的同時還要打造劍身的過程困難重重。可能需要老大他們更加把勁。」

「喂喂，饒了我吧。你以為我們手邊還有多少工作？就算有巴特少年和德西蕾雅等人幫忙，還是有堆積如山的工作等著我們咧。」

老大嫌棄地皺起眉頭，而迪特里希只是聳聳肩。

「有新裝備不是很令人羨慕嗎？不要的話就給我如何？」

「誰說我不要。這份餞別禮物我當然會心懷感激地收下。」

兩位新騎士團長走向自己的幻晶騎士，啟動了阿迪拉德坎伯和古拉林德，並且各自拿起劍。大劍有著華麗的裝飾，內建的魔導兵裝功能使劍身顯得略微寬大。

「就算稍微變好操縱了，但這還是算伊迦爾卡的武器啊。」

「唉，幫我們準備得這麼周到，真是榮幸。其他騎士團一定很羨慕我們。」

儘管不是完全按照伊迦爾卡的銃裝劍打造的作品，也能輕易看出其中的關聯性，想必魔導劍將會成為繼承銀鳳騎士團的象徵吧。

當兩機高舉起劍時，站在它們腳邊的海薇開始輕輕地鼓掌。掌聲很快地散播到鍛造師群，巴特森甚至還穿著幻晶甲冑就開始熱烈拍手。兩架新騎士團長機接受眾人如雷的掌聲與祝福，自此獲得了新的力量。

一會兒之後，艾爾帶著滿臉笑容迎接走下機體的兩人。

「順便跟兩位商量一下，你們的機體想不想要換裝呢？」

「唔。艾爾涅斯帝，我們的幻晶騎士已經擁有專用機的特徵，最好不要改動太多吧。你之前不是也這麼說過嗎？」

「的確是這樣沒錯。但是為了裝備魔導劍，勢必得做些調整才行，所以我想乾脆改裝成更符合騎士團長的風格。難得拿到新裝備，直接戴上去也不太像樣了。一定要徹底打造出最完美無缺的機體，你們說對不對？」

「你是老毛病又犯了吧？」

「我看阻止你也沒用。那麼，你到底想怎麼做呢？」

艾爾爽快地無視旁人無奈的眼神，倏地比出手勢。

「關於這點，請老大出場！」

艾爾迅速地退到一旁之後，老大擺出一副昂首挺胸的模樣走向前。

「好。讓我來說給你們聽！放心，我很瞭解那些傢伙的內部結構，會盡快完成改裝，你們就別客氣了！」

「我明白。不過，老大的表情看起來好像在打什麼鬼主意。」

「說什麼鬼主意，真沒禮貌。這可是我們的正經工作。」

「我們不在以後，情況說不定惡化了……」

三人不約而同地露出苦笑。他們的身分明明已經改變了，艾爾他們卻跟以前完全一樣。

老大自信滿滿地拿出圖紙攤開在眾人面前。三人儘管嘴上調侃，還是興趣十足地湊上前觀看。

「這可真是……你還想主張這只是換裝？」

「噯，這該不會是我負責的吧？雖然看起來是很有趣啦。」

「大團長到底打算對我們的騎士團做什麼……？」

三人的反應各不相同。面對帶著僵硬的表情回過頭的他們，艾爾只是非常和藹地笑了笑。

「唉，看來這陣子閒不下來了。話說回來……」

迪特里希大致瀏覽過內容後，轉身仰望舉起華麗大劍的古拉林德，並伸手指向它。

「可以讓我試試這把魔導劍嗎？我很在意它的性能。」

「我知道了。那就去訓練場吧。我順便告訴你使用的注意事項……」

◆

「我們要跑到什麼時候啊……」

這段期間，團員們一直默默地跑步，感受著訓練用幻晶甲冑壓在身上的沉重份量。本該輔助騎士行動的幻晶甲冑反而帶來極大的負擔，不斷挑戰他們的體力和魔力極限。

「這麼說來，團長不知道什麼時候不見了……」

「團長一開始領先我們，然後就跑得不見人影了。」

他們正抬頭張望時，地面突然傳來一陣劇烈的搖晃，緊接著爆發出轟鳴聲與塵土。所有人都嚇了一跳，眾人停下腳步，慌忙地朝發出聲音的方向看去，發現奧維西要塞的某個地方揚起了一股煙柱。

「什麼？魔獸出現了嗎⁉」

「怎麼可能，那可是在要塞內啊！我記得那邊是訓練場的方向。」

「那是訓練造成的嗎？」

現在不是跑步的時候了。他們拖著疲憊不堪的身體朝升起塵土的地方跑去。

一到達訓練場，出現在眼前的是維持著揮劍姿勢僵在原地的古拉林德。只是這樣還沒什麼大不了，可是從劍尖前方的地面被開了個大洞的情況來看，此事就非同小可了。迪特里希在機體腳下大呼小叫：

「艾爾涅斯帝！你到底在裡面加了什麼⁉這根本不是能不能砍的問題了吧⁉」

「劍身經過足夠的強化，所以我稍微增加了一點術式，看來展現了相當驚人的威力呢。」

「那也得有個限度啊！連我都差點被轟出去了！」

「這表示需要謹慎使用。凡事都有一試的價值。」

艾德加抱著頭，海薇則是遠遠地拉開距離，連老大和鍛造師們都在遠處圍觀。看到眼前這一幕，團員們不禁露出茫然不知所措之色。

「銀鳳騎士團真不是蓋的啊。」

「我們也要做同樣的事情嗎？」

「真的假的……」

「喔喔，大團長賜予的劍！太棒了，這肯定會在銀鳳騎士團傳奇中增添新的一頁……!!」

如此這般，阿迪拉德坎伯和古拉林德最後還是被送進了工房進行改裝。

不遠處同時進行著團員們的適性測試。大家充實地過著時而奔跑、時而高高飛起、時而急速落下的日子。騎士團逐漸成形，接著慢慢進入熟練個別機種的訓練階段。

時光流逝，很快來到白鷺和紅隼兩個騎士團在王都坎庫寧發表成果的日子。

第七十七話　暴風雨前的結婚典禮

一道白線在藍天中延伸開來。在萬里無雲的天空上劃過的一抹白，最前端是一個半人半魚、怪模怪樣的存在，它不時扭動龐大的身軀，高速從空中飛掠而過。

「嗯——！新的小席狀況絕佳呢！」

亞蒂透過操縱桿確認手感，並高興地笑了。她踩下踏板，提升機體的輸出動力，讓推進器噴出更加猛烈的火焰。幻象投影機上流動的景色與過去的席爾斐亞涅相比毫不遜色，不如說，吸取過去的經驗並調整後的機體能夠做出更流暢敏捷的反應。身為從第一代的席爾斐亞涅起便擔任測試騎操士，且長時間駕駛空戰特化型機的人，她對這個新型機感到非常滿意。

亞蒂稍微放開踏板，機體隨之減速並張開翅膀。席爾斐亞涅・卡薩薩奇三世——通稱席爾斐亞涅——擁有兼具可動式追加裝甲功能的大型雙翼，因此直線前行的穩定性也是既有機種中最高的。

在機體進入穩定的飛行狀態後，她開始觀察駕駛座裝設的其他按鈕。

「呃，新功能還在調整中，不過姑且飛起來了，暫時沒問題吧。」

畢竟是作為空戰特化型機的新造機體，飛翔騎士的功能已完全恢復。而且附加了許多額外的功能，今後還得做各式各樣的調整才行。

「而且果然還是要跟艾爾在一起呀～嗚呵呵呵呵，加油吧，小席！」

席爾斐亞涅彷彿在回應騎操士的期望般，噴吐出一股最大級的火焰，有如一道箭矢劃過了天空。

◆

「雖然已經聽說了，但會飛的幻晶騎士速度真的好快呀，已經像豆粒一樣小了。」

溫和文雅的瑟莉緹娜偏著頭，隔著窗戶凝視漸漸遠去的機影。會飛的幻晶騎士——空戰特化型機來到這個世界的時間還不滿十年。假如是騎士還好說，一般民眾多半只聞其名，卻不知其真面目。而她在一般人的立場上來說，算是知曉得比較清楚了。

旁邊傳來一聲嘆息回應她的低語。

「亞蒂那個頑皮的丫頭，現在居然變成弗雷梅維拉屈指可數的優秀騎操士。時間過得真快……」

說話的是歐塔兄妹的母親，伊爾瑪（伊爾瑪）塔・歐塔。

她知道孩子們已身處重要的地位，但總覺得很不真實。直到看見剛才那幅光景，她才理解到駕駛國內最頂尖的飛翔騎士究竟有多大的價值。

「而且阿奇德也前往鄰國赴任了……他們都是令人自豪的孩子，但也讓人有點寂寞呢。」

「是啊。他們就像小鳥一樣隨心所欲，又像鷲鳥般強而有力。我也為他們能夠自由地展翅翱翔感到高興，但是……」

艾爾和亞蒂一起墜落到博庫斯大樹海中，沒有隨著其他人回來的事情，她至今仍然記憶猶新。儘管狀況令人感到絕望，她們仍深信孩子們會回來——幸好她的願望實現了。然而這也讓她明白，所謂的強大絕對不等於萬能。

緹娜輕輕撫過一旁的桌子邊緣，其中包含著安慰和感謝的心情。

「各位，本船即將來到坎庫寧上空。請看那邊。」

忽然出現在房間裡的艾爾涅斯帝伸手指向窗外。所有人的視線都往前方看去——沿著歐比涅山麓而建的城市出現在視野中。

「哎呀……那麼大的都市，從天上看卻變得好小啊。」

「沒想到有生之年能親眼見識到這樣的風景，我到現在還不敢相信呢。」

從空中看到的都市——艾爾他們對這樣的風景已經很熟悉了，然而對於大多數沒搭過飛空船的人來說卻並非如此。伊爾瑪和緹娜連連發出驚嘆，深深被底下的美景吸引住了。

「距離典禮開始還有一點時間，請大家盡情享受。」

這裡是銀鳳騎士團旗艦・飛翼母船出雲號的展望室。

為了接待客人而整理過的室內擺放著一些輕食，並且由騎士團長親自出面接待。這也難怪，因為這些客人可是他和亞蒂的家人。

「艾爾，只是要從萊西亞拉過來就搭這樣的船，會不會太招搖了？」

艾爾的父親馬提斯一副惶惶不安的樣子，頻頻張望四周。

在天上行進的飛空船是種與眾不同的交通工具，這項最新技術即使在王國境內也尚未完全普及。它們移動迅速，像出雲號這樣的大型船艦也能發揮出遠超過馬車的速度。要從他們居住的萊西亞拉到王都坎庫寧，原本應該搭乘馬車就足夠了，不需要特地搭乘這種龐大的船隻。

「因為這次還帶了其他巨大……不，重要的客人隨行，所以才要搭乘這艘船。」

聽到艾爾泰然自若地點頭這麼說，馬提斯的口中吐出不曉得是今天第幾次的嘆息。

「以前你說要得到幻晶騎士的時候，我就被你嚇了一跳。沒想到你現在還掌控了更大的船，你真是永遠會讓我更驚訝。」

一旦跟艾爾扯上關係，事情總會變得愈來愈無法收拾。

別說跟上他的腳步了，就連接受事實都讓人感到吃力。目前的事態發展已經超出一介教師可以理解的範圍了。

「而且，今天我還要踏出更大一步。」

他注視著視野中漸漸變大的王都，腹部微微用力。等到這艘船抵達王都後，艾爾將在那裡翻開歷史上新的一頁——

◆

岡薩斯瞻仰著在王都上空行進的巨大飛空船的英姿，嘴角綻開大大的笑容。

「喔喔，看樣子我們的大團長抵達了。啊啊，啊啊，多麼美麗的出雲！你知道嗎!?那艘船可是闖進了魔物森林博庫斯大樹海又凱旋歸來，是當代最強的飛空船……」

「啊，嗯，吵死了。我已經不曉得聽你講第幾次了。」

就算旁邊的同僚隨口敷衍，岡薩斯也一副無所謂的樣子，繼續對出雲號獻上讚美之詞。其他人也習慣了，所以就這麼放著他不管。

「哦，輪到團長他們出場了。」

銀鳳騎士團時代的老面孔小聲嘀咕了一句。在團員們的注視下，出雲號的船底打開了，隨即有東西很快地從裡面飛了出來。它們在空中展開翅膀般的裝甲，開始在空中滑翔前進。白色與紅色的幻晶騎士描繪出和緩的圓弧，朝地面降落。

「好——該到團長那邊去了。全體騎乘！這是我們登台表演的時刻，萬一栽了跟頭，可是會成為好一陣子的笑柄哦。大家加把勁上吧！」

「是！」

原本各自在一旁休息的團員們陸續坐進機體。處於待機狀態的卡迪托雷不停發出進氣裝置高亢的呼嘯聲，並且從屈膝跪地的姿勢站起。一旁猶如一座小山的巨大影子動了起來。巨大的馬體幾乎與卡迪托雷的肩膀同高，上面連著人型的上半身——那是人馬騎士澤多林布爾。

騎士團開始行動，迅速組織隊形並舉起旗幟，一面是在白底描繪鷺鳥與盾的紋章，另一面則是在紅底描繪劍與隼鳥的紋章。白鷺和紅隼兩個騎士團，踏著沉穩的步伐一同前進。

前導騎兵在王都的中央大道奔馳而過，並高聲吹響了喇叭。行人紛紛為巨人騎士讓道，興致勃勃地注視著隊伍。

幻晶騎士們在暢通無阻的大道上行進，其中大半是全身攜帶各種選擇裝備的卡迪托雷部隊，澤多林布爾則排在隊伍中段，後面拖曳著巨大的貨車。

與此同時，有東西發出尖聲呼嘯，從空中橫掠而過。由飛翔騎士引導的飛空船群來到了王都上空。這些幻晶騎士全都朝著王城雪勒貝爾城前進。

這是由陸與空的騎士們組成的混合騎士團，所有居民們都為其強盛威武的軍容發出熱烈的歡呼聲。

王城前有兩架幻晶騎士正翹首等待騎士團的到來。身纏純白的鎧甲，軀體周圍有可動式裝甲覆蓋的機體——白鷺騎士團騎機阿迪拉德坎伯；紅色鎧甲配上兩支大劍，雙肩與腰上內建魔導噴射推進器的大型裝甲機體——紅隼騎士團騎機古拉林德。它們都維持著修改前與以往相同的姿態。

它們率領抵達的騎士團進入王城前的廣場。不論是地面上的幻晶騎士，還是空中的飛空船和飛翔騎士，動作皆十分整齊劃一。

國王里奧塔莫思看著兩個騎士團的雄姿，臉上露出滿意的笑容。他悄悄地對親信說：「雖然是一群難馴之人，倒也撐得起場面啊。」

他慢慢環顧眾騎士，面容肅穆地宣布典禮開始，接著便是要向貴族和民眾們展示白鷺騎士團與紅隼騎士團的成立。

「想必各位都知道，他們是承襲銀鳳騎士團的教誨之人，也是勇闖大樹海並且平安歸來的騎士們。」

兩個騎士團沐浴於蜂擁而至的民眾所發出的吶喊助威聲中，他們高舉旗幟、昂然而立。

『銀鳳騎士團』這個名號可能會成為沉重的壓力，但是這裡的每一個團員都絲毫不打算輸給那股壓力。

「隨著飛空船的登場，開闢出一條進入樹海的路，新的時代即將到來。還望諸位成為引領開拓的先鋒，朕很期待你們的表現。」

「臣等謹記在心。」

即將到來的時代——民眾會將之視為進入並開發大樹海的宣告吧。不再對樹海和魔獸感到畏懼，而是逐步深入探索，一如弗雷梅維拉王國成立之時那般充滿活力的時代。可是這番演說的涵義有些不同，真實的腳步聲已近在咫尺。

當典禮的熱烈氣氛達到高潮時，飛翼母船出雲開始慢慢移動，接著在王城外緣降低了高度，再次開啟船底。船身體積比普通飛空船大上一倍的出雲，裝載量自然也非其他飛空船可相比。

許多巨人從船內現身，來到了地面。那似乎是幻晶騎士集團，全身包覆著不常見的外部裝甲，它們看起來紀律並不嚴謹，各自隨意地行動。

此時，有個怪異的巨人從出雲的頂部甲板起飛了，那是伊迦爾卡。它拖曳著推進器的轟鳴聲飛到空中，又很快降落到聚集起來的巨人之中。其中一個格外矮小的巨人朝著伊迦爾卡走去。

伊迦爾卡隨著駕駛座上艾爾的動作，慢慢點了點頭。

「輪到各位出場了，我們走吧。」

由伊迦爾卡帶頭的集團邁步前進，王都的入口有騎兵等待著他們，騎兵再次作為前導飛馳而出。

民眾因為新騎士團的成立以及國王的演說而情緒高漲，在新集團登場時紛紛露出驚訝的神情，並讓出一條路來。

在集團前方領頭的幻晶騎士模樣極具特徵，那副令人心生畏懼的鬼面武者容貌，在這廣大的世界上，除了銀鳳騎士團旗機伊迦爾卡不作他想。

然而由伊迦爾卡帶領的巨人卻是誰都沒見過的東西，其中連一架卡迪托雷都找不到。難道是新型幻晶騎士嗎？——若是銀鳳騎士團的話，也有這種可能——在周圍的人自行想像並引頸期盼下，集團終於抵達了王城前。

◆

一收到他們抵達的消息，國王便輕輕舉起手。先是貴族們，繼而民眾也慢慢安靜下來。他們的目光全移向了剛出現的集團。

「乘坐飛空船進入博庫斯大樹海的銀鳳騎士團發現了一個重大的真相。在今天這個時刻，朕將要公開他們的存在。」

眾人的視線隨著里奧塔莫思的指示，聚集到伊迦爾卡和它背後的集團上。

「銀鳳騎士團與潛伏在樹海中的巨大魔獸戰鬥，最後獲得勝利。此外……『他們』正是我們在那場戰鬥中邂逅的新朋友……」

嘈雜聲在人群之間散播開來。眾人對於在樹海中發生戰鬥一事並不感到意外。但是那裡是魔獸的樂園，是拒絕人類踏足的魔物領域。沒錯，那裡不該有會幫助人類的東西存在——

答案就近在眼前。巨人們隨手脫下頭盔，光是這麼簡單的舉動，就不是幻晶騎士做得出的動作。

緊接著，民眾看見了頭盔底下顯露而出的東西。

——他們的臉。那並非鋼鐵打造而成的產物，而是生物所擁有的臉。

——他們有眼睛。不是和人類一樣的兩隻眼睛，而是擁有三眼，甚至四、五個眼睛。

——他們脫下頭盔後鬆了口氣，順便大動作地卸下身上的鎧甲，露出底下由魔獸皮革製成的衣服，以及膚色的肉體。

「……他們是『巨人族』。」

他們毫無疑問是生物。擁有和幻晶騎士不相上下的龐大身軀之人——真正的巨人。

短暫的寂靜過後，出現了近乎尖叫的喊叫聲。那與人類相似，卻又絕非人類的樣貌，反而更像是某種魔獸。人們不可能輕易接受看似仇視至今的魔獸的異常存在。

在騷動不安的典禮會場上，伊迦爾卡突然有了行動。它向身邊的小魔導師招招手，然後一把抱起她。它用肩部裝甲代替椅子讓小魔導師坐上去之後，接著催促周圍的巨人們上前。

伊迦爾卡和巨人們不顧民眾驚愕的目光，逕自在國王面前排成一列。

「一同生活，一同戰鬥，並一同獲得勝利，人類與巨人在此展現彼此的友好情誼……陛下。」

「嗯，辛苦了。」

他們明確地宣告『巨人』並非敵人的事實。面對屏氣凝神地關注後續發展的群眾，里奧塔莫思接著說：

「也難怪你們會感到驚訝。博庫斯大樹海潛藏著許多祕密，巨人也是其中之一。他們今天代表各自的氏族聚集在此，樹海深處還有著應當稱之為國家的群體存在。」

面對逐一被揭曉的驚人事實，民眾大驚失色。他們只能勉強理解即將有什麼極其重要的事要發生了。

「朕在此宣布，我國將與該『國』締結友誼。若想克服在我國興起之際成為禁忌的魔物森林，沒有比他們更可靠的朋友了。我們將攜手合作，總有一天要穿越魔物森林。」

相隔數秒的寂靜之後，一股歡呼聲爆發開來。

眾人無法立刻消除對於博庫斯大樹海的恐懼，即使擁有飛空船這項新技術，還是只能戰戰兢兢地摸索前進。

而在這時加入了新要素──世世代代在樹海生活的巨人族。在他們的協助之下，那些荒誕無稽的夢想或許也能實現吧。對於未知的期待，再次令群眾掀起一陣歡呼。

國王里奧塔莫思滿意地眺望著民眾的反應，接著點頭。

──身為在人類史上首次與巨人族合作的國王，他將在後世獲得『巨人王』的稱號。而這一天也將作為人類和巨人並肩前行的開端，在歷史上留下濃重的一筆。

◆

自從那場驚奇連連的典禮後，又過了一段日子。

從那天開始，人們談論的話題無不圍繞著巨人族打轉。這也難怪，畢竟那可是足以在人類歷史中成為轉折點的重大事件。

為人所津津樂道的巨人們，起初還為了不必再過著躲躲藏藏的日子感到高興，現在卻因為請求與他們見面對談的邀請蜂擁而至，開始覺得有些吃不消。

既然已經宣示巨人族並非敵人，自然會有很多人對他們感到好奇。何況雙方的語言相通，再加上愈怕愈想看看的心態，因此申請會面者源源不絕。

然而，一向喜歡用拳頭解決問題的巨人族並不喜歡用言語對談，因此對於邀請能避則避，最後由較為通情達理的小魔導師一手包攬相關的任務。最近的她帶著拿布和作為專屬護衛的紅隼騎士團，成為國內各地互相爭搶的客人，連帶地讓許多人心目中對於『巨人族』的印象，漸漸以她為基準成形。

另一方面，大多數巨人則是向騎士們發起挑戰、比試身手，也因為這個緣故，使得民眾、貴族與騎士之間，對於巨人族的印象產生了嚴重的偏差。不知是幸抑或不幸，沒有人能夠跳出來指正這一點。

在這股由巨人族引起的熱潮當中，銀鳳騎士團的據點奧維西要塞，今天也迴盪著鎚子的敲打聲。

「嗯——做得很不錯呢。」

「那還用說，不必當那些傢伙的保姆，一切都會變好！」

德西蕾雅擺出神清氣爽的態度拍了拍手，艾爾也滿意地仰望眼前的機體。一架幻晶騎士端坐在工房的一角，那是經過反覆調整，好不容易完成的席爾斐亞涅・卡薩薩奇三世。

「真是的，剛開始聽你說要做這個的時候，我還懷疑你的腦袋是不是出了問題，結果倒也挺有趣的嘛。」

「太厲害了，不愧是國機研引以為傲的鍛造師。好，這下終於『準備』完成了。」

看見艾爾高興地點頭，德西蕾雅稍微皺了皺眉問：

「我可以保證成品的品質。可是團長，你真的要做『那個』嗎？」

「當然。我就是為此才拜託妳的。」

「哎，反正這裡你最大，我們也做出了有趣的東西，之後就隨你高興啦……」

艾爾沒有理會她頗為無奈的眼神，順從所願展開行動。

「各方面都準備妥當，接下來完成後，就只要拭目以待了……！」

◆

這一天，亞蒂來到了埃切貝里亞宅邸。

「等妳很久了，亞蒂。我們走吧！」

「感覺艾爾很高興的樣子……嗯，是很可愛啦。」

艾爾迫不及待地迎接她的到來，亞蒂納悶地偏著頭跟在行動俐落的他身後。兩人的目的地當然是他們所屬的銀鳳騎士團據點奧維西要塞。這是每天固定的行程，應該沒什麼值得高興的。也許是發生了什麼好事，或者——

（啊～他又做了什麼不得了的大事嗎？）

亞蒂心裡不自覺地感到緊張，這只能說是過來人的經驗了。

艾爾難得主動提出由他來駕駛澤多林布爾。配合亞蒂的體格打造的駕駛座對艾爾來說當然太大，所以他使用直接控制，強行讓機體飛奔疾馳，最後進入了停機場。

艾爾依然維持著好心情，他牽起亞蒂的手，步履輕快地前往工房，這些舉動都加深了她心裡的疑惑。

「喔，你們來啦。都準備好了。」

等在那裡的德西蕾雅也莫名擺出了昂首挺胸的姿勢。

「怎麼了？德西蕾雅小姐。艾爾從早上開始也有點奇怪耶。」

「他不是一直都很奇怪嗎？」

「是沒錯，可是不一樣！」

德西蕾雅似乎知道原因。雖然還不能肯定，不過事關這兩個人，十有八九是和幻晶騎士有關的事情吧。

「那就趕快讓妳瞧瞧我們辛苦工作的結晶吧！」

德西蕾雅忽地伸手指了過去，前方是看似熟悉卻又有哪裡不同的幻晶騎士。

「席爾斐亞涅(小席)……好厲害，原來完成了！」

亞蒂臉上頓時綻開笑容。

席爾斐亞涅在結束基本的動作測試後，便由德西蕾雅他們進行最後一道工序，所以這陣子都沒有啟動。

最終完成的席爾斐亞涅・卡薩薩奇三世，和它以往給人的印象有很大的不同。

它保留了巨大的可動式追加裝甲和空戰特化型機的規格，而變動較大的地方在外裝鎧甲。機體各處可以看見透明的結晶質，有的是裝甲的一部分，有的則是被設計成外觀零件等等。

「哇——變得好漂亮！這在外裝上使用了板狀結晶肌肉吧？」

幻晶騎士這種人造巨人在鋼鐵鎧甲底下有著結晶肌肉，外觀看起來理所當然只有鋼鐵裝甲。冰冷堅硬的質感襯托出幻晶騎士作為兵器的本質。

然而，席爾斐亞涅三世實屬當中的異類，它的結晶質透明外裝在鋼鐵巨人身上加入了美的要素。每當亞蒂驚呼出聲，德西蕾雅就愈是驕傲地挺起胸膛。她將技術與感性在製作上發揮得淋漓盡致。

「裝飾得很完美呢！但是板狀結晶肌肉不是不夠堅硬嗎？」

「和以往的外裝相比自然脆弱許多，不過這是講求高速移動的空戰特化型機，在一定程度上無視防禦也沒關係吧。況且我並沒有減少裝甲本身。」

德西蕾雅並沒有拆掉原本的裝甲，大多是在上面覆蓋板狀結晶肌肉，所以不會降低防禦力。

「這樣一來，我心目中的新席爾斐亞涅就完成了。而我的目的是……」

「做得更可愛！」

「呃……那樣也不錯啦。不過因為新席爾斐亞涅擁有各種機能，所以會消耗大量魔力，需要很多儲備量，但那終究只是備用，萬一失去那些板狀結晶肌肉也不會有大問題。」

「欸～明明那麼漂亮！真不想看到它被破壞。」

亞蒂看起來相當中意新的席爾斐亞涅，一直圍著它團團轉，從各種角度欣賞光線照在結晶質裝甲表面呈現的各種顏色，而她的表情也隨著光影不停改變。

「還有，這是以和伊迦爾卡聯動為前提的裝備。」

「災禍之伊迦爾卡對吧。」

「對。把魔力再次轉換成乙太——空降用追加裝甲也利用過——就是它最主要的功能，因為啟動開放型源素浮揚器對伊迦爾卡的負擔也很大。」

亞蒂繞了一圈後回到艾爾身邊，直接抱住他。

「艾爾，你還記得我們的約定呢。」

「畢竟是約定啊——不管我去哪裡，伊迦爾卡都會跟我在一起。亞蒂也會陪著我吧？」

「嗯，那還用說。就算把我留下來，我也會追上去！」

兩人一同仰望席爾斐亞涅，在它對面的伊迦爾卡坐鎮於工房的盡頭，那是艾爾涅斯帝為自己製作的獨一無二存在，新的席爾斐亞涅三世則是期望與它並肩而行而建造的機體。

艾爾掙脫出亞蒂的懷抱，轉身抬起頭看向她，臉上露出溫和的笑容。

「我知道妳會這麼說，所以才做了這些準備。這架機體就是見證，希望我們能不論到哪都在一起。也就是……呃，代替訂婚戒指那類的東西。讓妳久等了。」

「艾爾……」

兩人身後的德西蕾雅張大了嘴，呆若木雞地僵在原地，不過兩人完全不介意。應該說，他們根本沒把周遭的人事物放在心上。

「我們結婚吧，亞蒂。兩個人一起製作與駕駛幻晶騎士！」

「……好！」

亞蒂再次緊緊地抱住艾爾。

另一方面，整個工房籠罩在可怕的寂靜之中。這兩個傢伙到底在說什麼？沒有任何人跟得上事態發展，眾人的身體彷彿結凍一般停止動作。

張著嘴愣在原地的德西蕾雅總算回神大叫：

「喂……！那是怎麼回事!!不是要做最新的幻晶騎士……應該說，我真不敢相信有人會把幻晶騎士用在這種地方!!」

在人類漫長的歷史中，應該不曾出現製作幻晶騎士代替訂婚戒指的人。再說就算真有人想出這種餿主意，也根本沒有哪位女性收到幻晶騎士會高興。

傻眼到極點的她嘆著氣轉過頭，接著再次大吃一驚，僵住了身體。

「是嗎？這樣啊……太好啦，小姑娘。幹得好啊，少年!!」

「哇～艾爾涅斯帝，你真是做得太棒了！」

「喔喔喔，大團長終於……終於！這是天大的好事啊。應該要慶祝，得要慶祝才行！首先來幫伊迦爾卡做維修整備！」

「唉，真的等這一天好久了啊。對了，也得去通知新騎士團的那些人！喂，傳令兵！」

「收到！澤多林布爾全體出動！」

以老大為首的鍛造師隊莫不喜極而泣、同聲祝賀，和德西蕾雅一樣全身僵硬且面露複雜神色的只有國機研出身的轉移組成員。她不由得翹首望天，暫時放棄發洩滿肚子吐槽的衝動。

「這種情況不是該感到驚訝嗎……真搞不懂這個騎士團。」

「說什麼傻話！那個少年!!要娶老婆了哦！當然要替他高興啦!!」

「是喔。」

先不說德西蕾雅等人，銀鳳騎士團團員們馬上跑到艾爾和亞蒂身邊祝福兩人，然後直接舉起兩人往上拋。那一天，祝福的歡聲一直持續到晚上。

說幾句題外話，席爾斐亞涅三世的正式名稱之後被改為『席爾斐亞涅・卡薩薩奇三世・訂婚版』，可是由於名字太長，（包括命名的本人在內）所有人都只稱呼它為席爾斐亞涅——

◆

「……………………………………哦，是嗎？那個銀鳳騎士團團長要結婚了。該怎麼說……是好事一件吧。」

隔了好一段時間的沉默後，接到消息的國王里奧塔姆思才低嘆一聲。

「話說，那個人也會做結婚這樣『普通』的事情啊。」

脫口說出的話正確表達出國王的心境，這樣的感想雖然太過直率，但據說在場無人能否定。

「無論如何，銀鳳騎士團團長要結婚，這事可不能辦得太草率。」

國王想了一會兒，很快便下達了某些指示。

◆

此時的埃切貝里亞邸正被活躍的氣氛所包圍。

「恭喜你們，艾爾、亞蒂。能看到你們兩人在一起，我真的很高興。」

聽到兩人告知結婚的意願後，家人們一同給予了祝福。在旁人眼中的兩人似乎和往常沒什麼兩樣，不過一旦有了明確的形式，到底還是有所不同。尤其瑟莉緹娜和伊爾瑪塔兩位母親更是高興得牽起彼此的手。

這時，亞蒂注意到一件事。

「啊，怎麼辦？媽媽，要是連我都離開家，就剩妳一個人了。嗯，反正就在附近，我還是待在家裡吧？」

「妳不用擔心這種事。奇德常常想到就回來，而且我隨時都能過來這裡啊。」

「嗯。這樣啊，過幾天還得通知他才行呢！」

亞蒂的雙胞胎哥哥阿奇德已經前往鄰國‧新生克沙佩加王國。兩人有好一陣子沒見面了，不曉得他聽說自己要和艾爾結婚會有怎樣的反應。大概會說：「終於啊。」之類的話吧。

交談間，馬提斯拿著信走了過來。他帶著些許困惑之色把信拿給艾爾和亞蒂看。

「艾爾，關於你們的結婚典禮，陛下做出了一點指示。」

「是什麼樣的內容？」

「關於舉行典禮的場地，說是結婚典禮應該在王都坎庫寧舉行。鑒於你率領銀鳳騎士團建立許多功績，所以由中央負責主辦。」

銀鳳騎士團團長的身分不比尋常。這個國家的騎士團大多附屬於貴族之下，不是守護特定地區的守護騎士團，就是聽從貴族個人命令行動的私兵。因此，結婚之類的情況幾乎都是由統治該地的貴族辦理。

就立場而言，銀鳳騎士團直屬於國王，而且他們的存在在國內也極為特殊。目前國內使用的各種幻晶騎士幾乎都是以銀鳳騎士團——不如說是艾爾涅斯帝個人的設計為基礎。此外，儘管實際上的戰力都轉移到白鷺和紅隼兩個騎士團，但銀鳳騎士團團長能夠動用的戰力規模反倒增加了。再提到他至今累積的功績，建國以來，究竟是否有人足以與他媲美呢？

只論重要性的話，甚至連貴族也比不上他。

根據國王的指示，結婚儀式將在王都坎庫寧的王城前舉行。這對於一介騎士團長來說可說是破格的待遇了，但聽說沒有任何一個人表示反對。

「據說陛下不會參加。不過……真教人不勝惶恐。」

緹娜沒有理會表情僵硬的馬提斯，她轉向兩人說：

「對了，就算依陛下的指示決定了場地，你們又想要怎樣的儀式呢？」

被她這麼一問，艾爾和亞蒂看了看對方。

「我想好好打扮艾爾。」

「我想讓全國的幻晶騎士全部到場排列成隊。」

「哎呀，聽起來很好玩呢。要不要向陛下拜託看看？」

「等等、等一下，緹娜、艾爾還有亞蒂，那些不像是針對結婚典禮的要求喔!?」

要是就這樣隨他們安排可不得了，馬提斯察覺到這一點，決定也加入籌劃典禮的行列。

◆

過了一段時間。

弗雷梅維拉王國的王都坎庫寧——規模在國內稱得上數一數二的都市。在國家興起之初以前線基地為母體而建立，四處皆留有舊時的要塞，是個同時具備了華麗與剛健氣氛的都市。

王城雪勒貝爾城附近有個儀式用的會場，平常是近衛騎士團舉辦儀式的場地，如今卻變成王國的當代幻晶騎士展示會場。可怕的是，這場展示並非主要目的，只是充當背景而已。至於是誰提出的要求，這點自不必說。

艾爾和亞蒂的婚禮不只有親人會參加，而是採取開放一般民眾入場的形式。

這個消息迅速在王都內散播開來，典禮當天有大批參加者蜂擁而至。當然，會有如此多人參加典禮，或許也和國王授意安排提供免費酒水和餐點招待有關。不管怎樣，這都已經遠超個人婚禮應有的規模，不過更讓人驚訝的是，就連巨人族也列席參加了。

從前幾天發表消息以來，那些巨人們便成了眾人談論的主要對象，但有誰想得到他們居然還會參加小人族的婚禮呢？

城裡的居民們只敢站在遠處觀望，畢竟巨人散發的氣場實在太嚴肅了。原因無他，因為全體巨人都全副武裝出席。

然而，這並不是敵意的表現。在他們的文化裡，最高等級的禮服就是使用自己打倒的魔獸材料製成的裝備，這也是他們對『虹之勇者』表達敬意的方式。順帶一提，負責會場警備的近衛騎士團一度不願讓他們出席，是因為主辦者的一句話才勉強予以通融。

再說，現場還有小魔導師睜大四隻眼睛盯著其他巨人族，展現出一股不同於平常的幹勁，以免他們不小心破壞了典禮。

主角們則在已經超越了熱鬧，有點像處於戰爭狀態的會場後方準備。

「……我進來囉。準備得怎麼樣了？」

艾爾涅斯帝來到休息室。他今天穿上了騎士團長的禮服，那是為了銀鳳騎士團團長量身訂做的成套服裝，使用最高級布料的外套上繡著表示所屬的銀鳳騎士團紋章。

到頭來，個子沒長多少的艾爾還是那副嬌小的模樣，但是打扮起來還是展現出了幾分翩翩風度。雖然其他人看到他著正裝的模樣，表現出的反應更像是欣慰，不過這點就暫且不提了。

「我們這邊也剛好結束了喔。來，亞蒂。」

不只緹娜和伊爾瑪，連亞蒂同父異母的姊姊斯特凡妮婭也在休息室。她們剛才似乎都圍繞在亞蒂身旁幫忙梳妝打扮。

把亞蒂團團圍住的女眷們一下子讓到兩邊，看到亞蒂一臉緊張地坐在房內正中央，艾爾浮現笑容說：

「妳今天看起來比平常更漂亮呢，亞蒂。好像全副武裝的幻晶騎士。」

「那樣算是在讚美……？不過就你來說，這應該是很不得了的讚美吧。」

亞蒂閃爍著期待的表情瞬間扭曲了一下，周圍的人也發出嘆息。儘管如此，亞蒂還是馬上恢復過來。要是和艾爾在一起，這樣的對話肯定是家常便飯。這次換她仔細打量艾爾的模樣，片刻後顫抖著伸出手。

「啊啊，打扮過的艾爾也好可愛，又有點帥氣……好想抱住你……」

「好了好了，現在不可以動得太厲害。衣服會亂掉的。」

由於亞蒂穿著禮服，周圍幫忙的人也替她化好妝了，所以不能隨便亂動。亞蒂既興奮又緊張，有好一會兒都像耗完油的機器般動作僵硬、渾身顫抖。

「喔喔喔……好高興又好難受……不能享受難得一見的艾爾……又高興又難受……」

「我還以為他們結婚以後會稍微有點改變呢。真受不了……」

幫忙著裝打扮的女眷們發出無奈的嘆息。怎麼到了結婚這一步還是一點也沒變？或者該說這樣才像他們呢？

艾爾露出苦笑，隨即伸出了手。

「時間差不多了。亞蒂，我們走吧。」

「嗯！」

兩人的手交握在一起，一同邁步向前。

◆

此時為西方曆一二八五年。這天，弗雷梅維拉王國誕生了一對夫婦。

他們擊敗了許多魔獸，也曾協助他國平復戰亂，更勇於闖入被視為禁忌之地的博庫斯大樹海，並且完成了與巨人族的初次交流。嬌小的騎士團長與團長輔佐為弗雷梅維拉王國帶來了巨大變革。

即使是在動盪的時代不斷向前飛躍的兩人，也滿臉洋溢著幸福，在這一天接受眾人的祝福與道賀。

第十八章 浮游大陸騷亂篇

Knight's
&Magic

第七十八話　如浮雲輕巧，如狂風迅速追趕

——風在咆哮，被撕碎的雲留下慘叫似的風鳴向後方掠去。

一柄劍在湧動的空中破風而行。不對，那不是劍，而是一艘宛如利劍般錚亮鋒利的飛空船。

巨大的船體有如葉片般飛舞並激烈地搖晃，飛空船的艦橋宛如戰場，每個人都緊抓著操縱機器高聲呼喝，試圖奪回對船的掌控。

當眾人都在拚命控制船的時候，唯有那個應該坐在船長席、身材高大的人物昂然起身而立，不合時宜地大聲稱快。

「嗯，這就是傳聞中的大風暴！哈哈！這表示情報非常正確!!」

「殿……少爺！請您坐好啦！現在情況真的很不妙!!」

身邊的人紛紛勸道：「現在可不是耍威風的時候。」『船長』只好不甘不願地回到座位。

船身摩擦擠壓發出的恐怖聲響令他皺起眉頭，弗雷梅維拉王國第二王子——埃姆里思不滿地支著手肘。

「不過，穿越風暴之前的情況都在意料中，畢竟這艘『黃金鬣號』就是為此而造的啊。」

阿奇德緊抓著失控的操舵輪大聲吼了回去：

「話是這樣說沒錯！唉，我們本來就是偷跑出來的，回去以後還不曉得會被埃莉諾怎麼教訓……」

「別在意！確定情報真偽再帶回去，這不只對我們有利，對克沙佩加也有好處！……大概吧！」

「您絕對是剛才才想到的吧！」

就算嘆氣，暴風雨也不可能因此平息。在面對大自然的威脅時，即使是最新型的高速船『黃金鬣號』也不能掉以輕心。埃姆里思注視著暴風翻騰起伏的天空，突然確定了某件事。

「喂，奇德，使出全力。把魔導噴射推進器提高到最大輸出動力，我們直接闖過去！」

「欸欸!?消耗太多魔力的話，真的會遇難喔！」

「只要能夠突破這裡就行！再加把勁。」

「唉，真是夠了。雖然我已經做好心理準備，不過這也太慘了吧！」

船員們半是自暴自棄地提高了船的動力，猛烈的火焰從後方噴湧而出，『黃金鬣號』一口氣提升了推進力。如劍般鋒利的船體切開了暴風，頂著狂風開始突進。待這段只能祈禱的時間過去——

——忽然間，眼前豁然開朗。

「咦……穿過了……!?」

「不愧是我的『黃金鬣號』！這種程度的風暴怎麼擋得住我們！」

暴風雨被甩在後方，周圍的天氣變得無比穩定。

「少爺！請看那個！好猛啊……真的有……」

有人這麼喊道，所有人都凝神看向舷窗外延伸的景色。眼前是一片壯麗的自然景象，有著平緩的大地與森林——卻在空中不自然地中斷了。

沒錯，這塊大地的斷面裸露在空中。周圍沒有海洋，也沒有土地。

「哈、哈哈哈……老實說，我原本覺得那消息沒什麼可信度。」

「明明不覺得是真的，卻還是冒險衝進暴風雨中!?」

埃姆里思清清喉嚨打斷周圍帶著質疑的傭人視線，故意挺起胸膛說：

「無論如何！我們終於到了。那就是傳說中的『浮遊大陸』！好，大夥們，準備登陸!!」

「喔喔!!」

人類在大西域戰爭後，得到飛空船這項強而有力的運輸工具，於是便持續擴展已知世界的版圖──到大陸的盡頭、海洋的彼端，繼而發現了未知的新大陸。

那是飄浮在天上的奇異之地──『浮游大陸』。

一場新的動亂，將以天上的新大陸為舞台揭開序幕──

◆

──早上。在朝陽的照射下，城鎮的輪廓逐漸變得清晰。

街道上還沒有幾個人影，現在正是居民們瑟縮在飄蕩寒意的家中，逐漸清醒並迎接新的一天的時刻。一陣輕快的腳步聲在走廊響起，腳步聲的主人來到某個房間前，然後悄悄推開門往裡頭探去。

「艾爾～起床……已經起來了呀。」

從門後探出頭的亞蒂看到連衣服都已經換好的艾爾，明顯地垂下了肩膀。

「難得我想用起床吻把你喚醒的～」

「起床以後不行嗎？」

聽到艾爾不解地疑問，亞蒂笑著跑過去，一如往常地抱住他親吻。如此陶醉地靜止了好一段時間，她才抬起臉說：

「好，補充完畢！我們去吃早飯吧。」

「比想像得快呢。妳以前好像會再撒嬌一下。」

看她出乎意料之外乾脆地放開自己，艾爾更是覺得納悶。雖然一般來說，他不會為了這種事心生疑惑，但是回顧她過去的舉止，還是讓人覺得有點驚訝。亞蒂回了他一個笑容。

「沒關係！因為晚上我們會好好地恩恩愛愛！」

「呃——這個嘛，好吧。」

這算是艾爾自投羅網，所以也沒辦法。因為外面還有家人等著，兩人便快步走向餐廳。

埃切貝里亞家雖然比一般市民來得富裕，但早餐一向吃得簡單，主要是由於準備時間不長。當一家人都在餐廳集合後，便會很快地一同解決早餐。

亞蒂和瑟莉緹娜一起收拾完餐桌後，馬上開始做外出準備，艾爾則早已準備好了。他今天的穿著相當正式，看起來不像是要前往奧維西要塞。當然了，因為他的目的地不是那裡。

「艾爾，你今天要去王城吧？」

「嗯。有些事情必須和陛下商談。」

雖然不是什麼大事，可是要晉見國王，總不能穿得像平常一樣隨興。整理好儀容的他們坐上澤多林布爾，朝王都坎庫寧奔馳而去。

萊西亞拉距離坎庫寧不是很遠，有澤多林布爾代步，幾乎立刻就到了。抵達王都的兩人把澤多林布爾停放在停機場，通過王城大門，再由事先知情的帶路人順利地引領到房間。已經慣於進出王城的兩人在房裡稍加休息時，等待的人終於來了，那個人就是國王里奧塔莫思。

「久等了。」

由於不是正式的謁見，他們簡略地行禮完便立刻進入正題。

「非常感謝陛下撥冗接見，陛下政務繁忙，臣就簡短地說了。是關於前幾天的那件事。」

「唔。那個啊……」

「是的。關於我們『蜜月旅行』的事！」

——蜜月旅行。

弗雷梅維拉王國也有相近的概念。不過是以『在貴族間露面』為主要目的，對一般民眾來說是十分遙遠的詞彙。

理由很簡單，因為魔獸的存在阻礙了人類的移動手段，唯有保有一定程度戰力的人才能自由往來，通常這指的就是貴族階級。關於這點，艾爾涅斯帝雖然沒有爵位，戰力卻綽綽有餘。說穿了，他本人就是國內的最高戰力，因此儘管不合常規，不過他的確滿足了前提。

里奧塔莫思沉吟一聲，抱起雙臂後微皺起眉頭。

「這樣啊。現在這個時間點還不錯，白鷺、紅隼兩個騎士團的活動很順利，要請你做的工作也不多。不過問題在於地點……你們真的要去克沙佩加王國嗎？」

「是的。因為臣在先前的戰爭中與妻子亞黛爾楚一同參戰，結識了很多友人，而且義兄阿奇德也跟著埃姆里思殿下待在那個國家。」

相對於笑容可掬的艾爾，國王的表情卻帶著少許為難之色。雖然這裡的確也有蜜月旅行的風俗習慣，卻很少有人會大老遠跑去鄰國，頂多王族聯姻才會如此。里奧塔莫思考慮片刻，然後嘆著氣點頭說：

「……好吧，既然你們心意已決，朕也沒什麼好說的了。你堪稱復興那個國家的重要功臣，想必他們也不會怠慢你。如今只剩下一個問題。」

國王瞇起眼這麼告訴他：

「如果你要去，就要把你的幻晶騎士伊迦爾卡留下來。」

「那怎麼可以……請問這是為什麼？陛下！伊迦爾卡就像是我的家人，那不是應該帶著它一起前去問候嗎!?」

國王把不禁傾身向前的艾爾推回去，接著又嘆了口氣。

「不對，幻晶騎士可不是家人……原因無他，你和那架幻晶騎士太過強大了。經歷那場戰爭之後，朕聽聞克沙佩加王國正順利復興，國內也比較平穩，因此你不該帶著強大的戰力去那種地方。」

克沙佩加王國確實是友邦。但是，伴隨戰力的移動總是需要辦理相應的程序。上次是因為面臨生死存亡的關頭才會強行闖入國境，正常的情況下並不是那麼簡單的事情。

「更何況，要是你帶著幻晶騎士旅行，當然就需要維修整備。那麼你的伊迦爾卡又該交給誰負責？即使是友邦，也不能全部託付給他們。」

幻晶騎士在各方面的消耗都十分驚人。要想維持正常運作，就有必要經常維修保養，為此便需要人手處理。還有最麻煩的一點，由於事關銀鳳騎士團旗機伊迦爾卡，還會涉及許多應該保密的細節。

因此只能交由整備的專門人員——銀鳳騎士團處理。就算是艾爾涅斯帝，也無法提出為了蜜月旅行而出動騎士團的要求，儘管艾爾看起來陷入了苦惱，終究還是不情願地點了頭。

「……臣明白了。可是，空手前往也不太妥當吧。」

「朕明白，你就帶上卡迪托雷吧。若是它的話，就算委由對方維修也沒問題。」

如果是卡迪托雷，就算有什麼『萬一』也不會衍生什麼問題。該機體曾投入於大西域戰爭，克沙佩加王國的新型機『雷馮提亞』更是以卡迪托雷為基礎設計而成，因此不僅技術上的親和性高，機密性也較低。

艾爾的臉上流露出幾分困擾的神色，但還是勉強同意了。雖然不能駕駛伊迦爾卡讓他感到極為遺憾，但好歹可以帶著幻晶騎士前往，也算是避免了戒斷症狀發作的危機。

此時，里奧塔莫思忽然露出微笑。

「在你們這趟私人旅行中，朕要拉下臉拜託你一件事……等你們到了克沙佩加後，能替朕瞧瞧那個不孝兒子嗎？反正他終歸會惹出麻煩，你到時候便替朕斥責一下吧。」

「遵命。臣原本就打算向埃姆里思殿下報告了，臣會確實傳達陛下的意思。」

「那就拜託了。」

就這樣，結束對談的兩人向國王告別離去。艾爾在駕駛著澤多林布爾踏上歸途時仍在思考。

「……艾爾，不可以打鬼主意喔。不可以帶伊迦爾卡去喔？」

亞蒂馬上盯緊他提醒了一句。雖說那是艾爾的願望，但違反國王的命令就很不妙了。幻晶騎士絕不是能偷偷帶走的東西，她料艾爾也不會輕舉妄動。只不過從各方面來說，艾爾涅斯帝這個人物並沒有所謂的絕對。

艾爾抬起臉，露出不自然的笑容。

「我知道，我當然不會無視陛下的命令。只是……」

亞蒂才剛要放下心，接著聽到的下一句話又激起她的戒心。

「陛下命令我使用卡迪托雷……但是並沒有說不可以進行額外的改造，不是嗎？」

「你那是硬拗吧～？」

亞蒂輕輕捏著艾爾的臉頰。他都設想到那種程度了，她也狠不下心阻止。話是這麼說，但艾爾本來就不會老實地打消念頭。艾爾用力握緊拳頭，意氣風發地讓澤多林布爾加速。

「這不是硬拗，雖說是臨時的夥伴，也得順手好用才行。既然已經決定了，那我們出發之前就必須做好準備。來吧，亞蒂，要忙起來囉！」

「欸欸～」

人馬騎士承載著失控和詭計，飛快向前馳去。

◆

各方面都準備齊全，已經是一個月後的事了。

「結果還是搞得這麼誇張。真的沒關係嗎？」

亞蒂忍不住嘆氣。眼前有一架似曾相識的幻晶騎士，正以單膝跪地的狀態待機中。

儘管保有一些卡迪托雷的影子，但在經過整體改造後，它幾乎變成了不同的機體。若是一直待在銀鳳騎士團的老面孔看到，大概會想起曾經被稱作『團長的玩具箱』的幻晶騎士吧。

——硬要說的話，這應該算是新型機吧？

一想起艾爾那副心滿意足的模樣，亞蒂決定還是別在意了。面對艾爾時，從容以對的態度也是很重要的。

澤多林布爾伴隨著嘈雜聲從工房現身，那是在背後連接貨車的運送型號。剛剛完成的幻晶騎士慢慢地坐上貨車，穿著幻晶甲冑的鍛造師們手腳俐落地纏繞鋼索，固定住機體。

「啊，亞蒂。這樣就大致準備好了。」

「嗯——貨物增加了呢。」

這架澤多林布爾將成為兩人旅途中的代步工具。一架人馬騎士和一台專用的貨車，這樣的裝備就私人旅行而言可說是夠離譜了。但以銀鳳騎士團團長的標準來看，又算相當低調。

「算了。啊啊……終於要和艾爾一起去蜜月旅行了。唔呵呵呵……」

在亞蒂忸忸怩怩地獨自竊笑之際，忽然有一道影子落在她的頭頂。她抬頭一看，巨大的四隻眼睛正俯視著她。眼前的人眉毛低垂，眼眸深處有著明顯的困惑之色。

「……艾爾老師、亞蒂老師，吾還是別去比較好吧。」

她是巨人族凱爾勒斯氏族的其中一員・小魔導師。如今的她將比一般巨人還嬌小的身體縮得更小，渾身散發出尷尬困窘的氣息。相對的，她身後的巨人少年拿布卻是一副完全沒放在心上的樣子。

「不用介意！我們的目的就是去看各種不同的景色吧？」

「對呀，完全沒關係喔！因為妳和拿布都是我們的學生！必須好好將你們介紹給大家！」

亞蒂昂首挺胸地如此說道，莫名地充滿自信。

「既然老師都這樣說了，那吾就一同前往吧。吾也很好奇，在山的另一頭能見到什麼。」

小魔導師本來不想打擾剛成為夫婦的老師們。先不說拿布，連亞蒂都這麼起勁，自己的擔心或許是多餘的吧。其實對亞蒂來說，『有艾爾在』才是最重要的，多了什麼人都不是大問題。以往兩人都旁若無人地親熱，所以她會這麼想也是理所當然的吧。

「話說回來，小魔導師、拿布，你們是首次越過山脈的巨人。雖然在我們力所能及的範圍內，一定會保護你們。不過……」

「老師不必那麼擔心。即使吾身形矮小，也還算是個魔導師，而且吾還身懷老師教授的魔法。」

「還有我，我是為了保護小魔導師而來到這裡的！操作魔導兵裝的技術也變好了！包在我身上！」

歐比涅山地對面是人類最為繁榮昌盛的地區『西方諸國』，而他們將要帶領決鬥級的巨人前往那裡。儘管對方是友邦克沙佩加王國，但要是認為不會發生任何問題，那也未免太過樂觀了。

「聽說埃莉諾女王陛下同樣對你們很感興趣，反正我們也會在場，大大方方地過去就行了。」

小魔導師之所以會加入他們的新婚旅行，是因為克沙佩加王國方收到了兩人即將前往旅行的消息，並表明了想見巨人族的意願。

就在前幾天，轟動整個弗雷梅維拉王國的消息——巨人族的存在——越過山脈流傳到克沙佩加王國。又有傳聞顯示博庫斯大樹海內有巨人族的國家，而且正要和弗雷梅維拉王國攜手合作，這教人如何不感到好奇呢？在克沙佩加王國盼望著是否有機會能與巨人族聯繫的時候，意外地收到了艾爾涅斯帝要來旅行的通知，於是順水推舟地發出了邀請。

儘管這趟蜜月之旅因此附帶了奇怪的任務，不過艾爾和亞蒂好像都不是很介意，感覺他們早已將小魔導師視為親人了。

說句題外話，適合前往克沙佩加王國的巨人族，除了小魔導師以外也別無選擇。畢竟巨人族本性十分好戰，儘管他們本人也許沒有自覺，但是從藉由名為『問答』的決鬥來決定各種事情的例子來看，可以知道戰鬥在巨人族文化中所占比例甚大。

不知是本性如此還是受到老師的影響，在巨人中個性算是比較沉穩的小魔導師被選中也是極為理所當然的事。至於作為護衛表示也要跟來的拿布，也還在預想範圍中。

「艾爾涅斯帝大人，已經準備就緒。您隨時可以下達指示。」

藍鷹騎士團的騎士『諾拉・弗克貝里』來到艾爾等人跟前傳話。說到她為什麼會在這個地方——

「旅途間的照料工作請交由我等負責。身為閣下的隨從，我等必不負所托。」

「不用那麼拘謹啦。就算附帶了一個小任務，這終究還是旅行。」

真的把遠赴鄰國當成是旅行的也只有這對夫婦了。

諾拉他們當然不可能只是普通的隨從。首先，他們是艾爾等人的護衛，同時也必須負責看守巨人。此外，在西方諸國蒐集情報等等也包含在他們的任務範圍內。在以少數人手不引人注目地完成任務的條件之下，應該沒有誰比藍鷹騎士團更能勝任這份工作了。

「好久沒去看看了。聽說克沙佩加也有顯著的發展，就讓我們悠閒地享受這趟旅程吧！」

「屬下明白。」

諾拉對於實際的任務隻字不提，始終維持著一本正經的態度點了點頭。

◆

一行人從奧維西要塞出發，當天就越過了歐比涅山地，時隔數年，再次踏上了克沙佩加的領土。

當澤多林布爾牽引著貨車逐漸靠近時，沿著國境設置的關隘頓時開始騷動。畢竟出現在眾人眼前的是馳騁於大地的人馬騎士，再加上它高舉著描繪展翅銀鳳的旗幟，那就更不可能保持冷靜了。大西域戰爭時代的英雄——銀鳳騎士團的威望猶存，駐守關隘的士兵們連忙恭敬地迎接人馬騎士的到來。

「竟然能見到我國的救國英雄，真是令我倍感光榮！」

「由於這次是私人性質的旅行，請隨意就好。」

辦理入國手續的期間，周圍的視線簡直刺得人生疼。艾爾駕駛鬼神馳騁於戰場上的英姿，他們至今仍然記憶猶新。

「是！請容我們早一步派出快馬。女王陛下也在殷切期盼閣下的到來呢。」

「麻煩你了。我們會慢慢前進，並且沿途拜訪一些朋友。」

「我明白了！」

關隘派出了快馬向女王報信，同時順便沿途轉達艾爾涅斯帝抵達境內的消息。

在大西域戰爭初期，東方領地是主戰場，因此這一帶有許多關係人士。即使是私人旅行，也不可能完全不和那些人接觸，更何況艾爾他們也有幾個想拜訪的對象。

順利完成手續後，一行人進入了克沙佩加境內。這趟旅行並不趕時間，因此澤多林布爾踏著悠閒的步伐在街道上前進。亞蒂一邊回想著記憶中熟人的面貌，一邊大大地伸了個懶腰。

「不曉得埃莉諾大人過得好不好。希望奇德也在好好地當騎士！」

「哈哈哈。只要少爺老實一點，我想應該沒問題。」

「那不太可能吧～畢竟是那個少爺。」

這本應是旅途中的玩笑話，令人意想不到的是，他們的玩笑話竟然很快就應驗了。

◆

新生克沙佩加王國的王都・戴凡高特。自亡國的劫難之後，苦難時刻已過，如今國家在平穩中重現繁榮。

這天，一架由前導的騎兵開路的幻晶騎士在王都的中央大道上行進。假如那是克沙佩加王國制式的量產機『雷馮提亞』，倒還沒什麼值得驚訝，可是並非如此，因此出來湊熱鬧的居民掀起了一陣大騷動。

「看啊，那面旗幟！那是銀鳳騎士團！」

「喔喔，那就是救國的勇士們啊。多麼英勇可靠。」

「人馬騎士……！只是普通的行進也顯得如此威風凜凜。」

「他們要去城堡嗎？是要向女王陛下打招呼吧。」

銀鳳騎士團在克沙佩加王國復興之時展現了所向披靡的戰力，這座城裡沒有人不知道他們名字，半人半馬的幻晶騎士更是以壓倒性的魄力與象徵性獲得了很高的知名度。

雖然銀鳳騎士團是個脫離常識的集團，不過一旦成為己方的力量，那令人畏懼的形象也會令人覺得可靠。熱烈的夾道歡呼聲追隨著澤多林布爾的腳步而去。

「克沙佩加王國萬歲！」

「女王陛下萬歲！」

「銀鳳騎士團萬歲……!!」

一行人就在一片歡呼聲中進入了王城。

◆

「恭祝女王陛下貴體安康。」

「好久不見了，艾爾涅斯帝先生。您看起來都沒有變呢。」

艾爾和亞蒂在王城的謁見廳與令人懷念的人物重逢。坐在王座上的克沙佩加王國現任女王『埃莉諾・米蘭妲・克沙佩加』笑容可掬地看著他們。

「銀鳳的貴客遠道而來，請千萬別感到拘束。」

既是她的叔母，也是監護人的『馬蒂娜・歐魯特・克沙佩加』亦在一旁輕輕點頭。自從大西域戰爭結束、銀鳳騎士團撤回國家以來，這還是兩人第一次與她們重逢。

當時為了彌補不足的力量而拚命奮鬥的女王，如今也變得沉著穩重，令人更感受到某種符合其身分的威嚴。

「好久不見——！艾莉看起來很有精神呢！嗯嗯，妳變得很像女王了！」

「謝謝妳。亞蒂小姐也是，聽說你們是搭乘那架人馬騎士過來的，妳很努力盡到了騎操士的本分呢。」

「當然！而且最近除了小澤以外，還有個很可愛的孩子～」

如果有些事物會隨著時間而改變，那也有些事物是不變的。只見剛才舉手投足之間都還帶著女王威嚴的埃莉諾，很快地露出輕鬆坦率的真實面貌，她和亞蒂牽著手的樣子就像是朋友一樣。

「好了，亞蒂。那樣對女王陛下說話太失禮了。」

「別介意，艾爾涅斯帝。陛下偶爾也需要放鬆，而且如果對象是一同在那場戰爭中出生入死的你們，想必不會有人口出怨言。」

那樣會不會太隨便了？艾爾正感到為難，不過一聽見馬蒂娜這麼說，又改變了想法。

這是層級的問題，實際上周圍也沒有人阻止，反而露出了欣慰的微笑。女生們則自顧自興高彩烈地聊著。

「……還有呢，這一次有很重要的事情要跟大家宣布！」

說到一半時，亞蒂走到艾爾身旁，跟平常一樣牢牢抱住他。艾爾則苦笑著轉身面向埃莉諾。

「呃，那個，我們結婚了。這次前來貴國拜訪，也是為了順便報告這件事情。」

現場有片刻籠罩在驚訝的情緒中，隨即又被祝福的歡呼聲所取代。

「哇！恭喜你們。這真是太棒了。」

「哎呀。沒想到你們……時間過得真快呢。」

「呵呵呵～終於抓住艾爾了！以後我們會永遠在一起!!」

「嗯，亞蒂，妳冷靜一點。」

即使兩人的關係變成了夫婦，他們的相處模式依然沒有改變。聽見令人懷念的對話，埃莉諾咯咯地笑了出聲。

「你們的感情還是一樣那麼好。真讓人……羨慕……」

明明上一秒還沉浸在祝福與歡聲中，但她沒來由地突然變得消沉，這讓艾爾和亞蒂不禁面面相覷。艾爾感到有些疑惑，順口問了他一直很在意的事情。

「對了，我也得向埃姆里思殿下打聲招呼。請問他在哪裡呢？阿奇德應該也和殿下在一起……呃……」

『那個名字』一出現，埃莉諾臉上的表情便於頃刻間消失了。到了這個地步，狀況已經不言自明。艾爾的視線在半空中游移了一圈，最後死心似地正眼看向她，問道：

「…………那麼，他們到底惹出了什麼麻煩？」

他直接跳過懷疑做出結論。馬蒂娜代替一下子變得沮喪的埃莉諾，用一副打從心底感到疲憊的樣子開口：

「……那個笨蛋和他的騎士偷走一艘船溜出去了。」

按常理說，這已經是國際問題了。

謁見廳裡瀰漫著微妙的氣氛，艾爾深深吐出一口氣。

「少爺真是的。怎麼會惹出這種麻煩。」

「奇德也是，他應該要阻止少爺啊。」

「憑他的立場和力氣，也不見得能夠阻止少爺。」

「嗯——」

兩人毫不反思自己平日的所作所為，傷腦筋地大肆抱怨。即使是有聯姻關係的友邦，但在他國做出這種事情都太過火了，就連艾爾一時間都不曉得該如何處置。

「是呀，這也沒辦法。阿奇德大人是埃姆里思大人的隨從，所以一起被帶走了……並不是丟下我不管，但我還是有一點，只有一點點，認為他應該為我再多堅持一下。」

埃莉諾的眼神飄忽不定，臉上掛著不自然的笑容，嘴裡還嘟噥著什麼。儘管馬蒂娜投來「幫幫忙吧！」的目光，艾爾他們也只能微笑著別過臉去。

這樣下去也不是辦法。艾爾嘆了口氣，轉而稍加思考，低下頭說：

「嗯，我們那邊的笨……少爺給貴國添了很大的麻煩。」

「那孩子的笨已經無藥可救了，況且我們也欠了貴國一份人情。如果是小事，我們也不會太過苛責……可是這一次……」

一艘飛空船是否算在『小事情』的範圍內，判斷因人而異。不過她個人大概更傾向於關照女王的感受吧。

「他們到底去了哪裡？就算是那個笨……少爺，我也不認為他會隨便跑去周遊列國。」

另一個隨之冒出的問題讓艾爾有些不解。的確，他所認識的埃姆里思一發現有趣的事情就會忍不住直衝過去，根據艾爾的推測，埃姆里思會做出這樣的魯莽舉動一定有什麼原因才對，而他的推測也應驗了。

「也對。我就按順序來說明吧。」

看著換了個地方談話的眾人，馬蒂娜開始說起一個在西方諸國間流傳的新傳說。

「一切的開端是在之前的戰爭結束後那陣子。隨著甲羅武德王國的衰退，飛空船的技術傳到了附近各國。」

飛空船的威脅曾一度令克沙佩加王國面臨幾近滅亡的絕境，因此各國莫不急起直追，試圖掌握該項技術。而半衰退的甲羅武德王國也對其他國家的舉動束手無策。

「於是，那些獲得了飛空船……在天空遨遊的技術的人們，很快就越過了國境的限制飛向四面八方，其中也有人前往南方的大海展開探索。因為西方諸國沒有多餘的土地，要是想追求新天地，遲早會飛出這塊大陸。」

甲羅武德王國開發的飛空船原本就擁有極大的潛力，並不需要大幅度的改良，幾乎只要模仿便能夠將之實用化。這個因素也成了這股風潮的主要推手。

「在那些冒險者中，有人獲得了成果。聽說他們在南方的大海發現了某座島嶼。」

「也就是眾所期待的新天地吧。雖然很讓人感興趣，可是有到殿下會讓直接飛去查看的程度嗎？」

艾爾總覺得無法接受。馬蒂娜緩緩搖頭後繼續說：

「如果只是普通的島嶼，或許還不那麼引人注目。我接下來要說的才是真正讓人感興趣的地方。聽說那座島……不對，那片土地是浮在空中的。」

現場瞬間陷入一片沉默。亞蒂瞪圓了雙眼，艾爾臉上的笑容也不復見。

「真的是飄浮在空中的大地嗎？」

艾爾思考過後仍得不到答案，結果只能如鸚鵡學舌般複述道。馬蒂娜點點頭，表示她明白艾爾的心情。

「聽起來完全就是無稽之談，但謠言好像已經透過好幾個國家散播開來，讓人無法一笑置之。」

「嗯～這樣啊！就算不聽妳說，我好像也能猜到接下來會發生什麼事了。」

「少爺一聲令下說『我要親眼去確認！』，然後搶了船就跑，奇德也阻止不了他。差不多就是這麼回事吧。」

馬蒂娜的苦笑勝於任何雄辯。接著，不知是誰先嘆了口氣。

「就算這樣好了……怎麼能夠一聲不吭地離開呢？至少在出發前跟我們說一聲也好吧？」

「呃……他們應該、一定、或許有那麼一點感到內疚吧……我猜。」

亞蒂稍微拉開她和埃莉諾之間的距離。女王陛下至今仍是一臉無法接受的樣子。艾爾沉思片刻，接著抬起頭。

「情況我明白了。少爺的所作所為對於我國來說也是很嚴重的問題。身為受國王陛下賜劍之人，為此事進言可說是我的責任。」

「這……可是你們才剛新婚，在這種時候……」

埃莉諾回過了神，表情蒙上一層陰影。雖然她有意前去尋找擅自離開的埃姆里思──不如說是去找奇德，但是她和馬蒂娜都背負著自身的責任。在這點上，艾爾他們則是自由的旅人之身。

艾爾輕輕握住亞蒂的手。

「請別擔心，只是稍微延遲一下行程而已。對吧？亞蒂。」

「說得沒錯。嗯嗯，只要跟艾爾在一起，不管去哪裡我都沒關係~而且也要好好說說奇德才行！交給我們吧，艾莉，我會在他脖子上套著繩子帶回來的！」

「到時候請務必把人連同繩子一起交給我。」

「欸？那、那個，我會考慮……」

亞蒂視線游移不定，看來她也有點擔心雙胞胎哥哥會有怎樣的下場。這時馬蒂娜清了清嗓子，改變現場詭異的氣氛。

「咳、咳──不管怎樣，你們願意解決這件事，也算是幫了我們大忙。等人回來以後再好好教訓他們吧。」

「我明白了，身為弗雷梅維拉王國的一員，我會負起責任，針對殿下此次的行動提出諫言。」

艾爾微笑著開口保證，同時在腦中重新安排今後的行程，接著他打起精神，換了個話題。

「雖然原本預定的行程稍微有所變更……不過，這趟旅行不僅是為了告知我們結婚的消息，還有一些人想要引見給陛下。」

埃莉諾和馬蒂娜聞言便立刻明白了，她們對於艾爾涅斯帝帶來的客人已心裡有數。

「該不會是……我聽說你們遇見了巨大的人類。」

「是。陛下明察。」

埃莉諾與馬蒂娜互看一眼，她們臉上有著濃濃的困惑之色，但也有些許好奇心。然後，女王站起身來，周身的氛圍為之一變，散發出一國之主應有的氣場。

「我們走吧。首先我們必須理解他們是什麼樣的人物，而且……這次的對象並不是無禮的侵略者吧？」

聽見女王這番話，艾爾也以笑容回應。

所有人一同前往幻晶騎士的停機場，小魔導師和拿布應該在貨車那裡等待才對。艾爾在移動途中低聲說道：

「諾拉小姐。」

「……在。」

他立刻得到了回應，不知何時出現的諾拉正站在他身後。

「請妳和本國聯絡，告知陛下我要去把笨蛋少爺帶回來的消息。還有請白鷺或者紅隼騎士其中一方做好出動準備，麻煩妳了。」

「我會派部下回去通報。不過，艾爾涅斯帝大人，您認為有可能發生戰鬥嗎？」

聯絡就算了，準備出動騎士團實在稱不上是穩重的決定。這很明顯是以戰鬥為前提的指示。

「有一塊無主的土地，而且很多國家都在趕往那個地方。要是我們能順利把少爺帶回來還好……就怕在哪裡碰上心懷不軌的人。」

「我明白了。」

留下這一句話後，背後的氣息便消失了。藍鷹騎士團的團員們很優秀，相信他們很快就能把消息帶回本國。

「感覺事情變得很嚴重呢。」

「每次都這樣不是嗎？話說奇德也真沒用。他要再更努力阻止少爺才行！」

「他其實很容易被牽著鼻子走，殿下可能也是看穿了這點，才硬是把他帶走。」

儘管埃姆里思經常會不顧一切地向前衝，卻也意外地有深謀遠慮的一面。具備做出巧妙事前安排的能力或許是遺傳自先王吧，真希望他能把那種手段發揮在打壞主意以外的地方。艾爾不反思自己過去的所作所為，反而這麼腹誹著。

◆

這天，女王的身影罕見地出現在幻晶騎士的停機場。別說是執行公務了，就連外出的時候，陛下也很難得來到停機場。即使如此，女王之所以不得不親自前來，是因為對方的情況極為特別。

平常在停機場工作的鍛造師們都離開了，由大批騎士取而代之。停放於此的幻晶騎士全都有騎操士待機。建議選擇這個場地的是銀鳳騎士團團長，儘管女王陛下對他懷有足夠的信任，但也不表示不需要保持警戒。

艾爾陪同女王現身時，在貨車上坐著的東西便站了起來。體積比幻晶騎士來得矮小，卻又比幻晶甲冑巨大。他們看見眾人走來，便脫掉了偽裝用的鎧甲。

「……！啊啊，這就是……巨人族嗎？」

埃莉諾顫抖著雙唇喃喃自語。鎧甲底下的東西與人類相似，卻有著能令人確信彼此截然不同的四隻眼睛，而那些眼睛正凝視著她。

「初次入眼。吾是凱爾勒斯氏族的小魔導師，汝便是這個……『國家』的王嗎？」

「我是拿布！一樣來自凱爾勒斯。我是護衛，有話就和這位小魔導師說吧。」

騎士們發出分不清是嘆息還是驚呼的聲音。『語言相通』——儘管用字遣詞獨特，卻可以理解意思。能夠和非人的巨大存在溝通是他們從未有過的體驗。

埃莉諾向前踏出一步。

「我是埃莉諾・米蘭妲・克沙佩加，這個國家的女王。巨人……先生和小姐，能稱呼你們為小魔導師和拿布嗎？」

小魔導師點點頭，慢慢地走上前。眼看她做出靠近埃莉諾的舉動，周圍的人頓時緊張起來。在一旁戒備的雷馮提亞立刻準備採取行動。

「陛下，請暫時後退。我們會讓巨人停步。」

「那可……不行。我們接下來要和新朋友締結新的關係，若只顧著害怕，就不能往前進了。」

「可是……！」

巨人顯然無論對誰而言都是神祕莫測的存在。因此埃莉諾向艾爾發出詢問，畢竟他對現在這個場面的所有事情瞭若指掌。

「艾爾涅斯帝先生。」

艾爾點頭，接著朝小魔導師走去。他輕巧地縱身一躍，以小魔導師伸出的手掌為立足點，一下子就爬到了她的肩膀上，十分自然地在她的肩上坐下，而小魔導師看起來也相當習慣，感覺那就是他們固定的相處模式。

「請各位安心，他們一點都不危險。因為小魔導師是我們引以為傲的學生。」

「……學生？」

不光是埃莉諾，馬蒂娜和騎士們也一齊愣住了。巨人對於他們來說是未知的存在，就算對於艾爾他們而言並非如此，但是居然能表現得那麼親近嗎？

埃莉諾輪流看向嬌小的艾爾涅斯帝與巨大的少女。艾爾明明也是不久前才遇見巨人，可是卻已經與其建立了師徒關係，實在令人感到不可思議。

話說回來，艾爾涅斯帝做出驚人之舉也不是一兩天的事了。想到這裡，埃莉諾忍不住輕笑出聲。當身邊的人因為女王突然笑出來而驚訝時，女王本人毫不遲疑地行動了。她勇敢地走到小魔導師面前。

小魔導師彎下龐大的身體席地而坐，降到兩人視線接近的高度。埃莉諾深深吸了口氣調整呼吸，與之前上戰場時一樣——甚至更強烈的緊張感湧上心頭。

小魔導師肩上的艾爾向她點了點頭。銀鳳的主人借給了她力量，就和以前一樣，這對她來說比什麼都來得可靠。

有著四隻眼睛的巨人。起初令人感到畏懼的樣貌，在仔細觀察後就會感受到由她散發出來的平穩且理性的氣息，表明了她絕不是粗暴的存在，而且希望能進行更多對話。那麼，身為女王的自己就必須有所回應才行。埃莉諾下定決心開口：

「儘管我們屬於不同種族，但也能像這樣對話。我們都活在巨大的時代變革之中，這次的相遇，或許也是其中之一。」

小魔導師高興地瞇起眼睛。

「吾等的住處終究是在森林。不過，透過小人族的國家……弗雷梅維拉，遲早會有同胞們前來尋找不同的景色。」

小魔導師慢慢伸出手。

「為此，無關身軀大小，作為能看見同樣景色的友人，吾等希望與小人族並肩前進。」

「很棒的提案。」

埃莉諾也露出微笑，輕輕地握住了巨大的手指。

第七十九話　踏上飄浮於高空中的大地

外形宛如劍般鋒利的船隻切開繚繞的雲朵前進。

「啊噠！」

響亮的噴嚏聲迴盪在飛空船『黃金鬣號』的艦橋上。昂然坐鎮於船長席的埃姆里思看向握著操舵輪的人，挑眉問道：

「怎麼了？奇德，你不會是在這種地方感冒了吧？」

「嗯……我也不知道。可能是高空中太冷了。」

「喂喂，讓人迫不及待的冒險（好戲）就快開始了。可沒時間感冒啊。」

「好，我會留意身體狀況的。但這真是……」

阿奇德一邊這麼說，一邊注視著舷窗外廣闊的『大地』。眼前的景象意外有著高低起伏，也足夠遼闊寬廣，綠意盎然的森林一直延續到視野的盡頭，甚至還有略微高起的山丘和小山等豐富的地貌。

這樣的景象在弗雷梅維拉王國或者西方諸國也是極為常見，根本沒什麼稀奇的。

「我還以為上面什麼都沒有，但看起來簡直像是哪裡的陸地飄到了天上呢。」

「不知道這是一開始就在天上，還是後來飄上來的。不管怎麼樣！首先我要親自踏上去探索一番才行！」

如果這是『浮游大陸』的景色，那麼看起來普通才是最奇怪的事情。

假如沒有這種奇異的運輸工具——在天上行進的飛空船，甚至無法抵達這個可謂世界盡頭之處。被謠言引來的他們來到了這裡，早已等不及的埃姆里思一拳打上掌心，艦橋上的眾人無奈的目光都集中到他身上。

「不不，少爺。請稍微動動腦吧，這未免太危險了。那裡可不是西方，甚至沒有人踏上去過，誰都不知道會發生什麼事。」

「所以才要大老遠飛過來看啊。你已經忘了嗎？」

「我才沒有忘！我是叫您不要貿然行事！」

埃姆里思沉吟一聲後靠坐在船長席上。那副微瞇起眼、雙手抱胸的姿勢看上去還挺有模有樣的，可是周圍的人卻提高了警覺，深怕他又在想什麼不正經的事。這全得歸功於他的人品。

埃姆里思睜開了一隻眼。

「話是這麼說，但我們只有一艘船，人手也有限。」

「不如說，虧我們只有這些人還能撐到這裡……」

「這也包括你在內啊。照你那種說法，難道你在上空看一看就滿意了嗎？」

奇德一時答不上話，因為埃姆里思說的也有道理。未知的大地近在眼前卻止步不前，這可不是他的作風。再說，如果不是有顆熱愛冒險的心，他也不會一同來到這裡了。所有船員心中都有著想踏上那個『空中大地』的嚮往。

「……好吧，但是請少爺留在這裡，由我們先去調查。」

「什麼!?太狡猾了。奇德，我可不會讓出第一步！」

「夠了，大將就請乖乖待在這裡等我們的消息啦!!」

最堅持要衝第一個的埃姆里思很不情願，但不只是奇德，所有人都表示反對，他最後也只能讓步。冷靜想想，有關這個地方的謠言在西方傳開的時候，很有可能早已有人捷足先登了。然而，他們此時卻完全沒想到這種可能性。

不管怎樣。

既然身為船長、同時又是弗雷梅維拉王國第二王子的埃姆里思先行探索之事不在討論範圍內，那麼下一個人選自然便是奇德了。依照實力來看他最為適任，而且奇德在這種情況下還有一項很強的特技。

飛空船降低了速度和高度，慢慢接近（浮在空中的）森林。從上空放眼望去，那裡就像是一片再平常不過的森林。船尾的機庫緩緩打開，底下的景色展現在眼前。奇德提起幹勁並集中精神，從船的尾端探出頭窺視。

「看起來好像沒有魔獸之類的……好，稍微跑一趟吧！」

「是！」

奇德帶領數名騎士從船上縱身躍下，他們當然不是以血肉之軀直接跳船，而是穿上了幻晶甲冑。

高大的甲冑運用『空氣壓縮推進』魔法平穩地降落於陸地，他們好奇地用力踩了踩地面。

「喔喔，地面很穩啊。比船還穩固。」

「本來還擔心會不會輕飄飄的。」

畢竟是飄浮大陸。就算看起來是普通的地面，也不知道哪裡會出問題，幸好沒發生幾個人踏上去就傾斜的窘境。

「這是……也對，果然和地面不一樣。」

確認腳下感覺的騎士們重新觀察四周，以奇德為首的成員們臉上分別染上訝異的神色。從上空俯瞰時還是極為普通的森林，一旦踏上陸地，就會發現到其不可思議之處。

「這是什麼……發出了彩虹色的光？」

形成森林的樹木看起來很不尋常，樹皮的各處都有發出虹色光芒的部分，而且光芒的強弱變化沒有規律。這些都是地面的樹木沒有的特徵，既有些神祕，又令人感到不寒而慄。

其中一名觀察樹木的騎士忽然想到。

「總覺得這好像源素浮揚器呢。」

「欸？是這些樹讓大地浮起來的嗎？那要是樹被砍掉，大地就會墜落吧。」

奇德和騎士們一臉驚嚇地面面相覷。雖然還不能肯定會變成那樣，可是聽起來確實有可能發生。大家不分先後地和樹木拉開了距離。

「總之先謹慎行事。稍微注意一下周圍……」

奇德還沒把話說完，停在上空的黃金鬣號就突然動了起來。與此同時，穿著幻晶甲冑的騎士從船上飛出來，降落到他們旁邊。

「傳令！附近發現其他船隻，全員立刻回到船上！」

「什麼？唉唉，就不能讓人好好冒險嗎？」

他們明明才剛降落，什麼都還沒做呢。奇德等人一邊抱怨對方真會挑時機，一邊立刻展開行動。他們抓住從船上垂下來的鎖鏈，以幾乎讓人感覺不到重量的勢頭回到船上。

黃金鬣號收容完幻晶甲冑部隊後，立即啟動了推進器。奇德在船艙隨便地脫掉甲冑，趕緊奔往艦橋。

「聽說有其他的船。不過想想也對，果然有人先到訪了。少爺，現在情況怎樣了？」

「不知道，連旗幟都還沒確認……不過，對方那頭看起來不太安寧啊。」

埃姆里思如此說道，並讓出了望遠鏡的位置，奇德湊上前觀看，辨認出前方有一艘船影。因為有些距離，所以看不清楚細節，也無法辨認表示所屬的紋章等相關訊息，但撇開這些不談，明顯可以看出那邊發生了異常事態。

「船的周圍……正受到魔獸攻擊!?」

像鳥一樣的東西圍繞著飛空船盤旋飛舞。若要進一步描述的話，牠們實在太過巨大，讓人無法把牠們當成一般的鳥類。牠們和飛空船相比竟然也顯得十分醒目，看來肯定是決鬥級以上的魔獸。

「這裡果然也有魔獸，而且還會飛。」

「地面都飛起來了，魔獸當然也能飛啊。」

「總覺得那種說法講根本是歪理。」

埃姆里思與奇德花了點時間表達彼此的感想，緊接著又快速回頭，向周圍發出指示。

「先看看情況。那艘船不一定友好，不過魔獸搞不好會心血來潮盯上這邊。大夥兒別懈怠，準備對空戰！」

「是!!」

船員們迅速地各自就定位，黃金鬣號展開左右的裝甲，容納於內部的法擊戰特化型機站了起來，這艘船的兩側船舷各配備了兩架，總共有四架機體。

後部推進器噴出的爆炎增強勢頭，船體的速度隨之提升。飛空船前進的同時，不斷拉開和不明船隻以及魔獸的距離。

「！你們看，那艘船……！」

聽到監視人員的驚呼聲後，所有人一齊轉過頭。

不明船隻在他們的凝視中逐漸開始傾斜，偶爾閃爍的光芒也許是魔獸運用的魔法現象，從冒煙的情況推測，其中似乎還夾雜著爆炎魔法。不斷累積損傷的不明船隻最後到達了極限，在一道格外耀眼的光芒閃過後，開始往下墜落。

「那些空中魔獸很棘手。拉開距離吧。」

埃姆里思不高興地沉吟出聲，黃金鬣號立刻掉轉船頭離開。艦橋上眾人緊繃的情緒才稍微緩和，傳聲管的另一頭又傳來監視人員急迫的叫聲：

「糟了，少爺。被發現了！那些傢伙向這邊來了！」

「什麼？眼睛真利，但是這艘船很快，可以甩掉他們……」

「不行！那些魔獸好快!?」

魔獸們確認不明船隻的下場後，旋即鎖定下一個獵物。牠們如同疾風般在天空飛翔，不斷拉近和黃金鬣號之間的距離。以魔導噴射推進器作為主推進器的黃金鬣號，即使在飛空船中也以高速著稱，如果連它都會被追上，就表示那些魔獸不是靠飛空船的速度能甩掉的東西。

「太快了。是體型大小的差異嗎？改變位置，迎戰吧！」

意識到逃不掉之後，埃姆里思馬上下達新的指示。船隻開始掉轉方向，將側面朝向緊追不捨的魔獸。這樣的角度能避免裝載推進器的船尾被攻擊，也有利於船隻迎擊敵人。如果確定會被追上，首先應讓我方處在有利的狀態下迎擊才行。

朝著船飛來的魔獸共有五頭。飛在最前面的是似乎帶領著魔獸群的巨大個體，其他四頭緊跟其後。透過望遠鏡窺看的埃姆里思喃喃道：

「這可不妙，那些傢伙看起來不是普通的鳥，腳的數量很多……！」

魔獸拍動著翅膀在空中飛翔。牠們前方突出的頭與老鷹相似，有著尖銳的鳥喙，而占據大部分體長的巨大雙翼連接著龐大的身軀，底下伸出和陸生動物一樣的四條腿。

它的名字是『獅鷲獸(格里芬)』，凶猛的天空獵人。

「……那種魔獸我還是頭一次見到。以牠們那種姿態，我們一不小心就會被闖進船內啊。」

如果只是與鳥類相似的魔獸還有辦法應付，但是擁有異於一般生物的怪異外型的魔獸，往往需有強力的強化魔法才能支撐。這就是決鬥級以上的魔獸尤其具有威脅性且為人所懼的原因。

「喂，來這裡代替我一下！」

奇德把掌舵的任務交給其他船員，然後轉向埃姆里思。

「少爺，我看情況不妙。我也去加入防衛，再借一架卡迪托雷！」

「嗯，那我也出動金獅子……」

「不必了！請您坐好吧大將！」

「唔……」

總算將一臉不滿的埃姆里思按回船長席後，奇德朝著船艙跑去。

「唉，要是沒搞定的話，少爺肯定又會大搖大擺地跑出來。」

他發著牢騷，坐上停放在船裡當作備用戰力的卡迪托雷。順帶一提，因為他原本的座機澤多林布爾變成這艘船的主要魔力供給源，所以不能拿出來使用。

如果有澤多林布爾和垂直投射式連發投槍器，對空戰打起來也會輕鬆許多——這個想法從奇德的心中一閃而過，可是現在也沒空挑三揀四了。

「要上升了!!」

昇降機發出齒輪轉動的咯吱聲開始運轉。奇德駕駛的卡迪托雷隨即出現在頂部甲板。機體的頭部四下轉動後，終於看到正往船逼近的魔獸。

「開始迎擊！不要讓牠們接近!!」

奇德的號令一下，配置在兩側船舷的雷斯瓦恩特・維多便展開猛烈的法擊。法擊戰特化型機雷斯瓦恩特・維多裝載了許多魔導兵裝，且擁有足以同時驅動它們的龐大魔力儲蓄量。

頃刻之間，空中就畫出了好幾道火線。那些獅鷲獸也不會笨到直接和法擊彈幕硬碰硬，牠們各自散開，試圖繞過法擊接近飛空船。

「看得到你們啦！」

奇德駕駛的卡迪托雷發射背面武裝，儘管沒有法擊戰特化型機那樣的火力，也足夠填補漏洞了。卡迪托雷放出的火焰彈擦過獅鷲獸的嘴邊，阻礙牠們靠近。

魔獸們不滿地嘎嘎啼叫，仍試圖鑽過法擊彈幕接近。牠們擁有決鬥級的龐大身軀，同時還具備極度敏捷的速度。

「可惡！飛行魔獸果然很麻煩！」

「別抱怨了！無論如何都要阻止牠們衝撞船！」

一旦被身形巨大的魔獸纏上，船體就會支撐不住。即使是號稱最新型的飛空船，其承受度也有極限。這正是埃姆里思如此戒備的原因。

幻晶騎士部隊的法擊彈幕源源不斷，魔獸們一時難以突破。然而，黃金鬣號也不能徹底甩掉牠們。雙方都無法打破僵局。

首先產生變化的是魔獸方。在獸群中特別高大的個體、看上去像是首領的魔獸強行衝進了法擊彈幕。

「哈哈！牠的腦袋也跟鳥一樣嗎？把法擊集中在那傢伙身上，在這裡擊落牠！」

火線馬上集中。當奇德在逼近的火網對面看到異形的身影時，他不禁睜大眼睛。

「那是什麼東西⁉」

獅鷲獸群中體積格外巨大的個體，其怪異之處不只在於大小，而是——

頭——像老鷹的頭居然有三個之多。

那隻奇妙的魔獸——或者該說是三頭獅鷲獸——呈現的樣貌與獅鷲獸截然不同。牠瞪著火焰彈，三個頭一齊張開了鳥喙，魔法現象發出的淡淡光芒在空中凌亂綻開。

一個頭放出風，掀起狂風翻騰起伏；一個頭放出火焰，熊熊火焰燒灼大氣；一個頭放出雷電，耀眼電光奔騰飛躍。釋放出的激烈魔法不負魔獸之名，輕而易舉地吹散了火焰彈。

「這頭可不好對付啊！不過，別以為這麼簡單就能突破！」

面對逼近眼前的魔法奔流，奇德操作卡迪托雷舉起了劍和盾。

背面武裝不斷發射魔法，用火焰彈爆炸的衝擊驅散暴風，緊接著推出盾牌擋住雷擊。幻晶騎士的盾牌擁有對抗戰術級魔法的裝置，內側多了一層絕緣素材以保護機體，狂暴的雷擊因此沿著船身散去。最後，他舉劍揮出一擊砍斷了迫近的火焰團塊。突破對方的猛攻之後，奇德目不轉睛地瞪著敵人的身影。

「要來了……嗎？」

一頭獅鷲獸衝進三頭獅鷲獸打開的空隙。牠甩開雷斯瓦恩特・維多的法擊，直接鎖定船體。卡迪托雷連忙衝向甲板另一頭。

「別想得逞!!」

卡迪托雷舉起盾牌擋住獅鷲獸的去路。魔獸展翅強行扭轉了前進的方向，牠劃出一道圓滑的軌道，從側面撲向卡迪托雷。

背面武裝火光一閃，卡迪托雷發出的法彈飛往空中，獅鷲獸振翅躲開攻擊，並發出一聲尖銳啼叫，伸出了銳利的爪子。面對直撲而來的龐然大物，卡迪托雷壓低了身體迴避。

「那對巨大的翅膀！這邊是死角吧!!」

卡迪托雷向上躍起，同時衝向獅鷲獸的身後，接著高舉起劍，正打算給剛飛過且背後毫無防備的獅鷲獸吃上一擊——

「什麼……這傢伙!?」

奇德看到幻象投影機上映出的影像，不由得驚呼出聲。他順著劍尖看向獅鷲獸背上載著的東西，那很明顯是經由『某人』之手製成後加裝上去的騎墊，以及跨坐在上面的『存在』。

「……人、竟然是人!?為什麼會坐在魔獸上！」

混亂與驚愕的情緒短暫拖累了奇德揮劍的動作。儘管只是不到一拍的遲疑，獅鷲獸依然趁機躲開了攻擊。翅膀捲起強風，讓巨大身軀一口氣加速離開船隻。

「嗚……失手了。現在可不能想太多！就算有『人類』坐在上面，那也是襲擊我們的敵人。」

奇德握著操縱桿的手加了幾分力道。錯失了如此良機，讓他懊悔地咬緊了牙根，可是他又立刻打起精神。他只會驚訝這一次，絕不會重蹈覆轍。

然而，他還來不及重整態勢，下一波威脅便緊接著襲來。三頭獅鷲獸已經瞄準了卡迪托雷，比獅鷲獸還要大上一圈的巨體，其衝撞的威力自然不能與一般的魔獸相提並論。

卡迪托雷甚至沒有餘力迎擊。倉促間舉起的盾牌雖然趕上，卻還是無法攔住那股能量龐大的衝勢。金屬被壓扁而扭曲，結晶質的肌肉發出破裂粉碎的刺耳聲響。雙方糾纏在一起滾過甲板，然後直接栽進空中。

「啊……！糟了……」

三頭獅鷲獸展開雙翼飛到空中。那卡迪托雷呢？魔導噴射推進器──沒有。鋼索錨──沒有。這架機體無法在空中飛行，等著他的只有墜落而死的結局。

「可惡……啊啊啊啊!!」

奇德猛地拉下緊急解放桿。容納駕駛座的胸部裝甲被強制解放，天空在他眼前擴展開來。他匆忙解開皮帶，往外頭跳了出去。

他抓住銃杖，把墜落的卡迪托雷當作立足點向上躍起。『空氣壓縮推進』魔法釋放出空氣團塊，把奇德的身體往上空高高托起。

狂暴的氣流推著他翻滾顛簸，空氣的呼嘯聲瞬間便封住了他的耳朵。他的身影劃出一道圓弧飛向甲板——還來不及抓住生還的希望，三頭獅鷲獸的龐大身體便擋住了他的去路。

那是一頭決鬥級魔獸。血肉之軀的人類在和幻晶騎士不相上下的魔獸面前，實在太過渺小了，牠光是拍動一下翅膀就有致命的威力。

「喝啊啊啊啊啊!!」

奇德試著用『空氣壓縮推進』魔法逃脫，同時加上了『空氣衝擊吸收』魔法。萬一遭受直擊，搞不好會直接變成肉屑。凝聚的空氣保護了奇德的身體——可惜威力相差懸殊。

魔獸無情地揮下翅膀，光是這一擊想要突破空氣的緩衝就綽綽有餘了。奇德的身體如同樹葉般被吹走，翻滾旋轉著向下墜落。

理應逃離的獅鷲獸回到原處。牠張大鳥喙，朝著墜落的奇德衝去——

◆

「喂，奇德那傢伙怎麼了!?」

「好像在墜落前脫離了駕駛座，但目前還不清楚甲板的狀況！」

埃姆里思勃然變色地大喊道。從艦橋也能看到卡迪托雷墜落的身影，而駕駛幻晶騎士戰鬥的只有奇德一人，詢問之下得到的回答也不樂觀。甲板上魔獸與法擊的混戰仍在持續，因為太過危險，所以無法派人上去。

「他可是那個銀色團長的學生啊，怎麼可能那麼簡單被幹掉……」

埃姆里思悔恨交加。雖然他想立刻跑向金獅子，卻被身邊的人圍起來制止了。不過這種狀況也沒有持續太久。

糾纏不休地攻擊飛空船的魔獸群反而開始離開了。

「放棄了嗎？還是超過牠們的地盤範圍了？雖然搞不懂，但這是個好機會。全速脫離！找個人去甲板把奇德帶回來！」

「是、是！」

埃姆里思連忙發出一連串指示，船員們也匆忙開始行動，黃金鬣號拖曳著長長的噴射火焰離開了現場。

埃姆里思下意識地呼出一大口氣，整個人靠坐在船長席上。當他在確認船體損傷時，剛才前往甲板的船員臉色大變地跑了回來。

「少爺！到、到處都沒看到……奇德的蹤影。」

聽見他啞著嗓子的報告，埃姆里思瞪大雙眼，忍不住站了起來。

第七十九話　踏上飄浮於高空中的大地

◆

雙翼的魔獸們從籠罩著彩虹色光輝的怪異森林上空飛過，帶頭的是一隻格外巨大的三頭獅鷲獸，牠的身後還跟著其他獅鷲獸。

獸群張開翅膀，緊貼著樹梢低飛掠過，其中一頭飛得慢了一些。原因顯而易見，因為只有那頭獅鷲獸銜著東西慎重地飛行。魔獸嘴上銜著的東西——呈現『人類』的外形。

獅鷲獸背上設有騎墊，坐在上面的人目不轉睛地盯著掛在鳥喙上動也不動的物品。

第八十話　騎士與少女愉快的俘虜生活

溫和的風輕拂肌膚，手中傳來被子柔軟的感觸。隨著意識漸漸清醒，奇德睜開了眼睛——

「！船要被……魔獸呢!?」

他大驚失色地一躍而起，被細心蓋在身上的被子掉了下來，接著映入眼簾的是房裡的模樣。

「呃，這到底是哪裡……」

奇德小聲地嘟囔一句，搖搖頭使意識恢復清醒。

這個地方肯定不是暫住了一段時日的『黃金鬣號』船室。再說了，這裡和他見過的房間都不一樣。

房間是木造的，然而仔細觀察，會發現牆壁上沒有木材的接縫，宛如直接挖空一棵巨樹而建的空間。奇德惴惴不安地垂下視線，發現剛才躺著的床也有點奇怪，這不是另外擺設的床，而是地面像瘤一樣隆起的地方。他睡過的被褥摸起來有綿布的觸感，一堆像是枯葉的東西則被攏起來當成枕頭。他上上下下打量一遍後，沒在房裡找到石頭或金屬之類的素材。

不管怎麼絞盡腦汁，奇德也想不起來弗雷梅維拉、克沙佩加或者是西方哪一個文化圈有這樣的建築風格。真是不可思議。

「明明從空中摔下來了，我竟然沒有受傷。」

他大致檢查了一下身體狀況，看來並沒有太大的問題。雖然感到口渴和飢餓，但也不至於馬上昏倒。

他慢慢站起身，踩著有點搖晃的步伐走到窗邊。這大概是窗戶吧——雖然怎麼看都像是一個樹洞的缺口。窗上十分周到地掛著看似薄布的東西，隨後奇德就發現那塊東西是由薄而透明、像是葉子的材料所製成。他推開手感稍硬的窗簾，探頭向外面一看——

「……所以，這到底是哪裡啊？」

眼前的景色令他驚訝得目瞪口呆。

他本來還期待看到擁有眾多建築物的城鎮，但外面的景色卻徹底推翻了自己的想像。周圍是籠罩著虹色光芒的樹林——就和剛才在飄浮大陸看見的樹木一樣。從樹林的密度來看，這裡大概位於森林的深處。

奇德戰戰兢兢地垂下視線，原以為位在地面的房間，卻像樓中樓般位於半空。從這裡到地面的距離來看，他所在的房間似乎蓋在樹上——或者說是穿過樹幹而建。

「搞不懂現在到底是什麼情況，不管怎樣，看來這個飛在空中的陸地上住著很多人吧。」

這裡不只有住宅，家家戶戶還聚集成了村落，相信再不遠的將來會發展成城鎮，並且總有一天會成長為國家。飄浮大陸並不是從未有人踏足的祕境，而自己顯然就是被此處的『原住民』抓起來了。

「那些魔獸難道是這裡的人所驅使的？若是這樣的話，船沒事吧？」

奇德回想起那些擁有超越決鬥級的巨大體型並展翅在空中翱翔的魔獸，在牠們的窮追猛打下，連裝載法擊戰特化型機的飛空船都陷入困境。能夠驅使如此強大魔獸之人，有可能會成為相當大的威脅。

無論如何都要把這個情報帶回去。當他在思索著實行這項行動的方法時，背後的門發出微微的咯吱聲打開了。他被窗外的景色吸引了注意力，完全忽略了出入口的存在。

他慌慌張張地回過頭，視線正好和走進房間的『少女』對上了。少女不禁停下動作。

——那看起來像是『人』。

身高比奇德矮了一些，有著淺色的肌膚和一頭長髮。她身上穿著的簡樸服裝和這個房間風格相似，都是用植物加工製成，手上還捧著盆子。

她大概以為奇德還在睡吧。看見站在窗邊的他，一下子睜大了眼睛。

「啊，那個，是妳救了我……」

總不能一直沉默地對看吧。如此作想的奇德才張開口，少女卻突然以迅雷不及掩耳的速度欺身上前。她扔掉盆子，直線縮短了彼此的距離，奇德幾乎反射性地應戰。他順從身體習慣的動作，一手伸向腰間——

「沒、沒有!?」

伸向腰間的手撲了個空，奇德愕然地低頭往下看，發現理應掛在腰上的銃杖和鞘都不見了。他直到方才都處於沉睡的狀態，武器在這段期間被拿走或許也是理所當然的事，但這樣的狀況未免太致命了。

少女伸過來的手瞄準了奇德的喉嚨，犀利得不像是徒手的突刺，以幾乎能貫穿喉嚨的速度襲來，卻在刺入的前一秒停了下來。

指尖冰涼的觸感透過皮膚傳來，那是指尖，並不是凶器。即使如此，被人用手抵著喉嚨這個要害的事實依然沒有改變。奇德不想刺激對方，緩慢地舉起雙手。

奇德以動作向對方示意『我不會抵抗』，在極近距離下的犀利視線貫穿了他，對方似乎正確理解了他的意思，然而她仍保持不動，兩人在短暫的停頓間互相凝視。

「是妳、救了我……」

「閉嘴。」

奇德立即閉上嘴巴。自己可能問得太冒失了，可是她的反應也不必那麼激烈吧。如果不是被她的手指抵著，說不定還能多說幾句話。隨後，少女像是想到了什麼似地慢慢收回指尖，眼中的警戒仍沒有消失，不過既然解除了攻擊姿勢，多少令人感到鬆了口氣。

少女朝著門的方向退後，奇德仍維持舉著雙手的姿勢默默地目送她。

「不准輕舉妄動。」

少女留下這句話便消失在門的另一邊，隨後從門外傳來了沉重的磨擦聲。

「竟然上門栓。還真是周到的待客方式。」

奇德不禁嘆了口氣，看來自己並不是受歡迎的客人。

「這表示他們果然和魔獸有關係吧。雖然我的確拿了劍攻擊，但一開始先打過來的不是你們嗎？」

奇德重新檢視手邊的物品。別說銃杖了，根本什麼都沒有留給他，好像也沒被放在房內。

雖然早有心理準備，但那些人行事也真夠小心的。

「不管要做什麼，都要先保存體力……而且肚子也餓了。」

從船上掉下來以後過了多久？奇德的肚子從剛才開始就一直大聲抗議著，但在還沒搞清楚狀況以前，也不能貿然行動，他決定先回到床上躺著。

沒多久，門又傳來沉重的聲音。接下來會出現什麼？奇德坐起身等待著。

當門打開之後，一個身材魁梧的人侷促地擠了進來。奇德愣愣地抬頭看他，心中想著以埃姆里思作為比較對象來看，眼前的男人似乎更加高大。而兩者間最明顯的不同之處，應該是這個大個子的頭髮長及腰部這點吧。

剛才的少女躲在男人背後跟了進來，她依然眼神犀利地瞪著奇德。高大的男人則是停下腳步俯視奇德，即使對上視線也不為所動。

「可以說話嗎？」

奇德瞥了少女一眼，先向對方確認道。因為有前例可循，他可不想突然就被人攻擊。男人沒有點頭，而是主動開口：

「我是位於風切之位的人，『索吉歐』。」

「啊……我是弗雷梅維拉王國銀鳳騎士團所屬騎操士。阿奇德・歐塔。」

住在這個陸地上的人有聽過西方諸國嗎？就算表明身分，感覺對方也無法理解，但既然對方已報上名字，他也必須自報姓名才行。男人沒有什麼明顯的反應，沉默了好一會兒後開口：

「我知道『地趾（你們）』組成了很多不同的群體，一直棲息在地上生活。你來到這裡有什麼目的？」

「……為了冒險。」

對方的眼神催促著他繼續說下去，奇德只好勉強開口：

「這裡是空中的大地，這樣說對吧？我們最近才知道這個地方的存在，然後少爺……啊，我們的首領(老大)便說要去從來沒看過的地方冒險。」

男人聽完後仍毫無反應，還真教人難堪。他背後的少女則毫不掩飾地露出錯愕的表情，相較之下反而讓人感到安心。

「我們搭著飛空船才剛穿越暴風，就被魔獸……被四隻腳的鳥攻擊。還需要繼續說明嗎？」

「夠了。把頭伸到獅鷲獸嘴裡，就已經表明了你有多麼愚蠢。」

「這我無法反駁。」

糊里糊塗來到這裡被打下來也是事實。奇德乾脆擺出嘔氣的態度反問：

「所以呢？你和那些……獅鷲獸嗎？你們打算怎麼處置我呢？」

「不會處置你。既然已經知道目的，那就沒你的事了。」

「那我可以回去嗎？」

「不行。我們沒有理由放過侵犯地盤的人。」

「我想也是。」

奇德微微繃緊全身。自己處於沒有銃杖且赤手空拳的狀態，對方又是擅長肉搏戰的彪形大漢，他不覺得自己能夠正面對抗，但也不打算乖乖被幹掉。教人意外的是，索吉歐乾脆地轉頭往回走。

「『霍加拉』，妳來照顧他。這是妳抓回來的獵物，善盡妳身為次列的職責。」

「什麼？索吉歐!?我又不是……！」

被稱作霍加拉的少女抗議出聲，明顯地表達出心中的不滿，但被索吉歐瞥了一眼後，她便沉默了下來，只能恨恨地瞪著奇德。奇德做出一副被冤枉的樣子聳了聳肩。

「聽好了，不准輕舉妄動。不要給我惹麻煩！」

少女丟下這句話後，立刻追著索吉歐離開了。雖然她看起來慌慌張張，卻仍沒忘記鎖上門栓。

「竟然無視我的意願。不過被抓住了也只能任人宰割啦……忘記拜託他們送飯來了。」

奇德自暴自棄地癱倒在床上。狀況完全沒有好轉，但是看來也不會有立刻死亡的危險。

「只要不會餓死就沒問題了吧。」

就在他嘆氣時，突然聽見不知道從哪裡傳來的微弱聲響，奇德再度迅速起身。

「咦？」

他的視線與聲音的來源對上了。

進入房間的門在剛才被關上了，如果有來訪者，那一定是從窗戶進來的。奇德看見一顆頭正從窗外往裡面看。

「你真的是地趾？好厲害好厲害，我第一次見到!!哇～是長這樣啊～」

「喂，別嚇人啊。」

一個笑容滿面的少女正盯著奇德瞧。從五官來看，眼前的少女比名為霍加拉的少女更加年幼一點。儘管兩人的氣質完全不同，但這名少女也有一頭非常長的頭髮。也許長髮就是這一族的特徵吧。

少女在不知何時坐上了窗台，上下打量著奇德。她的雙眼充滿好奇心，和無時無刻都對奇德怒目相向的霍加拉不同。

「噯、噯，地趾真的不會飛嗎？那你們怎麼遷移巢穴？啊，你們的巢穴也在地上嗎？」

「好好聽人說話啊。那還用說，起碼要有杖才能飛……」

說到一半，奇德又覺得哪裡怪怪的。他很快就找出了答案。剛才他往窗外看出去的時候，這個房間可是位於相當高的地方。既然如此，她到底是怎麼上來的？

少女沒理會表情漸漸變得僵硬的奇德，像是想到什麼般拍了拍手。

「這樣啊！有那個叫什麼杖的東西就好了吧！」

「欸，是沒錯。」

「你等我一下！」

才剛說完，她就往窗外縱身躍去。奇德大吃一驚，反射性地伸出手，衝到窗邊。

「喂，妳!!……不見了？」

他探出頭朝窗外看，卻完全不見墜落的人影。奇德的目光迅速向周圍掃視，還是沒看到任何人。直到剛才還坐在這裡的少女到底消失到哪裡去了？她究竟是如何移動的？

「唉，每一個傢伙都不好好聽人說話，這是要我怎麼辦啊。」

奇德搔了搔頭，覺得事情變得更麻煩了。沒有劍也沒有杖的騎士心有餘而力不足，現在他能做的，頂多只有可憐地翹首望天和乞求飯菜了。

◆

一艘飛空船在空中行進。它的外型宛如劍般尖銳，且被稱為『黃金鬣號』。

「……不行啊，少爺。到處都找不到奇德。」

「這樣啊。辛苦你了。」

聽到監視人員的報告，埃姆里思整個人靠坐在船長席上。遭到飛行魔獸攻擊而損失一架卡迪托雷，騎操士奇德還行蹤不明。眾人擺脫了魔獸群攻後，便在附近一帶展開搜索，結果還是找不到人。

「沒想到那傢伙會不見，這下沒找到他可不能回去了。」

「少爺認為奇德在那種情況下還能安然無恙嗎？」

「他不會那麼簡單被幹掉，他可是那個銀色團長的學生，問題是該怎樣找出他。」

埃姆里思毫不猶豫地斷言。船員們不由得面面相覷，然後噗哧一聲笑了出來。

沒錯，奇德是活躍於那個銀鳳騎士團的騎士。光是從船上掉下去，應該也不會死掉。銀鳳騎士團的名號就是擁有如此足以令人信服的威力。

埃姆里思盤起雙臂沉吟片刻，突然像是想到好辦法似地拍了下掌心。

「好，我們去找那些四足鳥的巢穴，說不定會發現他掉在裡面。」

「如果是要從正面衝進去，還是饒了我們吧。」

說到底，被帶回巢穴不就完全被當成餌食了嗎？況且以黃金鬣號的戰力，想要對付飛行魔獸仍尚嫌不足，貿然闖進牠們的老巢只會重蹈覆轍。

就在此時，監視人員的呼叫聲從傳聲管另一頭傳來。

「急報！前方有『船影』!!……數量不少，達到船隊規模！」

「什麼!?減慢船速！維持行進方向，但是要準備好隨時撤離。」

埃姆里思立即發出指示，接著又撲向傳聲管怒吼：

「看得見旗幟嗎？」

「還很遠……不，看見了！國旗是……那個形狀是『孤獨的十一國（十一支旗）』!!」

「什麼!?那些商人出身的傢伙跑來幹嘛？」

埃姆里思目光凌厲地瞪著霧靄朦朧的另一端，視野裡的船影仍在不斷增加。

◆

飛空船乘著風，船帆的低鳴迴盪於空中。大規模的飛空船隊行進間也在浮游大陸投下了影子，其數量不下二十艘。

飄揚的旗幟上描繪著十一之杯。那是勢力圈位於西方諸國南方的都市國家群——『孤獨的十一國』的國旗。

船隊排列成寬大的陣勢前進，四艘格外巨大的船艦坐鎮於中央。船隊有超過半數是由標準的運輸型飛空船所組成，那四艘船的體積則比周圍船隻還要大上一圈，外面更包覆著散發黯淡色澤的厚重裝甲，令人有種已然準備迎戰的預感。那正是孤獨的十一國建造的最新型船艦，也是船隊的旗艦『重裝甲船』的英姿。

「唉～！每天都是這樣一成不變的景色，簡直無聊到極點！我已經受夠了待在這艘船裡啦！」

高亢的嗓音在旗艦重裝甲船的艦橋響起。聽見身穿華麗服裝的妙齡婦人這麼抱怨，坐在她正對面的年老紳士沉下臉回道：

「……我也聽膩妳的抱怨了。不曉得是哪位夫人自己吵著說要試乘飛空船？」

「這可是我出資的船呀！乘坐的感覺當然很棒，但也要有個限度。」

婦人每次開口，牆壁也會隨之響起回聲。老紳士扶額不語，一名坐在旁邊的男性——在場的人之中顯得比較年輕的一位——傾身向前表示：

「我也有同感。這趟旅途太過沉悶，船裡的酒都差不多見底了。」

「要從老夫的船上拿一些過去嗎？看在同一面旗幟的情面上，可以算你便宜點。」

「不必了。我對酒的愛好跟你合不來。」

另一位似乎最為高齡的老人提議道，卻被青年一口回絕。

重裝甲船的艦橋設置與一般飛空船不同。艦橋通常都會設置飛空船的控制設備，船長席的周圍則有船員布署，而這艘船卻在正中間擺著一張氣派的桌子，牆上還掛著畫作與裝飾品，有如豪宅中的會客室。

桌邊有四名男女相對而坐。他們穿著各色華美的服裝，怎麼看都不像是駕駛船的人。看得出來他們是與勞動無關的上流階級，四人正在有一搭沒一搭地閒聊。此時，一名船員氣喘吁吁地跑了進來。

「報告！前進方向確認到船影！數量為一艘，所屬不明！」

鬆懈的氛圍為之丕變，四人的反應不一。

「哎！這還得了。居然想要搶走我的財產，真是厚顏無恥的鼠輩！給我把他們趕走！」

「……是『我們的』財產，請注意妳的用詞。」

「那種事無所謂。我們不就是為了這種時候才出動船隊嗎？……不曉得那邊的船上有沒有酒庫？」

「不管怎麼說，對於我們的旗幟無益的人，只好請他們退場了。」

儘管有些各說各話的傾向，最後意見還是達成了一致。他們對彼此點點頭。

「派出快速艇部隊。」

「是！」

重裝甲船發出閃光，四周圍繞的飛空船一接到命令便打開了船艙後門。小型的飛空船從裡面陸續滑出，它們的體型比一般飛空船來得小，大概是比幻晶騎士大一圈的程度。

快速艇出現在空中後，一個接一個地揚起了帆。高輸出動力的起風裝置發出光芒，魔法現象隨即捲起旋風，將帆吹得鼓脹到極限，隨後快速艇接二連三地超越了本船。

艦橋的前方由玻璃構成，四人眺望著向前飛去的快速艇，開始七嘴八舌地說道：

「不論什麼時候看都那麼優美，一定有很多國家想要，不是嗎？」

「喂喂，那可是我們的最新型號啊？怎麼可能隨便交給其他國家。」

「呵呵，現在不管哪個國家都急需飛空船。這也是一項商機。」

「最要緊的是目前的狀況。雖然不曉得對方是哪裡來的船，就當成是這趟買賣的額外收入吧。」

重裝甲船發出信號，快速艇隨即產生變化。船體的後半部分咯吱作響地抬起，露出裡面的幻晶騎士——或者該稱之為從背後伸出輔助腕並舉起魔導兵裝的法擊戰特化型機。

看見亮出武器的快速艇逼近，不明船隻也行動了。起初動作很慢，好像是在觀察動向，一看到快速艇靠近，便立刻掉轉船頭。

「沒用的。快速艇雖然小，但在所有飛空船中是最快的。」

老人加深了笑容——雖然這並非契機，但不明船隻突然開始異常地加速。重裝甲船艦橋上的四人不約而同地微微欠身站起，驚訝得睜大眼睛，聚精會神地緊握著望遠鏡。

儘管快速艇用超越一般飛空船的速度逼近，不明船隻卻輕鬆地甩掉它們，突破了包圍網。

當他們啞口無言地回過神時，不明船隻已經遠遠逃到天邊了。

「……哦，厲害。竟然存在能擺脫快速艇的船。」

「快得就像老鼠呢。這可麻煩了，麻煩啊。」

「說什麼風涼話！啊啊，已經看不見了！拿那艘船當作快遞不是正好嗎!?我想要那艘船！」

「就算再快的馬，要是不和妳親近也沒用啊。」

壯年男性臭著臉說完後，年輕男人加深臉上的微笑接話：

「不不，雖然馴服馬匹很麻煩，但是人就簡單多了。只要多給點黃金就會流著口水撲上來吧。」

「不管怎樣，追不上的話也無法交涉。到底是哪個國家的飛空船？有那樣的高速船，應該多少會聽到一些傳聞啊……」

自大西域戰爭以來，各國都爭相研發與建造高性能飛空船。務求更快、更多且更強大，可以說進入了沒有飛空船就打不了仗的時代。除了戰爭用途之外，飛空船對於物流運輸也產生很大的影響。為此，孤獨的十一國派出了間諜前往各地，致力於蒐集關於飛空船的情報。然而，剛才出現在眼前的船隻性能卻超越了他們的想像。

「看來出現了很難纏的生意對手呢。」

這個事實引起了他們的戒心，帶來的衝擊足以讓他們預料到接下來的生意將不會那麼順利。

◆

「竟然一打照面就派手下過來挑釁！真是沒禮貌的傢伙！」

「這也難怪，因為這艘船國藉不明，而且還很可疑嘛。」

在靠著魔導噴射推進器全開才甩掉追擊者的黃金鬣號上，埃姆里思毫不反思自己，氣憤不平地罵道。船員們也很無奈，可是他們並沒有逃走以外的選項。發了一會兒牢騷後，埃姆里思坐在船長席支起手肘。

「雖然預料到會有競爭對手，但沒想到竟然是孤獨的十一國。聽說他們在上次戰爭撈了不少，如今竟然連船隊都弄出來了嗎？」

大國甲羅武德王國在大西域戰爭的最後嘗到幾近崩壞的苦頭。值此之際，最早對該國發動侵略的就是孤獨的十一國。甲羅武德王國因敗北而衰退，他們把其部分領土以及飛空船相關技術都搶了過去。

「那個船隊的規模大得不合常理……那些傢伙是來這裡做什麼的？」

所謂孤獨的十一國，是將原本大商人們當作據點的都市集結並成立的國家，因此他們對於有利可圖的事情十分敏感。那夥人竟然如此奢侈地投入巨額資金，建造出如此大量的最新型飛空船武器，這也意味著有值得投資的『某樣東西』存在於這個地方。

「哈哈哈。也就是說我們的目標又加上尋寶了啊！和他國競爭的同時，一邊尋找奇德一邊冒險！這下可有趣了。」

埃姆里思露出凶狠的笑容拍手叫好。然而，其他人心裡想的卻是：拜託饒了我們吧。

◆

奇德在與魔獸的戰鬥中從飛空船墜落，接著淪為飄浮大陸居民的俘虜後，過了一段時間。

今天的他依然感到很困惑。

「呃……」

一名滿臉笑容的少女站在他面前。這名個性與霍加拉對比鮮明的少女把行李交給奇德，他被沒收的隨身物品就放在籃子裡。令人驚訝的是，從籃子裡突出來的銃杖竟然也被少女拿來了。正如兩人之前的對話，有了銃杖，奇德就可以運用魔法現象，也可以運用其他魔法技巧進行空中飛行。而且他能做的事當然不只這件。

奇德強壓住想要抬頭望天的心情——最近脖子抬得太多次，他也累了——嘆了口氣。奇德沒有伸手接過籃子，而是板起臉盯著少女說：

「謝謝妳幫我把行李拿來……可是，這些東西對我來說是武器，而且只要一拿到手，我就能使用魔法了，畢竟我好歹是一名騎士喔。」

「好厲害！」

「呃，我不是這個意思……」

到底該怎麼說她才聽得懂？他索性抱住了頭。不知道這個少女把這些東西拿來到底在打什麼主意，就算是懷柔策略，歸還武器也太危險了。假如做這件事的是那個叫索吉歐的巨漢，他還能理解，然而眼前卻是比艾爾涅斯帝還要嬌小的少女。她一臉天真無邪地笑著，像是歸還失物一樣輕鬆地交出裝備。儘管這是絕佳的逃脫機會，但奇德無意將這個沒有惡意的少女逼進困境。

「到底要怎麼辦……」

少女完全無視他苦惱的樣子，仍然面帶笑容地說：

「那我們出去吧。跟我來！」

「啥？」

少女把放著裝備的籃子扔到地上，理所當然地走向窗戶。在啞口無言的奇德眼前，一件異常事態正要發生。

他首先看到的是少女背後那頭長及腰際的頭髮。從正面看只是普通的頭髮，從後面看去竟全然不同。仔細一瞧，她的頭髮是羽毛狀組織的集合體。那些並非飾物，而是頭髮本身質變而成。

異常事態還在持續，羽毛狀頭髮分成左右兩束，自行揚起。以後頸到脊背的部位為支點向左右展開，完全變成了『翅膀』的形狀。正因如此，要預測她接下來的行動也非常簡單。奇德

慌忙叫住踏向窗外的少女。

「等一下！你們是……不對。能不能先告訴我妳的名字？」

少女慢慢回過頭，保持著張開翅膀的姿勢偏著頭。

「安吉羅！」

一回答完，她便等不及似地從窗戶跳了出去。

奇德這次親眼目睹了整個過程。少女——安吉羅背後的翅膀大力拍動了一下，同時掀起一股強風。身輕靈巧的少女飛向空中，眨眼間就加速飛走了。他張大了嘴僵在原地，過了一會兒後才回過神。

「……這樣啊。這就是住在浮空島的人。」

放著裝備的籃子被留在自己眼前。自己總不能就這樣什麼也不做，於是他拾起銃杖並緊緊握住。身為普通人類的奇德無法在天空飛翔，但只要有這一身經過鍛鍊的魔法能力，他也可以做到類似的事情。

「跑出去真的沒關係嗎？哎，比起待在這裡煩惱，追上去更有可能得到答案吧。上吧，『空氣壓縮推進』！」

他在跳出窗外的同時顯現魔法現象，釋放出被壓縮的空氣團塊，反作用力將奇德的身體高高托起。

一棵大樹逼近眼前，奇德改變姿勢朝樹幹踢了一腳，調整方向後再度加速。他靈敏地穿梭於樹幹之間，在空中『飛馳』，緊追上安吉羅。

「你們的村落挺大的啊！」

他一面飛行，一面四下張望，看著樹林間散落的獨特建築物。那些建築物的支柱是由樹木本身變形而成，以此為基礎，與各式各樣的木材組合並做出房子的外型。大部分都蓋在遠離地面的位置，由此即能一窺有翼人的生活樣貌。

「可惡，真快啊！」

奇德感覺自己一不留神就會跟丟，急忙打起精神。剛脫離軟禁狀態，或許根本沒必要跟著她，不過在這異鄉之地對他表示友好（？）態度的人十分珍貴，他沒有理由不追上去看看。

安吉羅則是毫不客氣地仔細觀察他拚命在樹木之間跳躍並追趕自己的樣子。

不久後，兩人終於穿過森林，來到一處空曠的場所。安吉羅輕拍羽翼降落到地面，奇德也運用『空氣衝擊吸收』魔法緊急剎車、跳到地上。奇德謹慎地環顧四周，他的視野裡有個矮小的身影不停地跳來跳去。

「你不需要翅膀也能飛嗎?地趾真的很有趣呢！我第一次看見這種事情！啊哈哈，還好有來外面!!」

「我也是第一次看到長翅膀的人。喂，住在這裡的人都是這樣嗎？」

「你大老遠來到這裡，竟然連這個也不知道嗎？嗯，我們『哈耳庇厄』都是這樣飛的喲！」

她一副理所當然的樣子昂首挺胸，奇德感到無話可說。光是飄浮大陸的話題就夠勁爆了，現在又加上了有翼人——『哈耳庇厄』的存在。他半是逃避現實地想著，這下又多了個重大的旅途見聞可以帶回去分享了。

「好～那就開始特別活動吧！」

安吉羅並不在意奇德的反應，因此他只能亦步亦趨地跟在她身後走著。

「但是這下絕對會把事情鬧大吧。」

首先掠過奇德腦海的是狠瞪著自己的霍加拉，不過轉念一想，他又覺得沒什麼好煩惱的，反正也不是特別受過她關照。相較之下，他更擔心自己這個俘虜到處亂跑會不會受到攻擊。若真到了那個地步，眼前正哼著歌走著的少女能幫上忙嗎？奇德現在才感到一股不安的情緒湧上心頭。

「唉，走一步算一步吧。」

雖說如此，他都已經離開了房間，也不能若無其事地跑回去，裝作什麼也沒發生過，所以再煩惱下去也於事無補。思及此，奇德又突然害怕地看向身後，擔心對方是不是已經追過來了。所幸沒看到怒氣沖沖的少女身影，只有安吉羅心情很好地邁步行走著。

他們已經穿過森林，來到一個長滿雜草的空曠地方。這種地方會有什麼好看的呢？剛才一心只顧著追上少女的奇德覺得納悶。她說的特別活動，就在這種什麼都沒有的地方嗎？想到這裡，他才注意到在自己在飄浮大陸遇見的另一項要素——與哈耳庇厄成對的某物。

當他驚慌地抬頭看向天空時已經遲了一步。一陣強風伴隨著粗暴的拍翅聲撲面而來，猛獸的身影闖進奇德仰望的視野中。巨大的翅膀、強而有力的四肢，以及有著尖銳鳥喙的臉正注視著奇德。

——是獅鷲獸。和哈耳庇厄一同襲擊飛空船的飛行決鬥級魔獸。

「……這可一點都不好笑。」

因為安吉羅年幼就掉以輕心可不能當作藉口，輕忽的結果就是自己被迫以血肉之軀站在決鬥級魔獸面前。若是這樣，還不如被軟禁在房間裡。安吉羅照舊沒把他的緊張當一回事，高興地揮著手。

「瓦多～這邊這邊！」

安吉羅不停地揮手，被喚作『瓦多』的年輕獅鷲獸便一下子降落到地面。巨體著陸時意外地安靜，牠小跑著走向少女，把鳥喙湊到她身上親暱地玩耍，看來還懂得調節力度。安吉羅也開心地抱住牠。

奇德今天已經不知道是第幾次張大嘴巴愣愣看著眼前的光景。

「決鬥級魔獸會親近人類……」

魔獸聽到奇德脫口而出的低語，轉移視線盯向他。

（原來如此，因為安吉羅在這裡，所以牠不會採取行動。就像幻晶騎士一樣，魔獸就是飄浮大陸的戰力。）

魔獸在弗雷梅維拉王國基本上是屬於敵對的存在，體型愈巨大的魔獸，這樣的傾向就愈明顯，超過決鬥級的種類更是與人類勢同水火，否則也不會誕生出幻晶騎士了。

年輕的獅鷲獸同樣對奇德擺出了警戒的姿態。在這種雙方都極為不自在的狀況下，卻有個人完全不看場合說話。

「好了，奇德，你試著騎上瓦多吧！」

「…………欸，騎上去？妳在說什麼？」

若是有人怪他竟然傻傻地反問，就未免太不近人情了，畢竟這可是奇德有生以來第一次聽到這種話——『騎上魔獸』。到魔獸身上以便從上方發動攻擊就算了，他想都沒想過要像騎馬一樣跨坐上去。到底有什麼理由——想到這裡，他終於猜到了少女的目的。

（可惡，她想測試我！太大意了。雖然知道不可能白白放我出來……）

萬萬沒想到她會費這麼大的工夫，對付一個對她而言手無縛雞之力的俘虜。奇德忍不住瞪著安吉羅，但看見她毫無惡意地歪著腦袋的模樣，他又說不出話了。這真的是一場測試嗎？奇德有點沒把握，不過姑且先揮去腦中多餘的想法。

獅鷲獸抬起頭低聲啼叫，眼中帶著懷疑的目光注視著奇德，但也只做出這樣的動作而已。奇德做好心理準備，老實地朝獅鷲獸走去，可惜這個年輕的個體似乎根本不打算乖乖合作。別說彎下身體了，牠甚至作勢威嚇，不讓奇德靠近。

在這段期間，安吉羅移動到附近的樹蔭下，打定主意要看熱鬧。明明叫他騎上去的人是她，她卻完全不打算幫忙。這表示得先騎上這頭魔獸，『特別活動』才算開始。

「嘿，好啊。妳有這個打算，我就奉陪到底！就讓我駕馭你們引以為傲的魔獸給妳瞧瞧！」

假如是以魔獸為對手的『戰鬥』，那可是騎士的拿手領域。儘管必須達成性質略有不同的目的，不過這些只不過是枝微末節的小事。更何況奇德還有一點優勢：獅鷲獸不會在安吉羅面前突然發動襲擊。奇德衡量著彼此的距離，同時仔細地觀察魔獸。

那樣龐大的身軀在決鬥級中也算是上位。眼前的獅鷲獸除了長有凶猛四肢的軀體外，還有一對巨大的翅膀，讓奇德愈看愈覺得不好對付。

「看來沒有餘力耍花招啊。」

奇德的武器只有手裡握著的銃杖。別說幻晶騎士了，就連幻晶甲冑都沒有，所以騎上決鬥級魔獸的方法只有一個。奇德下定決心後，馬上放出『空氣壓縮推進』魔法跳到空中，接著連續放出魔法，一口氣衝到魔獸頭上。他在那裡看見了意料中的東西，不禁暗自發笑。

「畢竟你們讓哈耳庇厄騎在背上啊！」

獅鷲獸的背上安裝著像『鞍』的東西。奇德還記得在與獅鷲獸戰鬥時，牠們背上載著人的事情。一如他所預料，那裡應該有讓人騎乘的器具，這麼一來只要抓住鞍就好了。奇德打算在魔獸行動之前騎上去。

獅鷲獸冷不防地開始拍動羽翼，決鬥級魔獸的翅膀粗壯而沉重，隨便一揮就可以把人像蒼蠅一樣拍扁。奇德立即揮動銃杖，經過演算的魔法術式轉化為現象，就在壓縮空氣將被解放的那一剎那——

「瓦多！不可以！」

安吉羅的聲音突然響起，瓦多因驚嚇而停止動作，在空中揮空魔法的奇德也差點失去平衡，他隨即強行重整態勢。獅鷲獸慌張失措的此刻正是大好機會，他硬是連續行使魔法，一口氣飛到鞍上。

「好，跟我想的一樣，畢竟哈耳庇厄需要操縱牠們啊。」

獅鷲獸身上的確裝著像是轡繩的東西，只是隱藏在粗糙的毛髮下而沒被看見，哈耳庇厄們似乎就是跨坐在鞍上後使用轡繩控制牠們。

「姑且坐上來了……問題是接下來該怎麼操縱！」

雖然獅鷲獸被安吉羅責怪而停止直接攻擊，但有異物坐在背上的感覺還是讓獅鷲獸愈發感到不高興。只見牠彎下翅膀準備拍動，同時還彎曲四肢蓄勢待發。奇德察覺到即將發生什麼事，表情立刻緊繃起來。

◆

身為次列風切的哈耳庇厄・霍加拉橫眉豎目地飛躍著，她以不負次列稱號的速度筆直朝目的地前進。

她是在送飯菜的時候才察覺到俘虜逃亡。照看俘虜對她來說只是件麻煩的差事，可是初列風切的命令又不得不從，結果當她不情願地前往時，竟然發現房裡已是空無一人。她知道地趾不可能無緣無故地飛走，畢竟他應該很難靠自身的力量逃脫。她心裡莫名生出一股不祥的預感，而她前往村裡打聽後，就知道了那股預感是正確的。

「安吉羅……那孩子真是的!!就算是初列的雛鳥，胡鬧也該有個限度!!」

她一股腦地咒罵著，同時快速飛翔。霍加拉早就猜到安吉羅會去的地方，而村人們的回答也證實了這個猜測。而不久後抵達獅鷲獸居住地的霍加拉，將會親眼目睹一幅奇怪的景象——

獅鷲獸一拍動翅膀就猛地朝空中竄升，狂風以翅膀為中心掀起並支撐起牠龐大的身軀。獅鷲獸畢竟屬於魔獸──能夠操縱魔法的猛獸，因此若光靠翅膀還飛不起來，只要再加上魔法的力量便能夠輕而易舉地飛上空中了。

但令人感到悲哀的是，只有獅鷲獸本身才能蒙受魔法的恩惠，所以往上直衝的猛烈慣性幾乎要把騎在背上的奇德扯下來。

「嗚……!!我、可沒有、翅膀啊……!!」

能夠自力飛行的哈耳庇厄說不定有辦法安穩地騎乘獅鷲獸，不過奇德無法與他們相提並論，他能依賴的只有自己鍛鍊的力量。

「『身體強化』！全力！」

奇德將體內的魔力轉化為力量，上級魔法強化了他的身體組織，成為對抗狂暴魔獸的原動力。

「嘿，魔獸啊，現在開始是比耐力的時候了！」

獅鷲獸展現螺旋式的飛行技巧，屢次翻轉身體，甚至採取急遽下降的方式，企圖甩掉背上的異物，然而卻怎麼也辦不到。

察覺到光是一個勁地撲騰亂動也沒用後，獅鷲獸開始直線地朝上飛昇。決鬥級魔獸擁有的魔法能力非常強大，再加上由於魔獸只會專精一種魔法，威力相對地更為強大。正因如此，即便獅鷲獸身為決鬥級的龐然大物，也能如箭矢般急速飛翔。

風壓與慣性源源不斷地襲來，奇德只能咬緊牙關忍耐。在艱苦境遇中維持魔法演算不僅是騎士的基礎，更是其精髓。畢竟教授他魔法的人，可是這個世上最沒道理又最愛亂來的魯莽化身——艾爾涅斯帝。

「要是這種程度就被幹掉，會被老師罵啊……!!」

感覺永無止境的時間過去之後，獅鷲獸速度突然減緩，撲打過來的風也隨之平息，方才還努力維持著姿勢的奇德一下子變得輕鬆起來。好不容易能喘一口氣，但還不能大意。既然都飛上來了，獅鷲獸待會兒肯定會俯衝直下。

奇德繃緊身體做好準備，卻發現不管過了多久，魔獸都沒有採取行動的跡象。他盡量維持專注力，懷疑地窺探獅鷲獸的狀況。魔獸彷彿忘了奇德這個存在一般，眺望著遠處的地平線。

「什麼？那邊有什麼東西嗎？」

他謹慎地順著魔獸的視線看望去，接著很快地注意到遠處霧靄朦朧的山間劃出了幾條線，其中夾雜著灰色與黑色——那是煙。

「難道那些煙升起來的地方有你的同伴？」

獅鷲獸短促地啼叫一聲。對獅鷲獸來說，比起背上的異物還重要的問題並不多，然而獅鷲獸卻在看到這幅光景後立即改變主意，想必其中有什麼不得不讓牠如此的原因。

「……好。喂，我們回去吧。也要先把這件事告訴哈耳庇厄才行。」

奇德輕輕拉動韁繩，獅鷲獸略微遲疑了一下，接著便沒怎麼抵抗地扭過頭，態度莫名地老實。牠用足夠平穩的速度開始降落。

「我剛才的辛苦都算什麼啊。到頭來也不能說成功駕馭了。」

儘管有些無法釋懷，奇德姑且算是騎上獅鷲獸了。他一回到地面，就看到安吉羅高興得手舞足蹈的模樣。

「啊哈哈，你好厲害！明明是第一次騎，居然沒有被瓦多摔下來，而且成功回來了！地趾比我想的更厲害一百倍呢！」

奇德在獅鷲獸著地的同時從鞍上跳下來。他不解地偏著頭，因為在那裡的不只有安吉羅，不知為何連霍加拉也在。

「呃，先不管這個，我有事要跟妳說，在那邊……」

「你知道自己在幹嘛嗎？」

霍加拉打斷了急著想告知異狀的奇德。她原本就顯得嚴厲的眼角揚得更高，凶狠的程度讓奇德害怕她會不會直接變身成魔獸。

「叫我騎上獅鷲獸的是安吉羅，我想大概是你們要測試我吧？我可是成功了呢。」

「我們幹嘛要測試你！」

奇德瞥了一眼一旁的矮小少女，她正嘻嘻笑著。難道至今為止的行動全是安吉羅的任意妄為？奇德忍不住無力地垂下肩膀，接著又憑著一股氣勢撐起不斷衰退的熱情。

「……那個之後再說。剛才在上面飛的時候，我看到奇怪的東西。」

「之後再說!?你憑什麼決定……你說什麼？」

霍加拉原本散發出準備上前揪住奇德的氣勢，聽到他說的話，浮現詫異的表情。

「有好多地方在冒煙。我總覺得不是普通的篝火，那副模樣比較像森林的哪個地方發生了大規模火災。」

年輕的獅鷲獸也穩穩地踏步走來，牠把臉靠過來發出低吟，看來也同意了奇德的話。真是個現實的傢伙。霍加拉的態度一變，一本正經地陷入沉思，然後很快下了決定。

「趕快回村裡吧，這件事需要初列參與。」

「噯、噯！剛剛地趾成功駕馭瓦多的樣子，感覺還不錯吧？」

「妳為什麼每次做事都不三思而後行!!我會請初列好好教訓妳一頓!!」

看來安吉羅真的平常就是這個樣子。奇德已經不知道是第幾次想要無奈地抬頭望天了。緊接著，三人急忙地返回村子。

第八十一話　找出沉睡的寶藏吧

迎接趕回村落的奇德等人的是一陣匆忙的拍翅聲。

從村落各處都能清楚看見森林裡升起的煙。這麼多哈耳庇厄平時都不知道躲在村子哪裡，現在他們到處飛來飛去，頻繁對彼此啼叫。霍加拉迅速地環視周圍，然後展翅飛向村落中心。一名面無表情地盤起雙臂的高大男性——索吉歐正在那裡等待。

「風切！森林正在燃燒，恐怕是隔壁森林的聚落！」

「是妳親眼確認的嗎？」

「呃，這個……安吉羅擅自讓那傢伙騎上獅鷲獸，據說是他飛上空中時發現的。」

一開口就變成自己管理不當的報告，這讓霍加拉的語氣變弱不少。她目光凌厲地伸手指向奇德，奇德只能頗感無辜地聳了聳肩當作回答。索吉歐略動了一下眉，並沒有再追究。

「必須確認。出動半數獅鷲騎士，剩下的保護村子。」

「是！」

獅鷲騎士聽從風切的指示迅速行動。他們一齊展開翅膀，朝著獅鷲獸所在的地方飛去。霍加拉似乎也想立刻追上去，但因為索吉歐沒有行動而留下了。

「該怎麼辦？」

在愈發嘈雜的村子中，奇德無所事事地杵在原地。雖然有些好奇，不過那終究是哈耳庇厄的問題，他沒有理由去湊熱鬧——他考慮到了這點，卻沒算到不可能袖手旁觀的安吉羅。

「我也要去！我要和奇德一起去！」

「……………我？欸？」

旁邊突然舉起了一隻小手，嚇得奇德後仰避開。索吉歐用冷淡的目光看向他們，奇德的視線於兩人之間游移。

「呃，等一下。不，我呢……喂，安吉羅，我可是俘虜啊？怎麼可能把我帶去那種地方……」

「好吧。」

「竟然可以!!」

奇德忍不住對爽快同意的巨漢大聲吐槽，索吉歐則乾脆地無視他，將視線轉向另一邊，被他鎖定為下一個目標的霍加拉顯露出怯意。

「次列，後方就交給妳了。我們出發。」

「啊，嗚……可惡，都是你害的！」

「那可不能算在我頭上啊。」

奇德避開霍加拉飽含怨恨的視線，另一邊的安吉羅則是高舉著雙手，一副樂不可支的樣子，顯得兩個少女對比更加鮮明。

◆

哈耳庇厄們一個接一個地降落到獅鷲獸所在的地方。獅鷲騎士與獅鷲獸的組合早已決定好，他們熟練地分散開來並趕往各自的搭檔身邊，有如滑翔般飛到獅鷲獸背上，一把抓住鞍。他們一拉動韁繩，巨大的決鬥級魔獸便高聲啼叫，並強而有力地衝出去。

隨著巨大翅膀的拍動掀起陣陣強風，由魔法現象產生的風推動龐大身軀一口氣加速。獅鷲獸的魔法能力不負決鬥級魔獸之名，加速能力十分強大。如果光是坐在鞍上什麼都不做，騎在上面的人就會因強勁的風力和高速被拋下，這點奇德早已親身體驗過了。然而，身為騎手的獅鷲騎士並非普通人類。

哈耳庇厄們也在同一時間展開自己的翅膀，並使用魔法配合掀起強風的獅鷲獸一起加速。主從藉由拍翅的動作，毫不延遲地飛向天空。

看著獅鷲獸一頭接一頭地飛走，奇德佩服地低聲說：

「真是厲害。和魔獸待在一起所培養出的默契果然不是蓋的。」

在他短暫地逃避現實的同時，造成這個狀況的主因無情地逼近背後。

「好了，奇德，我們也出發吧！」

「現在才不是說這種話的時候吧？說真的，我到底為什麼會在這裡？」

留在此處的獅鷲獸漸漸減少，獅鷲獸瓦多乖乖地蹲伏著等待主人騎上自己的背，並且朝著跟隨主人一起走來的奇德發出不滿的低鳴，但是似乎沒有到厭惡奇德的地步。

「哎，別那麼說。我們這邊也很辛苦呢。」

奇德運用『空氣壓縮推進』魔法跳到鞍上並握緊韁繩。他的臉色不是很好，身為人類而非哈耳庇厄的自己不得不再次竭盡全力使用『身體強化』來承受高壓。雖然走到這一步實屬不得不為，但還是要幫自己打打氣。

當他開始進行魔法演算時，安吉羅輕輕一躍跳到他後面坐下。她伸出纖細的雙臂緊抓住奇德，彷彿要固定住他的身體般抓得相當牢靠。一股不祥的預感在奇德心中擴散開來。

「放心，我會好好按著你。」

「按著？喂，等一……!!」

「瓦多，出發～」

瓦多無視奇德的抗議，立刻拍動翅膀，安吉羅也在同時展開雙翼，強風在雙方的動作下捲起。安吉羅雖然身形嬌小，能力可是無庸置疑。兩人一獸順利地飛到空中，沒有任何人被甩下去。

「唉，船到橋頭自然直啦！」

只有奇德自暴自棄的呼喊迴盪在風中。

◆

——火焰翻騰捲動、熊熊燃燒，逐漸吞噬樹林的綠意，不斷冒出烏黑的煙。生長在飄浮大陸的樹木雖有著奇妙的特徵，但終歸是植物，無法從大火中逃脫，只能任由火舌舔舐燒灼。

「真慘啊。」

火焰擴散的範圍很大。令人難以想像若是讓其繼續吞噬森林，到底會蔓延到何種地步。由索吉歐乘坐的三頭獅鷲獸帶領的集團徐徐地在上空盤旋，就算是決鬥級魔獸，被捲入火焰與煙幕也不可能全身而退，所以無法靠得更近了。眾人默默無語地凝望著火焰逐漸吞噬森林，周遭不時響起獅鷲獸悲傷的鳴叫聲。

「這裡原本有什麼嗎？」

奇德向身後的人問道，而緊貼在他背後的安吉羅一反剛才興奮雀躍的樣子，安靜得令人難以置信。霍加拉乘坐的獅鷲獸靠了過來，代替不打算回答的安吉羅說：

「這裡曾經有個村落，規模和我們村落差不多大……我的朋友也在這裡。她不擅長騎乘獅鷲獸……不曉得有沒有逃出來。」

「我明白了。妳不用再說了。」

霍加拉也沒了平常的氣勢，似乎被眼底通紅的猛烈火勢吸走了所有的力量。

奇德無意間意識到自己握著韁繩的手太過用力，不由得睜大眼睛。他稍微放鬆身體，深呼一口氣。活力刺激著他的思考迴路，悄聲催促他快點展開行動。身為一名騎士，可不能在面對困難時停下腳步。

「好！瓦多，到隊伍前面，快一點！」

他不清楚獅鷲獸的操縱方式，只是這麼喊道。聽到奇德的叫喚，瓦多微微晃了晃腦袋，隨後大力地拍動翅膀。

「慢、慢著！」

霍加拉慢了一拍才回神，從後面追了上去，但此時奇德他們已經來到帶頭的索吉歐騎乘的三頭獅鷲獸旁。

「喂，索吉歐！我有件事想拜託你！」

「哦，什麼事？」

「我想下去調查一下，可以讓我降落嗎？」

奇德感覺到背後的安吉羅動了動身體。平常總能立刻作出決斷的索吉歐難得花了點時間才回答：

「……好吧。霍加拉！」

「嗚嗚嗚，瞭解！看著他就行了吧!!」

「謝了！欠你一份人情！」

一得到許可，瓦多便離開集團慢慢降低高度。不是朝著火災的正中央，而是朝著森林外圍飛去。

「抱歉，我擅自做出了決定。」

「沒關係啦。你有什麼頭緒嗎？」

安吉羅探出身詢問。奇德用嚴肅的目光盯著森林的方向回答：

「還沒有！所以才要去找。應該有什麼原因才對。」

「原因？」

「不惜燒掉森林的原因！這不是單純的戰鬥，也不是一般的侵略手段，所以絕對有什麼特別的理由。要是不先找出一些線索，那就不知道該採取什麼方式戰鬥了！」

接近森林的瓦多放慢速度，尋找適合的降落地點。牠發現到樹林間有一處空地後，便靜靜地降落下來，奇德隨即迫不及待地一躍而下。只要一抬頭，就能看見不祥的煙霧源源不斷地升起，看來時間不能再拖了。

「安吉羅，附近的村落是在哪個方向？」

安吉羅不發一語地舉起手，果斷地指向火焰的中心。

「不知道是誰，居然幹出了這種缺德事。可惡，只能在火場附近找線索了嗎？」

奇德確認腰間的銃杖後，做好心理準備。所幸眼前不過是普通的火焰，和魔獸不同，並不會突然撲過來。

「安吉羅，妳在這裡等著。啊，不用擔心。我不會趁機逃走。」

「我才沒有擔心那個。你沒問題嗎？」

「交給我吧，騎士就是會在這種時候努力的人啊。」

奇德握緊銃杖，冷靜地發動『身體強化』魔法，維持盈滿力量的狀態，朝森林飛奔而去。

另一陣稍微晚了點的拍翅聲逐漸接近，安吉羅抬頭望去，看見霍加拉正從上方一躍而下——她們不像奇德需要等待獅鷲獸著地才能下來。霍加拉看見安吉羅獨自站在原地之後舉目四望，尋找著奇德的身影。

「那傢伙呢？」

「跑到森林裡了喔，他說要去找原因。」

「什麼……那傢伙知道自己站在什麼樣的枝頭上嗎？難不成地趾都像他那樣……」

「怎麼會呢？大概是奇德很特別吧。」

霍加拉傻眼似地瞥了一眼自信滿滿地點著頭的安吉羅，開始觀察森林的情況。樹林的另一頭仍然冒著滾滾黑煙，會衝進那種地方的人已經不能用普通一詞形容了吧。

「我想也是，真希望這些傢伙能站在監督者的立場考慮一下。」

當然，她說話的對象也包含安吉羅在內。

◆

奇德一邊撥開雜草，一邊注意著樹根前進。朦朧的彩虹色光芒在樹幹上流動，蒼翠茂密的森林顯得出奇明亮。

「可是這個景象看久了好像會頭痛。」

在森林裡謹慎前進的奇德嘀咕著。與地表形態不盡相同的植被遍布飄浮大陸的各處。

「煙還沒飄過來吧。太靠近的話也很危險。」

他實在不想去火場中心探索，只能祈禱該尋找的『原因』沒有被捲入火中。

奇德一面搜索、一面前進的時候，突然察覺到某種性質截然不同的變化正在發生。他按住胸口，直到剛才還與平時無異的心臟，現在正不自然地加快跳動頻率，呼吸也變得粗重，甚至感到噁心想吐。

「怎麼搞的……？魔力也太快耗盡了吧。」

身為艾爾涅斯帝親自教導的學生，奇德不認為自己會這麼簡單就耗盡魔力，而且本人也覺得自己還有餘力，症狀卻隨著時間逐漸加重。

「到底發生了什麼事？明明情況沒有變化……」

火焰仍在遠處，自己也沒有被濃煙包圍，發生這樣的現象簡直令人費解。奇德感覺連呼吸的空氣都變得沉重，連帶地拖慢了腳步。應該要就此折返嗎？這個想法剛掠過腦海，他便到達了接近樹林邊界的地方。

「這……這是！」

映入眼簾的是一塊乍看從地面突出的岩石。它擋住四周樹木的根部，因此出現了一塊空地。不過最讓奇德感到驚訝的是岩石表面的紋路——展現出它獨特的性質。

那是混雜在露出地面的岩塊中的奇妙『礦石』，其質感明顯與岩石不同，擁有和樹木一樣的虹色光輝，一如他認識的某種礦石，正因如此——

「源素晶石!?怎麼可能，為什麼這裡會有……」

礦石散發出近乎懾人的異常氣息。

源素晶石指的是高純度乙太凝固而成的礦石，具有易溶於空氣中乙太的性質。照理說根本不存在裸露的礦床，然而那種異常景象卻呈現在奇德眼前。

奇德戰戰兢兢地將視線往下移。『飄浮大陸』這個存在與源素晶石的特性恰好吻合。一股莫名的寒氣竄過脊梁，奇德立刻想到了『那件事』。這是極其合理的聯想，只要稍微思考一下，誰都能明白。

「豐富得足以裸露到地上的源素晶石礦床，這表示地下還藏著多少啊？糟了，這很糟糕!!不會錯的，侵略者的目標就是這個，是這整塊飄浮大陸!!」

源素晶石在不久前還只是毫無價值的礦石，而會溶解於空氣的礦石也談不上任何用途。然而，飛空船的出現卻改變了情況。

不可思議的飛空船能在空中自由地行進，而發動飛空船最重要的零件——源素浮揚器，就必須使用大量且高純度的乙太。就現狀而言，從源素晶石中抽出乙太供給是最為普遍的做法。

大西域戰爭後，飛空船在西方諸國迅速普及，對於源素晶石的需求更是沒有止境。在這種情況下，一旦發現蘊藏大量源素晶石礦床的地方會發生什麼事？而且礦床還裸露於地面，不須費什麼工夫便能開採。

奇德仰頭注視著天空。升起的煙霧、不由分說地襲擊他們的哈耳庇厄。這些單一事件在他心中連貫起來。

「所以哈耳庇厄才提高了警覺。恐怕有『敵人』打算像放火燒了這座村子一樣……想讓這裡化為戰場！」

不論是何人，不難想像哈耳庇厄對於追求源素晶石的人來說是多礙眼的存在，因此森林如今才會被熊熊烈焰所包圍。

奇德緊握的拳頭發出骨頭咯吱的聲響。

忽然間，奇德感覺腳的力量被抽走一般，整個人朝地面倒下，手腳都使不上力。視野漸漸變得模糊，唯有心跳聲響亮地怦怦震動。

「咦？慘了，果然、很不妙。這樣下去、會……」

踏著雜草的聲音由遠而近地走到倒在地上的奇德身旁。在奇德逐漸模糊的視野中，映出了一臉受不了地俯視自己的霍加拉。

「你是笨蛋嗎？」

「哈哈。真的，太遜了……」

她察覺到奇德奄奄一息的模樣，臉上表情微微一動，接著留下一聲嘆息，馬上揪起他的後領將他帶離現場。隨著與礦床的距離愈來愈遠，奇德的狀況也隨之好轉。

「好痛！我已經沒事了！喂，放開我！」

奇德被粗暴地扔到一邊後，撫著後腦勺檢查身體狀況。

「看來真的沒事了。不管怎樣，謝謝妳救了我一命。」

「你連拍動翅膀的方法都不知道嗎？要是像剛才那樣說倒下就倒下，為難的可是我耶。」

「真的很抱歉。」

森林裡的空氣沒有異常，似乎僅限於源素晶石的周遭才會引起不適。他暗自下定決心，以後不要毫無準備地靠近。他重振精神後詢問霍加拉：

「吶，霍加拉。混在那塊岩石裡的……七色礦石。妳知道那是什麼嗎？」

「岩石裡？你是說『虹石』？」

「大概就是那個，我們稱之為源素晶石。那個是到處都有嗎……比如說，妳的村子附近也有嗎？」

霍加拉好像無法理解奇德問這個問題的意義，露出納悶不解的模樣，但還是坦白地回答：

「那不是什麼稀罕的東西，到處都有啊。村子附近當然也有。」

奇德一時答不上話。他已經搞清楚在森林放火的人目的是什麼了，也瞭解到若是置之不理會招致什麼樣的事態。

「我得去找索吉歐談談。這件事也得告訴其他人。」

◆

一行人回到空中與遠遠圍住煙霧飛行的集團會合，接著飛向身在前方的索吉歐。

「回來了啊。被爪抓住的人，你看見了什麼？」

「嗯，弄清楚了很多事情，包括我的船為什麼被攻擊。」

奇德在周圍的獅鷲騎士注視下，目不轉睛地看向索吉歐。

「我想先確認一件事。你知道飛空船……就是那種巨大的船嗎？你們一直都在和船戰鬥嗎？」

「你從上面摔下來的那個嗎？沒錯。」

「這樣啊。要是我沒猜錯，至今為止和你們交戰過的船隻，還有在森林放火的傢伙，他們的目的我都搞清楚了。一切都是為了源素晶石……也就是你們稱之為虹石的東西。」

「我不明白地趾在想什麼，虹石就連雛鳥也能輕易地撿拾。你是說他們為此拚上性命戰鬥嗎？」

眾人頓時為之譁然。不只索吉歐，其他獅鷲騎士也流露出困惑的神色，連霍加拉都顯得半信半疑。對於哈耳庇厄來說，奇德這番話就是如此令人難以置信。

「那些飛空船是靠源素晶石飛行的，源素晶石在我們看來是無論有多少都不嫌多的有價物品，而且到了不惜和所有哈耳庇厄為敵也想搶到手的程度。」

議論聲沒有平息，各式各樣的意見互相交雜。帶頭的索吉歐閉目沉思片刻，不知為何滿意地點了點頭。

「那些事情我們無法理解，你來到這裡果然是有價值的。那麼你會怎麼做呢？地趾的戰士。你和你的船也想要虹石嗎？」

哈耳庇厄們的視線全數集中到奇德身上。身為在場唯一一個『人類』，就算現在和他們一同行動，身為俘虜的事實也不會改變。在帶來沉重壓力的注視下，奇德態度坦蕩地回瞪巨漢。

「不對，我不是戰士，是騎士！放火搶奪是盜賊的行徑，我絕不會幹那種事！」

「哦，你的振翅聲沒有虛假。或許你是這樣的人，但除了你以外的人也會抱持著同樣的想法嗎？」

「呃……」

奇德頓時無言以對。的確，以埃姆里思為首的『黃金鬣號』船員們都很通情達理，說服他們站在自己這一邊並不難。但是，一旦牽扯到國家層級的判斷又將如何呢？源素晶石已經是戰略物資，不難想像它將會影響國家大計。究竟有誰能拒絕這麼優良的礦脈？奇德腦中閃過那名努力支撐起一個大國的女王面容。如果是她，她究竟會——

「現在還不知道，可是我們首先要阻止這場侵略才行。我看不慣這種做法，假如對殘忍的事置之不管，那我就沒有理由拿起杖和劍了。」

「你很勇敢。不過，飛得太高的鳥，也會很快跌落。」

「在地面前行可是我們的長處啊。就讓我用自己的方式去做吧。」

某處傳來了低笑聲，哈耳庇厄們無不瞪大雙眼，因為他們看到了極為難得的光景——索吉歐嚴肅的面孔竟露出了微笑。

「好吧。那麼……『騎士』，看來還能與你一同飛翔啊。」

「謝了。」

索吉歐恢復原本的表情後，用力揮動幾下翅膀。

「這裡已經沒有留下什麼東西了，回村子吧。我們必須考慮接下來的事。」

風切和三頭獅鷲獸掉轉方向，其他獅鷲獸緊隨其後，瓦多也加入集團中。奇德坐在鞍上凝望著愈來愈遠的黑煙。

「少爺，現在已經不是冒險的時候了啊……」

奇德抱頭苦嘆，只能對不在場的主人狠狠抱怨一番。

◆

雲的陰影緩緩流過意外有著高低起伏地面的飄浮大陸，描繪出斑駁的輪廓。即使整個大地都浮在空中，但也不代表這塊神祕的土地位於比雲層更高的地方。

有一些行動倉促之物出現在和緩流動的影子中，那是揚起巨大帆布，在空中飛行的不可思議之船——飛空船。船隊高高掛著孤獨的十一國旗幟，大搖大擺地行經上空。

在大半由運輸船組成的船隊中心，有兩艘格外巨大的船艦。船身覆蓋著裝甲的兩艘龐大船艦，正是作為旗艦的重裝甲船。

「哎呀哎呀，真是太美了！那彩虹色的光輝……比任何寶石都來得美麗。」

一道尖銳的嗓音在重裝甲船過度寬敞的艦橋響起。『孤獨的十一國』由都市國家群組成，其中一名評議員『約蘭妲・蘭弗朗奇』仔細地端詳著擺在眼前的容器，口中不停地稱讚。

結晶質的石頭在嚴密封起的容器中流瀉出淡淡的虹色光芒，其名為源素晶石。

「咯咯咯，不久前分明比路邊的石子還不值錢，如今居然比黃金還要珍貴。做生意就是這樣才有趣！」

約蘭妲聽見那輕浮的笑聲，臉上頓時失去了笑容。那個年輕男人即使面對實質上統治著都市國家的評議員也毫不客氣，其名為『托瑪索・皮斯柯波』，他也是都市國家的評議員之一。但他和約蘭妲所屬的都市不同，而且他受託指揮的是另一艘重裝甲船。

「唉，真是粗魯的形容。竟然不懂這樣的美，讓人難以相信那是出自評議員身分的人口中說的話呢。」

「真嚴厲。外表怎樣都無所謂，這些玩意兒的真正價值在這裡。」

托瑪索抿嘴一笑，敲了敲桌子。

「就是飛空船。多虧了那個得意忘形的大國，現在的西方再也找不到哪個國家沒有這傢伙了。」

他放聲大笑，順便幫自己倒了些擅自從船艙悄悄拿來的酒。這是他闖進約蘭妲的船後最先找出來的東西，約蘭妲也懶得跟他計較這個壞習慣，只是把視線轉回源素晶石上。

「呼……這塊大陸就有如寶石箱，其中到底埋藏了多少寶石呢？」

「嘿嘿，說得好。不過得先解決那些鳥才能打開箱子，牠們叫做魔獸吧？蠻荒之地就是這一點麻煩。」

再次被潑冷水後，約蘭妲明顯地皺起了眉頭。然而青年假裝沒看見，繼續乾掉杯中美酒。

「那種東西就跟害鳥一樣，不是嗎？竟敢纏著我的寶石箱不放，真是令人厭惡。」

「噗哈！家園被燒掉當然會拚命啊。不過，妳有辦法吧？害鳥似乎也有同伴意識呢。」

笑聲不絕於耳，眼看著托瑪索準備打開第二瓶酒，約蘭妲也懶得阻止了。這時她突然抬頭問：

「對，那群害鳥很礙事，但……你不覺得騎在牠們背上的小東西挺漂亮的嗎？」

「哈？還可以吧。妳該不會打算捕捉他們吧？」

托瑪索皺起眉頭。當然，會說出這句話並非出自於溫柔。

「那些東西處理起來很麻煩，而且根本不曉得該用在什麼地方吧？」

若是人類之間的戰鬥，或許還可以把打敗的敵人收為奴隸。但是想馴服可以飛在空中並使用魔法的哈耳庇厄，不僅極為困難，還十分危險。

只有麻煩而毫無益處，那對他而言就等於沒有任何商品價值。不過約蘭妲似乎有不同的見解。

「哎呀，我倒有個很好的方法。剝製成標本不就行了？那樣他們就不會再口出狂言，還能擺在船上當成美麗的裝飾品。」

「什麼!?呃，那樣是會變得聽話沒錯啦……我從以前就覺得妳的興趣很奇怪，真夠詭異的啊。」

「跟年輕小夥子討論何謂美好像太早了點呢。」

面對不曉得在幻想什麼而發出怪異笑聲的妙齡女性，托瑪索的醉意頓時消退。雖然約蘭妲喜愛美麗的事物，然而她的一言一行卻充滿了高高在上且看不起對方的傲慢。

「我真同情那些鳥……」

他語帶無奈地說道。這時，有名傳令兵跑到了艦橋上。

「報告！前進方向發現獸群！看來是上鉤了！」

「哎呀，真是說人人到。」

「呵呵。八成是來看被燒掉的『巢穴』，我猜附近還有其他巢穴。」

托瑪索戀戀不捨地收起酒瓶，轉眼間便恢復清醒，並立刻旋身往回走。

「我回船上了，妳可別輕忽大意啊。」

「彼此彼此，你也別來妨礙我的好事。」

兩艘重裝甲船拉開了彼此的距離。周圍的運輸船接連不斷地派出快速艇出擊，並在空中擺出陣勢。

◆

巨大的獸群展開雙翼在空中飛翔。那是獅鷲獸——受擁有翅膀的種族哈耳庇厄選為騎獸的決鬥級魔獸。

平常宛如空中霸者般強而有力的獅鷲獸，如今卻有些倉皇並搖搖晃晃地飛行。對哈耳庇厄和獅鷲獸來說，看見森林燃燒的光景就如同看見自己的家園被焚燬般，不可能什麼感覺也沒有。

「前方有東西！」

陷入恍惚狀態的集團所散發的感傷情緒，被風切突如其來的大喊阻斷了。他們連忙朝前進的方向凝神看去，發現了一道飛行不穩的渺小身影。

「那是離群的獅鷲獸嗎？」

「可能是來自被攻擊的村子。過去看看！」

集團隨即改變路線。靠近一看，那的確是脫隊的獅鷲獸。獅鷲獸悽慘的狀況逐漸清晰，牠全身傷痕累累，腳也無力地垂著，傷口仍在滲著血水，並且隨著每一次揮動翅膀而灑落。

那並不是操縱狂風的魔獸應有的威容，牠只能拚了命地支撐自己別墜落。負傷的獅鷲獸察覺集團靠近的時候，似乎稍微恢復了一點力量。

「只有獅鷲獸……？不，獅鷲騎士也在！」

身為風切的索吉歐靈巧地命令三頭獅鷲獸朝著負傷的獅鷲獸靠近。牠背上還有一個因精疲力盡而無法行動的哈耳庇厄，索吉歐在靠得夠近之後縱身跳到空中，並且揮動自己的翅膀飛到負傷的魔獸背上。

「……翅膀還在動。你保住了主人一命呢。」

哈耳庇厄因為傷重而昏迷，但是還有呼吸。為了保護騎手，獅鷲獸挺過了慘烈的戰鬥，牠遍體鱗傷的模樣就是最好的證明。集團庇護著渾身無力、鳥喙顫抖的獅鷲獸打算繼續前進。

——然後，索吉歐便看見了在遠處搖晃的影子，以及調遣無數船隻、身披厚重鎧甲的龐然大物。

魔導兵裝產生的風吹送著巨人騎士乘坐的船，那是在空中高速飛翔的小型船，其名為快速艇。

一看到上頭描繪著十一之杯、隨風飄揚的紋章，索吉歐立即向集團高聲喊話：

「獅鷲騎士們，準備戰鬥！我們的敵人正在逼近!!」

他重新緊抱住重傷昏迷的哈耳庇厄，做好與之一戰的覺悟。獅鷲獸們向前疾飛，迎戰領先重裝甲船衝來的快速艇。

奇德和安吉羅乘坐的獅鷲獸瓦多也在集團內，他們環視大聲吶喊以提高鬥志的哈耳庇厄們，接著緊緊盯向逼近的飛空船隊。

「那面旗子……是哪個國家？他們就是焚燒了森林的犯人，也就是安吉羅你們的敵人嗎？」

之前那麼吵鬧的安吉羅此時也緘口不語，只是瞪著那些飛在空中的船。眼見瀰漫在集團中強烈的敵對情緒，就足以判斷對方正是與哈耳庇厄敵對的國家了。

「可惡，幻晶騎士來了。大概是法擊戰特化型機，而且還帶上了後面的大頭目。」

對方的船艦擁有足夠的裝甲武裝，恐怕也具備法擊戰特化型機的對空能力。儘管雙方還有一段距離，也能夠深切感受到來自重裝甲船的威脅。奇德握緊韁繩，深吸了口氣。

「好。我們也前進吧。」

「……奇德。那些不是你的同伴嗎？」

與幹勁十足的他相反，安吉羅有所顧忌地問道。奇德舉起手臂回答：

「從掛著的國旗來看，他們不是我的同伴，而且我說過了吧？我不能原諒那種強盜般的做法。現在正是為了騎士的榮譽戰鬥的時刻。」

獅鷲獸接二連三地越過交談中的兩人，奇德認出其中也有霍加拉的身影，他縮了縮身體。

「在森林放火，還傷害我們的同胞！你們這些罪大惡極之人！馬上滾出我們的大地！」

獅鷲獸們張口發出啼叫，產生的狂風迴旋纏繞，接著伸長並形成龍捲風，而對方則是發射出一波法彈回敬。熊熊燃燒的火焰彈在龍捲風的表面炸開，狂風與火焰交錯，揭開了戰鬥的序幕。

戰鬥之初，哈耳庇厄們處於優勢。獅鷲獸在速度方面占了上風，而且還能操縱強力的風系統魔法。相對的，快速艇雖然也夠快，卻不善於靈活機動，掩護的法擊也一直打不中魔獸，只能徒然在空中燃盡。

「只有這種程度嗎！虧你們還敢來到天上！」

霍加拉騎乘的獅鷲獸以短促的鳴叫回應她的呼喝，接著以超越其他獅鷲獸的速度一口氣拉近與敵人的距離，並向船體放出暴風吐息。

這一擊眨眼間便撕裂了船帆並折斷帆柱，還彈開了幻晶騎士的裝甲，魔導兵裝也因此掉落。因為負責迎擊的幻晶騎士受損，快速艇什麼都做不了，只能單方面承受哈耳庇厄憤怒的猛攻，一架又一架地被破壞。

「在這裡解決他們，讓他們再也無法侵犯我們的森林！」

「是！」

受到霍加拉的戰果鼓舞，哈耳庇厄們沸騰了起來。居住的森林被焚燒，同胞也死傷慘重，使他們的怒火轉化為一氣呵成的猛烈攻勢。

就在此時，原本被逼至絕境的快速艇改變了行動。衝在前方的部隊往後退，後方待機的部隊則上前，他們以兩艘為一組，異常地放慢了速度。騎乘在獅鷲獸背上的哈耳庇厄見狀都笑了。

「那些傢伙不懂怎麼在天空戰鬥啊！」

「終究是地趾!!」

奇德乘坐的瓦多在衝上前的獅鷲獸當中慢了一步。這也不能怪他，因為人類與哈耳庇厄的空中適應性相差甚遠，雖說有安吉羅的協助，也不能輕鬆地彌補差距。

然而，正因為落在了集團後方，他才能看到不同的景色。

「……真奇怪。為什麼贏得那麼輕鬆？」

「因為我們很強啊！」

「的確很強，所以才奇怪……如果是這樣，那他們是怎麼打贏鄰村的!?」

被火焰籠罩的森林不可能和此時相遇的敵人無關。那群飛空船隊應該已經消滅了一個哈耳庇厄村落，那麼我方為何能以如此一面倒的形勢進攻呢？奇德的疑問馬上就以最壞的形式得到了解答。

哈耳庇厄們乘勢不斷發動進攻。後援部隊雖然是以兩艘組成，但霍加拉與獅鷲獸仍不以為意地衝了過去。

「不過數量多了一些就想取勝……什麼!?」

激昂的語調突然減弱，霍加拉不禁懷疑起自己的雙眼。有個瘦小的人影被粗硬的鋼線牢牢地綁在快速艇的船首，那是——一名哈耳庇厄少女。

「梅茲美!?」

霍加拉扯開嗓門喊出記憶中的少女姓名。那不就是生活在隔壁村的哈耳庇厄嗎？她每次來到村子時都會與她親密交談，因為不擅長騎乘獅鷲獸而感到悲傷的少女，現在卻面目全非地出現在眼前。

少女一動也不動地被綁在船首，不知是生是死。要是繼續放出暴風吐息絕對會波及到她，霍加拉悲痛出聲的同時拉住了韁繩，獅鷲獸也驚慌地把將要施放而出的魔法收了回去。

「你……你們這些傢伙!!」

儘管滿腔怒火，她卻無法出手，只能懊惱得咬牙切齒。她隨即改變前進方向，想從旁越過快速艇——卻正好落入敵人的圈套。

一道薄影冷不防地在眼前展開，兩艘快速艇中間竟然張開了一張網子。當她察覺時已經來不及了，霍加拉乘坐的獅鷲獸一頭衝進了網子。

那原本是為了對付幻晶騎士的裝備而製作的東西。織入鋼線的網子驚人地牢固，就算是決鬥級魔獸也很難逃脫。獅鷲獸開始胡亂地掙扎，試圖擺脫纏在爪子與翅膀上的網子。

「可惡！可惡！這種東西，只要放出風……」

聽到霍加拉的指示，獅鷲獸張開嘴準備放出暴風吐息。

然而，快速艇搶先採取了行動。坐在後方的幻晶騎士拿起一個奇怪的筒狀裝置，筒的前端一對準獅鷲獸就噴出煙霧。那是燃燒了某種含有麻醉成分的植物的煙。

獅鷲獸感到不舒服而扭動身軀。決鬥級魔獸的龐大身體雖然也有一定程度的藥物耐性，但煙霧發揮最大效果的對象是身為騎手的哈耳庇厄。

嗆到煙的霍加拉很快就失去意識而倒下，一直劇烈掙扎的獅鷲獸的動作也明顯地變得遲鈍。那並非煙霧的作用，而是因為獅鷲獸害怕牽連到昏迷的騎手。

這樣的狀況對於獅鷲獸來說是全然未知的，牠完全沒想過一同在天空翱翔的嬌小友人會失去意識拋下牠。獅鷲獸既勇敢又聰明，而且自尊心極高，但是如今牠的聰明卻決定了牠的命運。

「哈哈哈!!野獸之流卻莫名其妙地擁有感情！」

幻晶騎士看見獅鷲獸無法自由行動的樣子，一下子振奮了起來。幻晶騎士隨即更換魔導兵裝，以背面武裝瞄準獵物。在這麼近的距離下絕對不會射偏。

感受到生命威脅的獅鷲獸扭動身體試著逃出網子，但是在顧及背上騎手的情況下，牠又能做出多少抵抗呢？

射出的法彈鎖定了獅鷲獸的頭部，平常能輕易躲開的攻擊，在這種情況下只能讓對方得逞。獅鷲獸的頭部受到衝擊而後仰，捲入火焰中的皮毛也燒了起來。不愧是決鬥級魔獸，一發法彈還打不死，可是這個事實對牠來說毫無幫助。

多發法彈朝著獅鷲獸猛烈擊發，即使是決鬥級魔獸，也不可能承受得了永無止境的攻擊。

獅鷲獸遭受猛烈轟炸的頭部燒焦潰爛，受傷的眼睛也已經睜不開了，牠的翅膀、腳以及軀體都

被法彈擊中，巨大的身軀亦隨著每次爆炸而晃動。獅鷲獸已經領悟到自己的命運，牠口吐白沫，用僅存的生命力張開嘴巴，凝聚剩餘的魔力產生狂風——

在魔法現象在構築完成前，獅鷲獸就被法擊狠狠地擊中。衝擊無情地奪走了魔獸的生命。被打斷而歪向一邊的頭部無力下垂，高傲的天空魔獸從此再也無法行動。

「真是，這隻魔獸還真頑強。」

「別管那個了，趕快把牠運回去吧。真是重得要命啊。」

失去生命的魔獸已無法維持魔法現象，被網住而停止動作的巨獸淪為累贅，兩艘船將捕捉到的獅鷲獸和牠背上仍舊昏迷不醒的哈耳庇厄帶回重裝甲船。

「喂，貨送到了！」

兩艘快速艇把魔獸的屍體運到重裝甲船的甲板上，接著立刻起飛尋找下一個獵物。

等待交接的船員們跑了過來，把哈耳庇厄從斷了氣的魔獸身上拖下來。精疲力竭的霍加拉被粗魯地拋下，然後直接被運往船內。留在原地的只有巨獸的屍骸。

「這頭魔獸怎麼辦？要做成毛皮嗎？」

「上面又沒交代，鞣製起來也很費工夫，當然是丟掉了。」

收到指示的幻晶騎士站起來。鋼鐵巨人抓住獅鷲獸的屍骸後，隨手從船的邊緣扔了出去。脫落的羽毛在空中飛舞，巨大魔獸的身影最後消失在了樹木之間。

◆

敵人在各處設下了同樣的陷阱，把哈耳庇厄們逼得走投無路。逞一時血氣之勇而衝出去的獅鷲獸逐一被快速艇部隊包圍，顧念同伴的心束縛了牠們的翅膀，敵人便趁著猶豫的空檔以法擊討伐獅鷲獸。

落後於集團的奇德目睹這樣的慘狀。

「可惡！那些傢伙到底多卑鄙啊!?那樣也算騎操士嗎!!」

雖然氣得咬牙切齒，他卻沒有能夠改變現狀的好方法。再說他現在也不是坐在幻晶騎士上，而是騎著不習慣的獅鷲獸，到底能發揮多少作用還很難說。

就在此時，索吉歐的聲音在空中響起。

「大家退下！撤退！」

三頭獅鷲獸噴出三種吐息強行介入同伴與快速艇之間的戰鬥，總算從陷阱中逃脫的哈耳庇厄們卻猶豫不決地喊道：

「風切！你能容許如此卑鄙的行徑嗎!?」

「當然無法容許，但如今已不只是鄰村的事了，為了取勝，我們甚至不得不奪去自己的羽翼！」

已經有好幾頭獅鷲獸被殺害，數量正不斷地減少，還有數名哈耳庇厄落入敵方之手。若是戰鬥再持續下去，勢必會伴隨巨大的犧牲，而且他們無法貫徹冷酷的態度，攻擊被挾持的同伴。

獅鷲獸們不得不後退，哈耳庇厄只能怒目瞪視彷彿嘲笑自己般持續挑釁的快速艇。就算累積更多的犧牲，也得不到任何成果。

而在撤退的集團中，一頭獅鷲獸逆行而上，那正是奇德所乘坐的瓦多。牠悄悄地從混亂的集團中離開，繞過主戰場飛行。

「奇德？你要做什麼？」

「去救霍加拉……不，去救大家。」

安吉羅有些驚訝地睜大眼睛。儘管性情灑脫不受拘束，但她終究也是集團的一員，也十分擔心那些被帶走的人。

「我不打算原諒那麼殘忍的事。人和……哈耳庇厄之間的戰鬥或許無法避免，但不該用那種火攻和挾持人質的方法！他們簡直不擇手段！」

這可能是源於奇德與哈耳庇厄有過交流才會油然而生的感傷。無論如何，唯一能夠確定的是，現在與他們對抗的敵人並無意善待哈耳庇厄。

「可是他們那樣做，我們也沒辦法啊！沒用的……」

「反過來說，只要救出人質，那些傢伙就沒有勝算了。」

安吉羅睜大雙眼看著奇德，而奇德的視線卻盯著另一邊不放。奇德定睛注視前方帶走霍加拉的巨大船隻——重裝甲船，也就是敵方的大本營。

「怎麼辦，該怎麼做才好？快思考……一定有方法。」

他身為哈耳庇厄集團中唯一瞭解西方的人，應該能站在不一樣的角度思考。

「要潛入嗎？不行，還不知道裡面有多少人。」

奇德忍不住咬緊牙關。並不是只要救出霍加拉就好，船內恐怕還有更多的哈耳庇厄。因為已經至少有一個村落遭到襲擊了。

「反正肯定要潛入那個大傢伙，至於怎麼逃脫……只能搶船了嗎？」

不管怎樣都必須到達重裝甲船附近才能潛入，但光是這樣就極為困難。因為重裝甲船周圍布署了快速艇嚴密地防護著，再加上獅鷲獸雖然是強力的魔獸，卻太過醒目，根本不適合隱密地靠近。

遂漸後退的集團此時又發出了驚叫聲。

「後方也有船來了！」

奇德急忙回頭，看見了另一支船隊從不同方向出現，原本就已陷入困境的哈耳庇厄們更是無路可逃。

「該死，他們還有兵力嗎！到底有多少船跑來這邊了啊!?」

奇德不禁渾身戰慄，心裡有個聲音低語著要他放棄。哈耳庇厄們的處境進一步地惡化了。

第八十二話　在火焰的另一頭做個了斷

一隻巨獸在空中悠然展翅翱翔。眺望著獅鷲獸驚慌逃竄的景象，在孤獨的十一國擔任評議員的約蘭妲・蘭弗朗奇發出了尖銳的笑聲。

「一開始還挺有氣勢的，瞧瞧現在成了什麼樣子。傳說中的魔獸也不過是群野獸罷了。」

利用抓到的哈耳庇厄作為人質的戰術得到了意想不到的效果，正面作戰時非常難對付的獅鷲獸也已淪為被獵捕的動物，那副狼狽的模樣看起來甚至有點滑稽。當她盡情地笑完並坐回椅子上時，謹慎的敲門聲在艦橋的入口處響起。

「打擾了。新材料已經送到，請閣下檢視。」

幾個士兵魚貫而入，將貨物運到艦橋。覆蓋的布下是一名四肢被捆綁的人——不對，那是一位年輕的哈耳庇厄女性。也許是被捕時的藥效還在的緣故，少女仍然昏迷不醒——她正是霍加拉。

約蘭妲倏地站了起來，一臉嚴肅地檢視霍加拉全身。這個貨物叫什麼名字，有什麼樣的想法，這些對她來說完全沒有意義，她只對其作為商品的價值感興趣。

「這個材料……在過去抓到的獵物中也算特別好的呢。」

從約蘭妲的審美觀來看，她的模樣非常美麗。不僅年輕，而且身形勻稱，外形本身亦完美無缺，肌膚光滑、毫無損傷。一開始便選擇使用藥物捕捉，正是為了避免造成多餘的傷痕。哈耳庇厄族的特徵之一是有著一頭長髮，不過髮質非常堅硬，約蘭妲知道他們在天空飛翔時頭髮就會變成翼狀。

「呵呵呵……這麼棒的材料，一定可以把我的船裝飾得更加美麗。啊啊，等不及看到成品了。」

士兵們面無表情地聽著她陶醉的低語。這番話要是讓能夠理解的人聽見，八成會懷疑她是不是瘋了，但如果這種程度就動搖不安，可當不成她的部下。

她的白日夢很快就被一陣急促的腳步聲和跑進來的士兵打斷了。這個士兵先是被評議員不悅的目光嚇了一跳，又本著他的責任感而留下。

「報、報告！從被追捕的魔獸另一端，出現一支所屬不明的船隊！」

「什麼？哪來的不速之客，居然敢來打擾我。那種東西讓托瑪索小那子去解決，我現在可忙著呢。」

「這個……不！小、小的明白！」

收到強人所難的命令讓士兵忍不住垮下臉，但約蘭妲自然不會把這種事情放在心上。她只是一心一意地沉迷於該如何『加工』眼前的材料。

◆

——飛空船。不同於孤獨的十一國的飛空船隊攔住了哈耳庇厄撤退的路線，被前後包夾的哈耳庇厄們頓時亂了手腳。

「……我們只能束手就擒了嗎？」

「在這樣的狀態下，我們還能戰鬥嗎!?」

雖說遭到包圍，但如果只是想強行突破或許還有可能。畢竟獅鷲獸足夠強大，戰鬥方面跟人類的船艦相比也毫不遜色，然而這麼一來就無法避免出現更多的犧牲。敵人把抓來的哈耳庇厄當作人質的戰術十分惡毒，讓他們不知道該如何應對。

風切索吉歐身為集團的領導者，必須做出決斷，他騎乘的三頭獅鷲獸也不安地側頭看著主人。索吉歐悶不吭聲地注視新來的飛空船隊，比平時更嚴肅僵硬的臉上看不見變化。接著，他向那名意料之外的對象問道：

「與我們同行的地訑，有件事情要問你。你們會用旗幟來代表各自的集團，沒錯吧？」

騎著獅鷲獸瓦多的奇德突然被這麼一問，連忙凝神向遠方看去。他仔細看著前方的飛空船隊，發現旗幟的紋章不同。那不是象徵孤獨的十一國的十一之杯，而是結合波浪和鳥的圖案。

「那、那是和後面的傢伙不同的國家！可能不是敵人！」

「沒錯。我對那個圖案有印象，那是和我們訂立古老盟約的證明……全體前進！」

聽見索吉歐篤定的答案，哈耳庇厄們也不再動搖。大夥兒毫不猶豫地朝著前方的飛空船隊靠近。只有奇德在匆忙追趕集團的時候扭過了頭，詢問緊貼在自己背後的對象：

「安吉羅，那是怎麼回事？你們……有地趾的朋友嗎？」

「沒錯！我們對地趾並不是一無所知喔。」

奇德被撲動翅膀、傾身向前的安吉羅壓著，差一點就要失去平衡，好不容易才勉強穩住身。

「嗚！也就是說，至少對方不是敵人，如果是同伴就更好了。」

畢竟他們孤立無援，光是來者並非敵人這一點就能令人感覺輕鬆不少。不過還不知道對方來到飄浮大陸的目的為何，奇德在保持警惕的同時，跟著集團接近船隊——

緊繃的情緒在他發現船隊中格外醒目的一艘船艦後，一下子消散了。

「啥!?那不是『黃金鬣號』嗎!?少爺怎麼會在這裡!!」

那艘他非常熟悉的船大大方方地混在船隊中。除了宛如劍般銳利的外型，更重要的是，他不可能認錯那個用來代替國旗的獅子紋章。

「吶，你認識那艘船嗎？」

「那還用說！我就是搭那個過來的……沒錯，那是『黃金鬣號』!!」

說到一半時，奇德突然睜大眼睛。他想起了『黃金鬣號』上載著什麼東西。

獅鷲很強大，對於騎不慣的人來說卻不好駕馭。相對的，如果飛空船——如果操縱船上裝載的幻晶騎士，那就是他大展身手的時候了。

行動的選項一下子增加了。一想到手中閃閃發光的王牌（Joker），奇德立刻一甩韁繩，瓦多隨之發出啼叫響應。他們追過集團並不停加速，無視陌生國家的飛空船，筆直地飛向『黃金鬣號』。即使看到奇德突然失控，安吉羅也不著急，仍穩穩地張開翅膀支撐著他。

「怎麼了？那邊有你的同伴嗎？」

「不只有同伴！嘿嘿，那邊還有我的『搭檔』！我有個好主意，順利的話，說不定可以救出霍加拉……不，也許可以救出所有人。」

他的動作絲毫沒有遲疑。看到他自信滿滿的樣子，安吉羅點點頭。

「嗯，我知道了。我會幫你的，一起救出大家吧！」

「包在我身上！走了！」

獅鷲揮動翅膀，一口氣往上飛起，接著朝『黃金鬣號』的甲板慢慢降落。

◆

孤獨的十一國軍也注意到哈耳庇厄的行動發生變化。本來只剩下任人宰割一條路可走的獵物，居然混入了他國的船隊。

只論戰力規模的話是孤獨的十一國軍占上風，但是他們無法決定該如何應對敵我難辨的對手。再者，人質作戰只對哈耳庇厄有用，在與人類的戰鬥中毫無作用，因此他們不得不改變戰術。

而在孤獨的十一國軍猶豫不決的時候，一艘外型像劍一樣尖銳的船隻從他國的船隊之中開始迅速前進——

獅鷲獸降落於頂部甲板時，『黃金鬣號』的船員們被嚇得不輕。其中一人撲向傳聲管大聲吼道：

「這裡是頂部甲板！緊急情況！有魔獸來了，請盡快迎擊——!!」

「等等！『魔獸騎士』由舒梅弗里克軍處理。牠不會發動攻擊……應該吧。因為我們跟他們說好了不能隨便攻擊！」

「欸欸，可是真的來了！喔喔哇啊啊!?」

在船員們你來我往地對話期間，魔獸已近在眼前，根本無法阻止。其龐大的身軀展開巨大的翅膀降落於甲板上，輕微的咯吱聲和鳴叫混入風中迴盪出聲響。

船員們躲在陰影後面悄悄探出頭，雖然上頭的人說對方是友非敵，可是魔獸真的會站在自己這邊嗎？身為來自弗雷梅維拉王國的人，他們實在很難相信這件事。不過這樣的懷疑也只持續到某個人影從魔獸背上跳下來為止，而且出現的還是一張熟悉的面孔，眾人見狀不禁發出怪叫。

「啥啊啊啊啊!?奇德!?你怎麼會騎著魔獸回來啦?」

「喔!好久不見。唉,我掉下去以後,受到別人一點照顧……不說這個了!我有很重要的事情找少爺和你們商量,情況緊急。」

對於解釋得不清不楚但鬥志高昂的奇德,船員們的臉色變得凝重,馬上點點頭,指著後面的入口說:

「好,你去吧。連你都說情況緊急的話,那一定很糟糕了。」

「謝了!瓦多就拜託你們照顧一下囉!」

「啥?喂,該不會……」

不知為何奇德背後還緊貼著一個陌生女孩,但奇德沒等船員們回答,便逕自衝進了船艙。留下的船員們滿臉詫異地目送他離開,接著膽戰心驚地回頭——獅鷲獸大剌剌地坐在甲板上的景象躍入眾人眼中。

「他說那個叫瓦多?是說我們到底要怎麼照顧一下這頭魔獸啊?」

在他們不知所措地交頭接耳時,瓦多短促地「嘎!」地叫了一聲作為回應。

奇德一口氣跳下梯子,穿過了狹窄的通道。畢竟奇德對於這艘船的內部構造瞭若指掌,就這麼片刻不停地闖進艦橋,高聲喊道:

「少爺!大家!有件事想請你們幫忙!」

「啊？奇德!?你這小子，雖然知道你不會輕易死掉，但你居然騎著魔獸回來了！……話說回來，你後面的小姐是誰？」

「我是安吉羅！風切的雛鳥，請多指教。」

「嗯？我是埃姆里思，這艘船的船長！也請妳多指教！」

「以後再打招呼！現在情況緊急！」

奇德站在很快就混熟的兩人之間朝窗外指去，眼前是控制了空域的重裝甲船與在它周圍予以保護的快速艇。埃姆里思朝填滿了天空的布陣瞥了一眼，盤起雙臂擺出高傲的架勢說：

「哼，那是孤獨的十一國軍吧。我們上次碰到他們的時候也被找過麻煩，不過現在旅行的同伴增加了，我可不會讓他們再次得逞。」

「呃，你們的遭遇聽起來也讓人超級在意的，但現在沒空管這些了。該從哪說起才好呢……」

奇德指著仍緊貼在自己背上的安吉羅說：

「這個叫做哈耳庇厄，是住在飄浮大陸的人。」

「這個……？」

不知為何還掛在奇德身上的安吉羅輕輕地拍動翅膀給埃姆里思等人看。哈耳庇厄平常的模樣與人類並沒有太大的區別，所以看見她操縱著人類明顯不應該有的器官後，埃姆里思和船員們都饒富興味地盯著直看。

奇德大致說了一遍事情的經過，包括從船上掉下來後住在哈耳庇厄村的事，以及與在森林放火的孤獨的十一國軍隊交戰之事。

「哦，聽上去這些傢伙讓我想到亞爾芙……不，是某個種族。他們把這位小姐的同伴抓起來當作人質，沒錯吧？」

「而且還放火燒森林！原因大概是……不，這個晚點再說。」

奇德不禁欲言又止，因為還不能在所有人面前談論源素晶石。船員們雖然都很值得信賴，不過還是有必要謹慎處理。

聽過他有些含糊其辭的說明後，埃姆里思陷入了沉思。一股焦躁的情緒湧上奇德的心頭。

「所以呢？為了幫助第一次遇到的飄浮大陸居民，你要對抗一個國家的軍隊？你知道自己在說什麼嗎？」

「……知道，但我無法原諒他們的做法。」

埃姆里思從船長席上站起，高大的他低頭看著奇德，奇德也堅定地回望他，安吉羅則是縮到了奇德的背後。

片刻後，埃姆里思揚起嘴角一笑。

「這樣啊。那就沒辦法了……聯絡舒梅弗里克的船！我們將展開對孤獨的十一國船隊的戰鬥，以及營救被抓的哈耳庇厄族！各自配合時機行動！細節隨後告知！」

「是，長官！」

船員們快速開始行動，命令一個接一個地透過傳聲管發布，船帆很快地折疊收起，起風裝置也停止運作。魔力流入魔導噴射推進器，船體開始微微震動。『黃金鬣號』有如狂暴的野獸般，暗暗地燃起鬥志準備戰鬥。

奇德環顧四周，驚訝得說不出話，然後又很快回過神。

「由開口拜託的我這樣講可能很奇怪，不過少爺，這樣真的可以嗎？敵人可是有一支大軍啊。」

「追根究柢，是孤獨的十一國挑釁得太過火了，手段也讓人看不過去，不能再視而不見了。要趁擁有足夠戰力的現在給他們一點教訓，而且讓那些叫哈耳庇厄的人欠個人情也不賴！另外，奇德，先不說兵力多寡，人質才是最棘手的問題。你打算怎麼做？」

「我會讓你瞧瞧銀鳳騎士團的做法，另外也希望各位幫忙……」

奇德說明完作戰方案後，船員們的臉上都露出驚愕的表情。最後埃姆里思忍不住大聲笑了起來。

「哈哈哈！你們真的老是語出驚人啊。好，全體人員就定位，現在開始要比速度啦！」

「收到！」

「尤其是奇德，你的作戰可別出差錯囉？」

「當然！」

「不會出錯唷～」

奇德馬上敬禮並朝著機庫跑去。目送奇德——背後仍掛著安吉羅——笨拙的身影離開後，埃姆里思撲通一聲地坐回了船長席上。

「你們聽到了嗎？那傢伙消失這麼久才露面，竟然一回來就敢提出那麼多要求。」

「真的很亂來呢。」

有人語帶無奈地回應。在戰鬥中失蹤，才剛回歸又鬧出這麼大的動靜。銀鳳騎士團的人似乎總和魯莽亂來這類的形容詞脫不了關係。

「那傢伙毫無疑問是銀色團長的學生啊。好，前進吧，先進入『射程距離』！」

『黃金鬣號』開始移動，在因為新勢力加入而進入高度警戒的戰場上引起了變化。

首先做出回應的是孤獨的十一國軍的快速艇，它們在隻身突進的『黃金鬣號』附近形成包圍之勢。緊接著，『黃金鬣號』發出光信號，戰場的氣氛驟然轉變。在『黃金鬣號』後方待機的飛空船隊——舒梅弗里克軍也開始向前推進。

採取圍攻之勢的快速艇慢了下來。相較於普通的飛空船，快速艇的速度更快，卻在耐久性和火力方面略遜一籌，因此一旦演變成正面對抗的集團戰，免不了屈居下風。考慮到這點，孤獨的十一國軍也出動了主力飛空船。雙方的船隊愈靠愈近，眼看就要進入決戰階段——

出乎眾人意料的是，『黃金鬣號』完全沒有停止加速的跡象，它仍然魯莽地朝敵方——孤獨的十一國軍的正中央突進。魔導噴射推進器產生驚人的推力，使得巨大船體發揮出和快速艇不相上下的速度。『黃金鬣號』來勢洶洶，甚至拉開了和後續船隊的距離。

待在其中一艘重裝甲船上的評議員托瑪索・皮斯柯波皺起眉頭。

「那是什麼見鬼的速度！我記得之前也遇過那艘船……到底怎麼回事？那群害鳥居然和舒梅弗里克聯合了？」

自從新的兵力——舒梅弗里克的飛空船隊出現，形勢演變就愈發脫離了他的掌控。他根本無法理解為何會有軍隊對他們口中的『害鳥』哈耳庇厄表現出友好的態度，不只如此，一艘高速船獨自闖入我方陣營的舉動也讓人覺得莫名其妙。

「那艘船的速度的確快得令人羨慕，不過區區一艘又能幹嘛？」

懷疑與困惑的情緒一點一點地滲入孤獨的十一國軍，托瑪索搖了搖頭，甩開多餘的顧慮。

「哼，約蘭妲那老太婆打定主意要看熱鬧……好啊，既然主動過來，那我們也不用客氣了。給我擊潰他們！」

◆

——『黃金鬣號』後部特別船艙。

這個特別增設的空間被一架幻晶騎士所占據，那正是人馬騎士『澤多林布爾』。這個機型搭載著兩具魔力轉換爐以維持其運作，因此非常適合用來當作飛空船的動力源。

而方才為止一直沉默地履行職責的騎士被主人喚醒了。奇德火速跳上駕駛艙，在模仿馬鞍的座位上深吸一口氣。他非常熟悉這種感覺——伸出手會碰到操縱桿，腳會穩穩地踩在踏板上——坐習慣的馬鞍果然最棒了。瓦多雖然聰明，終究還是一頭魔獸，擺脫不掉難以駕馭的感覺。

「搭檔，輪到你出場了。我們要討伐那群賊人，把大家救出來。助我一臂之力吧。」

提升輸出動力的人馬騎士響起了進氣聲，聽起來就像是愛機的回答，奇德不禁莞爾一笑。

安吉羅突然從入口處探頭進來，她維持倒掛的姿勢，好奇地觀察駕駛艙的景象，最後將眼光停留在坐在中間的奇德身上。

「這就是奇德的搭檔呀。感覺和獅鷲獸完全不一樣，這個孩子好硬喔？」

「因為它是幻晶騎士啊。本來就不是魔獸，也不會飛喔。」

「嗯～？聽不太懂！」

不知道安吉羅究竟有沒有理解，說不定她根本認為無所謂。只見安吉羅毫不客氣地爬進了駕駛艙，打定主意把奇德背後當作固定位置般坐到他後面，然後和在騎乘獅鷲獸時一樣展開翅膀，困惑地歪著腦袋。奇德輕拍了拍她的頭，告訴她沒有必要這麼做。

「哎，因為這樣才可以做些事。看好了，我會幫所有被抓住的人打開一條『道路』。」

他帶著大膽無畏的笑容握緊了操縱桿，而『黃金鬣號』在這段期間仍然持續地深入敵方船隊。

托瑪索的重裝甲船緩慢前進，與周圍保護的飛空船組成陣勢，快速艇紛紛超過行進緩慢的本船向前飛去。敵人是一艘直衝而來的飛空船，對手是人類，沒有必要採用人質戰術。當雙方進入彼此的射程時，快速艇便開始發射出一波波法彈，『黃金鬣號』也緊接著開始猛烈的法擊。

「無、無法靠近！那法彈彈幕是怎麼回事⁉只是一艘船而已啊！」

快速艇的先發攻勢在宛如要讓天空燃燒起來的法擊風暴面前被狠狠地壓制了。『黃金鬣號』裝載的是克沙佩加製法擊戰特化型機『雷斯瓦恩特‧維多』，而且還是汲取了大西域戰爭經驗後改良的最新型，經由實戰打磨的性能不是孤獨的十一國之流能模仿的。熊熊燃燒的法彈就這樣強行開出了一條路。

「喂喂，氣焰太囂張了吧！」

惱羞成怒的托瑪索乾脆讓重裝甲船擋在前方，以厚重裝甲構成的龐大船身作為一堵牆，意圖攔住對方的去路。緊接著與快速艇一起將『黃金鬣號』團團圍住，打算一口氣將之擊潰。

「唉～真浪費，至少把那個速度的祕密留下來再墜毀吧！」

就算『黃金鬣號』再怎麼以速度自豪，依然很難在密集的法彈彈幕中全身而退。堅信能擊墜它的托瑪索發出勝利的高喊，與此同時，昂然坐在船長席上的埃姆里思露出得意的笑容。

「能打的傢伙傻乎乎地跑到前頭，只有一艘大隻的跑掉了。船上載的貨物有那麼重嗎？……看來那才是主要目標。啟動最大船速，全體人員站穩了！直接衝過去！」

接到埃姆里思的命令後，裝在船體後部的魔導噴射推進器開始全力運轉。伴隨著轟隆隆的響聲，船後拖出一條如流星般長長的火焰尾巴，船體彷彿被踹了一腳般加速向前。挑戰結構極限的動力讓船發出詭異的擠壓聲，比起敵方的攻擊，自身的性能才是最大的挑戰。

船隻甚至甩開了快速艇，一鼓作氣地穿過了孤獨的十一國軍的陣勢。這正是最新型船艦『黃金鬣號』的真正價值──擁有足以靈活自如地支配戰場的壓倒性速度。

「怎麼可能！那真的是飛空船嗎!?可惡，居然鑽到後面去了……原來是這麼回事啊!!」

事到如今才發覺敵艦目標的托瑪索不由得驚叫出聲。那艘飛空船的目標是在船隊後方受到保護的重裝甲船──裝著獅鷲獸和哈耳庇厄的船。除此之外，托瑪索更進一步想到了敵方飛空船為何會做出那樣令人費解的行動的理由。

「不可能……不可能！那群傢伙是傻子嗎？難道他們的目標是被抓的害鳥!?」

措手不及的孤獨的十一國軍連忙想要改變航向。

然而他們此時注意到跟著『黃金鬣號』而來的舒梅弗里克軍飛空船正在步步逼近，之前與他們會合的獅鷲獸也從飛空船之間飛了出來。

「……嗚！別管那艘快船了！全軍迎擊敵方主力部隊!!」

怒吼聲透過傳聲管散播開來，孤獨的十一國軍連忙轉為準備迎擊。

看到只有一艘船朝這裡衝過來的情景，約蘭妲不禁垮下臉。

「真是的，竟然放跑了一隻蒼蠅！托瑪索果然只會耍嘴皮子。你們快給我想想辦法！」

即使她不說，士兵們也展開了行動。重裝甲船緩慢地改變方向，將魔導兵裝的前端對準敵人。突破了所有障礙的『黃金鬣號』在此時放慢速度，面對眼前沒有任何保護的重裝甲船。

『黃金鬣號』衡量著與敵船的距離，並用逆向推進一下子抵銷了速度，緊接著，埃姆里思抓住傳聲管並大吼：

「進入『射程』了！奇德!!」

「是！我們走吧。這可是我們的壓箱絕招，睜大眼睛看清楚了!!」

等候多時的奇德解放了早已構築完成的魔法術式。從澤多林布爾發出的指令乘著魔力在銀線神經中四處流動，並在魔力傳達到船上的裝置後大聲地喚醒了它們。

『內藏式多連發投槍器』——兩側各有16連發，合計32座投射裝置一齊打開蓋子。

紅色的火焰噴湧而出，內部裝填的魔導飛槍衝上空中，又在轉眼間改而水平飛行軌道，順著術式的引導在空中飛翔，目標是堅固但速度遲緩的重裝甲船。在艦橋上目睹威脅逼近的約蘭妲頓時臉色大變。

「那、那是什麼!?」

「那不就是報告中提過的飛空船殺手……克沙佩加的魔槍嗎!?」

「你說什麼!?也就是說，它是克沙佩加王國的船嗎!?!?不、不行啊，這可不妙！」

克沙佩加王國是在大西域戰爭中擊敗了甲羅武德王國並重返大國位置的獲勝者，也是他們最為忌憚的競爭對手。但是他們在上一場戰役受到的傷痕仍未癒合，照理說不會出現在這樣遙遠的祕境。不管如何，當『飛空船殺手魔槍』殺到眼前時，後悔與感嘆皆毫無意義了。

無視亂成一團的重裝甲船，一口氣加速的魔導飛槍挾帶著破壞性十足的威力逐漸逼近。

「目標……避開裝甲並從甲板側進入。」

魔導飛槍最大的特點是可以在銀線神經連接的情況下進行操作，由奇德這樣強大的騎操士所控制的32支魔槍全都不偏不倚地襲向它們的獵物。

重裝甲船確實擁有強大的防禦力，可惜在與瞄準了自己的弱點飛來的魔槍抗衡時，根本無力還擊。飛槍接二連三地刺穿甲板，發出金屬扭曲的沉重嚎叫，隨後具有足夠速度和威力的飛槍輕而易舉地入侵了重裝甲船的內部。

「抓住了……！停止分離的術式！用強化魔法固定狀態!!」

奇德將指令和推進用的魔力輸入魔導飛槍。銀線神經通常會在達到最大長度時結束導向並分離，但因為現在是在極近的距離下使用，銀線神經仍與飛槍相連，因此奇德進一步執行了覆蓋命令。

32根銀線神經從投射裝置連接到魔導飛槍，如今將兩艘船穩穩地連在一起——

「『橋』搭起來了！大家準備好了嗎？」

「噢噢！出擊!!」

利用魔導飛槍的架橋作戰——眼看奇德那聽起來愚蠢無比的構想化為現實，騎士們不禁大聲叫好。他們方才便穿著幻晶甲冑在頂部甲板上待命。接下來便是作戰的第二幕，突擊即將開始。

隨著『空氣壓縮推進』發出轟鳴，沉重的鎧甲一個接一個地跳了出去。飛空船之間由鋼索搭起的立足點雖然看起來極不可靠，但這點搖晃還不成問題。內建『空氣壓縮推進』魔法的幻晶甲冑擁有一定程度的飛行能力，因此在高空走鋼索這樣異想天開的戰術才得以實現。

「安吉羅，我們也上吧！」

「好！等著我喔，霍加拉！」

從澤多林布爾中跳出來的奇德也加入了幻晶甲冑部隊，安吉羅則展翅飛在奇德身邊。

奇德獨自以血肉之軀奔跑著。儘管如此，奇德不愧是銀鳳騎士團的一員，加上身為被那位老師親自教導、鍛鍊的學生，他憑藉著運用豐富的魔法能力，越過跑在前方的幻晶甲冑，第一個跑進了敵船。

「敵、敵襲！敵人在船上……！」

「擋路!!給我閉嘴！」

奇德伸出的銃杖迸散出電光，無情的雷擊魔法燒灼著孤獨十一國的士兵，在船內引發大混亂。他一口氣打垮敵軍，緊接著開始建立通往內部的橋頭堡。遲了一步的幻晶甲冑部隊陸續跑了進來，他們朝被魔導飛槍刺中而毀壞的結構掃視一眼，問道：

「奇德『隊長』！接下來你打算怎麼做？」

「首要目標是解放哈耳庇厄，先到船艙那邊。」

「明白！那麼就一鼓作氣地痛扁敵人一頓吧！」

奇德舉起銃杖，幻晶甲冑部隊隨即排成一列。遍布於甲冑的結晶肌肉發出尖銳刺耳的聲音，並將魔法現象引導的力量轉變為破壞力，強行粉碎擋路的船壁，開始了名為蹂躪的進軍。

◆

飛槍在蒼空之中飛翔，噴出火焰並加速射出的魔槍刺穿了裝備厚重裝甲的巨大飛空船——重裝甲船。

「這也太危險了吧……那艘船到底是什麼來頭!?開什麼玩笑啊！」

目擊約蘭妲所乘坐的重裝甲船的慘狀之後，托瑪索頓時嚇得目瞪口呆。不就是放跑了一艘跑得快了點的船嗎？誰能預料到它會放出『飛空船殺手魔槍』。

不愧是重裝甲船，即便遭受魔槍猛力一擊仍毫無膽怯之意。然而敵方不可能就此罷休。托瑪索猶豫著是否該前去援救，但又很快地改變了主意。

舒梅弗里克的飛空船隊近在眼前。那些船雖然沒什麼特殊的能力，但是數量不少，因此也不容小覷。再加上還有那些原本遭到追擊的『害鳥』和『魔獸』，他的部隊幾乎被困在這裡了，沒辦法隨意地掉轉船頭。

「該死的！約蘭妲那個貪婪的老太婆，妳自己想辦法脫身吧!!」

他此時只能自暴自棄地大叫。

◆

遭到使用魔導飛槍架橋這樣前所未見的作戰所害，又在『空中』被敵方部隊成功入侵，約蘭妲船目前正陷入極度的混亂之中。

「敵、敵方飛空船！似乎用鋼索……抓住本船了！」

「噫噫，敵人！進入白刃戰！巨大的鎧甲……」

慘叫聲此起彼落，傳聲管也充滿了怒吼。由於傳聲管已經喪失原本的用途，使得艦橋難以把握全艦的狀況。

「你們到底在做什麼！不過是幾個傻傻闖進來的蠢蛋！把他們給我包圍起來宰了!!」

「因、因為……！敵人穿著奇怪的鎧甲，非常強大……」

「閉嘴！我不想聽到任何藉口，快點把害蟲擊潰就對了!!」

被約蘭妲歇斯底里地以尖聲喝斥的士兵啞口無言，最後只能沉默地點頭並跑開。

「可惡，怎麼每個人都瘋了。」

沒錯，說到底，這樣的狀況本來就很荒謬。重裝甲船可是浮在空中的——而且在一旦墜落絕對無法得救的高度，誰能料想到在這種地方居然會發生近身交戰的狀況？士兵們缺乏準備，敵人又強大到不合理，而且入侵的敵人如今正來勢洶洶地往內部突進——

「什麼都好！把可以拿來抵擋的東西都拿過來！做出防禦牆!!」

孤獨的十一國士兵們拚命試圖防守。儘管重裝甲船的船體巨大，可是飛空船內部仍舊很狹窄，把物體放置於通道上就可以立即形成阻礙。況且對方是孤立無援地闖入我方據點，戰力的懸殊差距使他們一度以為很容易就可以擊退敵人。

「來了！全員拔杖！」

對手就像跳入陷阱的小動物。士兵們在障礙後方擺出迎戰的架勢，握住法杖的手增加了幾分力道。

「閃開！不然就算把你們全部打垮，我也要硬闖過去!!」

一看見敵人的身影就放出魔法現象代替言語，在這狹窄的通道，敵人根本無路可逃——

可惜他們的抵抗徒勞無功地破滅了。高濃度凝聚的空氣捲起漩渦組成厚重的防幕，法彈被氣流彈開，一發也沒有突破敵人的防禦。

「該死！該死！」

「不要害怕，推回……！」

斥責的言語突然被慘叫聲所取代。

一團凶惡的火焰從厚重的防幕對面直直飛來，那是火的基礎式系統，中級魔法『爆炎炮擊』。在中級魔法中爆炸能力尤為猛烈的火彈穿透了障礙物，噴濺出熾烈的暴風和火焰，當場轟垮了臨時搭建的壁壘。

「這些傢伙瘋了不成!?整、整艘船都會被炸毀啊!!」

交織著淚水的慘叫聲響起。飛空船是在空中行進的運輸工具，假如火勢蔓延、假如地板被破壞、假如牆壁被鑿開一個洞、假如墜落，無須多想，肯定沒有得救的可能。飛空船正是便利與危險共存的地方。

即使如此，那些敵人卻滿不在乎地擊發威力強大得離譜的魔法，令人不禁懷疑他們的理智，真不知道他們有沒有恐懼的情感。悲嘆之餘，他們甚至感受到一股對於不合理現狀的憤怒湧上心頭。

全身鎧甲的高大騎士踩過用『爆炎炮擊』魔法轟得稀巴爛的殘骸。儘管倖存的士兵們半瘋狂地發起抵抗，結果還是以失敗告終。這些全身鎧甲的騎士乍看之下沉重遲鈍，卻具備與外表相反的敏捷性，防禦能力又如同外觀所見那般厚實。全副鎧甲的騎士們一面閃躲或彈開魔法，一面勇往直前地朝士兵們揮出鐵拳。

不需要花太多時間，守備的士兵就全滅了。

「飛空船的構造都差不多，我們很靠近船艙了吧。」

「這艘船就像從外面看起來那麼大耶。」

進攻重裝甲船的奇德以及幻晶甲冑部隊一路勢如破竹，想要在封閉空間壓制他們幾乎是不可能的。再說以血肉之軀對抗幻晶甲冑本就極其困難，還有一個勁地施放魔法的奇德做為掩護，使得這支部隊成為蠻橫不講理的化身。

徹底掃除所有障礙後，他們終於踹開了通往船艙的最後一道門。下一秒，各式各樣的飛行道具就從對面的空間飛來。

「去死吧!!」

是魔法，而且還是不惜自爆的爆炎魔法。除此之外還有十字弓的短箭，以及不知道是什麼東西的金屬片被投擲過來。受到如此熱烈歡迎的幻晶甲冑照樣殺了進去。

「嗚喔喔喔喔!!」

敵人的伏擊在預料之中。甲冑部隊用兩臂代替盾牌強行突入，奇德則沿著他們開闢的路衝進去。安吉羅在部隊的最後方踮起腳尖探頭，被高大的幻晶甲冑擋住視線的她看不見前方的戰況。

幻晶甲冑打掉了法彈，奇德則揮動銃杖發出電光，揮落所有飛來的箭矢。碎石等物則輕易地被鎧甲彈開了。

緊接著，他們展開怒濤般的反擊。持刀砍過來的士兵被鐵拳打到空中，身體翻滾著飛了出去，而無止境的雷擊將舉起法杖的士兵打得根本無力還手。

在防禦方轉眼間被削弱一半的時候，剩下的士兵們開始陸續投降。畢竟目睹了如此荒謬的壓倒性戰力差距，他們會喪失戰意也在所難免。

「好了，你們都給我安分點。敢輕舉妄動的人就先痛扁一頓。」

投降的士兵們被五花大綁後隨意扔到角落。等到可以安全地確認內部狀況後，奇德才和終於走進船艙的安吉羅一同打量起四周。

「目標就是那個吧。」

重裝甲船的船艙相當寬敞，他們注意到某個區域被隨意地堆放著似乎是解體魔獸得到的材料，隨後又在那附近發現了幾個被關在粗糙籠子裡的哈耳庇厄。考慮到哈耳庇厄的魔法能力，籠子似乎發揮不了什麼作用，人質的存在應該才是他們最大的阻礙。

哈耳庇厄們目瞪口呆地望著如暴風雨般入侵的奇德和幻晶甲冑部隊，一察覺到自己成為談論的話題後，馬上提高警覺。

「你們是從村子被帶來的哈耳庇厄嗎？我們是友軍，是前來救你們的。」

得到的只有沉默與警戒，以及帶有敵意的視線。奇德聳聳肩。

「這也難怪。安吉羅，拜託妳了。」

「來了來了～！」

看到安吉羅被叫到名字後啪噠啪噠地拍著翅膀飛來，哈耳庇厄們不禁躁動起來。她飛到奇德身旁站定，臉上沒有警戒之色，反而顯得莫名得意。

「妳是隔壁村的……」

「嗯！你們可能覺得很驚訝，不過他說的話是真的喔！我們是來救你們的，大家先離開這裡去跟我們的族人會合吧！」

被抓住的哈耳庇厄們彼此對看一眼，然後很快做出決定。

「……好，我們相信妳。因為妳看起來不像被迫服從的樣子。」

「感謝你們英明的決斷。那這個拜託一下。」

「好。」

看見幻晶甲冑發出鎧甲摩擦的咯吱聲響走上前，哈耳庇厄們一瞬間又恢復了警惕，不過騎士們沒有放在心上，他們用蠻力扯開一個入口，踏進籠子檢查哈耳庇厄的狀態。隨後一邊破壞簡單的枷鎖，一邊向旁邊的哈耳庇厄問道：

「你們可以自己逃出去嗎？有沒有誰無法自己移動呢？」

「……有幾隻受了傷不能動，還有剛才被抓到的那位還沒醒來。」

「瞭解，交給我們。其他可以行動的人跟著那位鳥小姐走。」

迅速解開枷鎖後，能夠行動的哈耳庇厄們魚貫離開。不知何時坐在奇德肩上的安吉羅看準了時機，張開翅膀集合眾人。

「大家跟著我喔！」

哈耳庇厄們在離開前瞥了一眼堆放在一旁的魔獸材料，短暫祈禱過後，便馬上聚集到安吉羅身邊。

幻晶甲冑部隊把無力癱倒在籠子一隅的哈耳庇厄們抱了起來。遍布結晶肌肉的甲冑擁有人類好幾倍的臂力，而且其持久力在魔力運行的期間也很高，最適合搬運工作。

集合完畢後，他們又沿著闖進來的路線折返『黃金鬣號』。儘管營救人質的作戰很成功，但在逃出來的哈耳庇厄中搜尋著某個人的奇德仍然不改嚴肅的表情。

「喂，你們有沒有看見霍加拉？她應該也被抓了。」

「有幾隻被帶走了，他們特別挑年輕的。如果不在這裡的話，應該……」

聽到哈耳庇厄的回答，奇德慢慢回頭看向士兵。士兵們一直盯著地板避免與其他人對上視線，當腳步聲愈來愈近，他們額上的冷汗也不斷地流下。

「喂～我說你們幾個，被抓來的哈耳庇厄不只這些人吧？有些被帶到其他地方了吧？」

「沒有。只、只有這些……咕啊!?」

奇德不發一語地使出雷擊劈中士兵，士兵隨即倒在地上痙攣抽搐。等到第一個人光榮犧牲後，奇德以抽出的銃杖尖端指名下一個士兵。

「在哪裡？」

下一個士兵立即屈服，拚命指著上面。

「最、最好的『材料』被送到艦橋……約蘭姐大人說要親自檢……嗚咕!?」

壓縮空氣的子彈打歪了士兵的下巴，誠實回答的人依然不能倖免於難。奇德立刻轉身往回走。

「有人被帶到其他地方了。我要去艦橋看看，拜託你們帶大家回去。」

「好。我想你應該沒問題，不過這裡好歹是敵陣，別大意了。」

「我知道。」

奇德離開了返回船上的隊伍，攀上梯子往艦橋前進。

◆

安吉羅帶領哈耳庇厄們繼續前進，這條路上再也沒有阻礙。他們前往魔導飛槍刺中的落點，從那裡一個接一個飛走。

跟在後面的幻晶甲冑部隊也縱身躍出，把仍然連接著兩艘船的銀線神經當成落足點奔跑，護送傷勢相對較輕的哈耳庇厄們朝『黃金鬣號』而去。

其中一名騎士無意間環顧四周，注意到空中出現明顯的異常。

「……那是什麼？」

天上飄動的雲層在不知不覺間變得相當厚實，落在地上的陰影面積隨之增加，飛空船之間的激戰則被單色籠罩，濃密的雲霧中只有一處呈現出不自然的陰暗色調。

「……好長？」

他似乎隱約看見雲裡有個巨大的『東西』在移動，一股不祥的預感令他全身開始顫抖。

◆

如果說源素浮揚器相當於重裝甲船的心臟，那麼艦橋就可稱之為大腦，因此通往艦橋的通道受到士兵們的嚴密保護。

「敵人只有一個！絕不能讓他通過這裡！」

「沒時間跟你們廢話！」

可惜這是在狹小的飛空船內，對於身為艾爾涅斯帝的學生且攻擊能力尤為出色的奇德來說，他們的防禦就像一塊薄布。防守方被幾乎要把整個通道轟垮的威力盡情攻擊，輕而易舉地就被摧毀了。

「為什麼……你不怕從天上掉下去嗎……？」

「哦，到時候我會用魔法想辦法的。」

士兵甚至來不及為了這不講裡的回答而感到憤怒，就被壓縮空氣的子彈擊中，連同背後的門一起被打飛。奇德走進門後的房間，然後在那裡等待的妙齡女性問道：

「這裡就是艦橋吧？我來把我們的朋友帶回去。」

「去死……啊噗!?」

一個試圖從房內陰影處偷襲的士兵理所當然地被雷擊擊中，全身痙攣而詭異地扭動。奇德轉動銃杖，確認艦橋內的情況。

一般飛空船的艦橋會聚集許多用來控制船的設備，可是重裝甲船的艦橋卻像會客室一樣布置得富麗堂皇，讓他產生一種踏入某個城堡的錯覺──應該說閃過一絲火大的情緒。

「這裡真讓人冷靜不下來。妳就是這裡的船長（BOSS）？」

在艦橋深處有名身穿華麗服裝的女性──約蘭妲正全身打著哆嗦。

「真是無禮至極，想見我可得先經過一定的程序啊。」

「是喔。那這樣行嗎？」

紫色電光在銃杖上流竄，面對即將構築而成的魔法，她一下子就露出狼狽不堪的模樣。

「慢、慢著！我不會讓你用魔法的。你的目標不就是這隻『害鳥』嗎？不想讓她受傷的話……」

一聽到約蘭妲這麼說，士兵便抬起昏迷的霍加拉，並將刀子抵到她的脖子上，這與奇德構築完成並釋放『空氣壓縮推進』幾乎是在同一時間發生。

魔法攻擊無視大呼小叫的婦人，筆直朝著霍加拉飛去。精準控制的微弱電擊打中了士兵挾持人質的手，火花在士兵手中彈開，因疼痛而呻吟的士兵頓時鬆手放掉刀子──然後馬上被奇德一腳踹在臉上，連慘叫聲都發不出來，直接在空中翻滾幾圈後撞上天花板，最後掉到地上。

「妳說讓誰受傷？」

「啊，啊啊……你！這……」

手中的王牌在眨眼間消失了。約蘭妲顫抖著一步步後退，很快就退到了牆邊。她的思考無法跟上這急遽變化的狀況。

擊敗了哈耳庇厄後，他們理應立於不敗之地才對。就算遇到他國的飛空船隊，擁有重裝甲船和快速艇的他們也不該屈居下風，更何況是被區區一艘船輕易玩弄於股掌之中，這簡直超乎她的想像。約蘭妲的腦中迴盪著疑問，不禁脫口而出：

「你、你是克沙佩加的人吧！為什麼、你們為什麼會來這裡!?」

然而，約蘭妲這個人對奇德來說完全無關緊要。雖然她的言行讓人很不爽，但似乎沒有戰鬥能力，不會造成任何妨礙。確保霍加拉安全無虞後，奇德馬上把她扛起來，順便回頭說了一句：

「我來冒險的。」

「啥？」

就算得到了答案，也仍然不在她的理解範圍內。

就在這時，奇德不知為何維持回頭的姿勢停止了動作。他的目光凌厲，讓約蘭妲不禁顫抖。但奇德瞪著的不是可悲的婦人，而是透過艦橋的舷窗望向她背後的天空。他發現了籠罩的雲霧中的異狀，於是專注地凝視遠方想看個究竟。

「好像有什麼……看著這裡……」

下一秒，他看清楚了——

雲層突如其來地開始翻騰湧動，光線從縫隙間流瀉而出，並眼看著愈來愈亮。盤踞的雲霧被吹散，出現了綻放強烈光輝的火焰奔流。

迸散的火焰燒灼天空，有如一柄長槍迅速飛來，不偏不倚地命中重裝甲船的船腹中央。炙烤裝甲的怒火肆虐四方，熾熱的空氣震動著，最後連重裝甲船的巨大船身都開始搖晃。奇德緊抓著搖晃的牆壁。

「那……那到底是什麼!?」

火焰濁流在眾人驚慌失措之際仍持續侵蝕船身，包覆整艘船的厚實裝甲也敵不過無止境噴湧而來的火焰，很快就被燒得通紅，內部的木材因承受不了高熱而爆裂起火。

「不知道——可是慘了！可惡！沒時間了!!」

非常時期要用非常手段。奇德毫不猶豫地打破艦橋的窗戶，直接抱著霍加拉跳了出去，隱約間聽見約蘭妲從後面叫住他而發出慘叫聲，但他根本沒空回頭。

奇德傾盡自己的魔法能力在重裝甲船上全速飛奔，衝向還刺在船體上的魔導飛槍以及連接著的銀線神經。奇德卯足全力奔跑，背後漸漸被火海吞噬，重裝甲艦的輪廓愈來愈扭曲。

「嗚喔喔喔啦啊啊啊!!」

鼓起剛勁的氣魄縮短最後一段距離，奇德伸手抓住了銀線神經。

「就是現在，展開術式！重新啟動停止的機能，分離鋼索!!」

他立刻解放了魔法術式，儲存在魔導飛槍內的指令再度開始執行，銀線神經一齊切斷了與船的連結。

與此同時，裝設在『黃金鬣號』上的絞盤發出低吟聲，開始回收銀線神經。抓著鋼索的奇德連同霍加拉一起順勢飛入空中，在被熱氣與狂暴的風推得翻滾顛簸的同時，他運用魔法穩定姿勢。隨後他轉頭望向背後，目睹了那幅景象。

一道從雲端延伸出來的火焰奔流貫穿了重裝甲船。

裝甲被絕對的熱量燒得通紅熾熱，接著從內部爆炸，拖曳著火焰尾巴往下墜落。支撐內部結構的木材燃燒碎裂，碎片不斷地飛濺直到再也看不出飛空船原本的樣貌。那樣的結束方式未免太微不足道了，空中再也看不到威風凜凜的重裝甲船英姿。

銀線神經在奇德茫然之際全數收了回去，他終於帶著霍加拉登上『黃金鬣號』，早先逃脫的騎士們和哈耳庇厄紛紛上前迎接。

「奇德！沒事吧！」

「啊，嗯，真是千鈞一髮，幸好有魔導飛槍。不說這個了！那到底是誰幹的……」

他默默凝視著重裝甲船被轟沉的景象，很快地移開視線。

產生火焰濁流的源頭。『那物』推開了雲層，逐漸顯露其身姿。它伸出長長的『頸部』，前端長出好幾根角的脖頸之下還連著一個令人難以置信的龐大軀體，悠然地展開了幾乎與飛空船一樣大的翅膀。

「怎麼可能……為什麼!?不可能啊！『那物』不是已經被我們破壞了嗎？為什麼還會出現在這裡!?」

近乎驚叫的質問脫口而出。

『那物』是曾經某個大國在戰爭中所建造，獨一無二且無人能敵的空中霸者——空前絕後的完全攻擊型空對空飛空船，還與破壞的鬼神上演了一場勢均力敵的戰鬥，是史上最強的戰鬥兵器。

模仿了古代滅絕之龍（Drake）的姿態，其名為——

「飛龍戰艦（維維爾）！！！」

在大西域戰爭中讓克沙佩加王國飽受折磨的人造魔龍，如今再次於戰亂中現身，並且以乘載著許多祕密的飄浮大陸為舞台，使得形勢變得更加詭譎。

◆

狂風彷彿正尖聲吶喊，破碎的雲霧如濁流般逝去。

浮在空中的大地『飄浮大陸』周圍經年被暴風籠罩，急驟強勁的風無止境地吹襲，沖刷並推走所有一切。想想還真是不可思議，阻礙外來者接近的暴風就像是在保護這塊土地般。

即使是這種位在高空的險地，人類依然不屈不撓地嘗試靠近。他們改良了飛空船，憑藉新的技術突破重重難關。

這一天，又有一艘新來的船出現於前往飄浮大陸的航道上。巨大的長劍刺穿了劇烈的風暴，那是一艘外觀宛如劍般尖銳的飛空船。船尾噴吐的火焰提供長劍極大的推進力，使它得以在暴風中逆勢前進。

「好厲害，真的和聽說的一樣！真的有一塊大地飄浮在天上！太有趣了。到底是用什麼支撐的？」

一個矮小的人影坐在飛空船艦橋的船長席上興奮地喊道。這時，一隻手從旁邊伸過來並抓住了他。

「嗯？大概有源素浮揚器之類的吧？」

「那要是開了個洞會很不妙吧？」

「你要破壞它嗎？」

同一時刻，船的頂部甲板開啟，巨大的腦袋探了出來。擠在船艙內的『巨人』們先是倒抽一口氣，然後便因為眼前的景色發出歡呼：

「喔喔……百眼啊，您看見了嗎！小人族之地果然全是從未見過的景色！吾必須將之盡收眼底！」

「哈哈哈！如果勇者知道了，一定會懊悔得瞪大眼睛！」

三隻、四隻眼睛因親眼目睹大地與天空的交界而閃閃發亮。

氣氛喧鬧的船中，只有一個人十分沉靜。她冷靜地對船長席的方向提醒：

「大團長，請不要忘了正事。我們是為了把殿下帶回去才來到這裡的。」

「我當然沒忘，可是現在要先去那個奇妙的大地觀光……更正，是尋找他們。『銀鯨二世號』，出發了!!」

如此這般，所有的演員都在舞台上集結了。一場圍繞著蘊藏了莫大『寶藏』的土地的戰爭，現在才剛剛開始——

接續《騎士&魔法10》

輕小說

騎士＆魔法 9

（原著名：ナイツ＆マジック9）

作者：天酒之瓢

插畫：黑銀

譯者：郭蕙寧

日本主婦之友社正式授權繁體中文版

【發行人】范萬楠

【出　版】東立出版社有限公司

台北市承德路二段81號10樓　TEL：(02)2558-7277

【劃撥帳號】1085042-7

【戶　名】東立出版社有限公司

【劃撥專線】(02)2558-7277　總機0

【美術總監】林雲連

【文字編輯】謝欣純

【美術編輯】李瓊茹

【印　刷】勁達印刷廠

【裝　訂】台興印刷裝訂股份有限公司

【版　次】2019年10月12日第一刷發行

ISBN　978-957-263-023-5